U0105479

中華文化思想叢書

結緣：文學與宗教

——以中國古代文學為中心

下冊

陳洪　著

目次

上冊

上編　九略

下冊

下編　十八論

下編

十八論

論李卓吾的「維摩」人生

一

　　一部中國思想史，自漢武罷黜百家後，特立獨行的人物便寥若晨星了。因此自覺居於「異端」的李卓吾實應引起我們特別的關注與研究的興趣。

　　李卓吾的思想言行皆與佛教有十分密切的關係。他自述中年皈佛的經過：

> 為儒已半世，貪祿又多年。欲證無生忍，盡拋妻子緣。
> 空潭一老醜，剃髮便為僧。願度恒沙眾，長明日月燈。[1]

一部《焚書》，所論強半與佛相關。故欲全面、準確地認識李卓吾，不能不深入細緻地研究其佛學思想。但是，長期以來，研究者對此見仁見智，頗有出入。有的淺嘗輒止，在李氏的《評傳》中只是泛泛提到「接觸佛學」、「接受了一些宗教唯心論」而已；有的不作任何具體分析，只是簡單襲明人話頭，籠統稱之為「狂禪」；有的則斷言李卓吾的佛學歸趣是「淨土」。討論李氏佛學思想的專門性著作當推臺灣學者林其賢的《李卓吾的佛學與世學》。他據「李卓吾接觸的典籍如禪宗語錄、淨土、華嚴……，均未脫離真常系的範圍」、「理解仍是真

---

[1] 〔明〕李贄：《剃髮》，見《焚書》，第6卷，231頁，北京，中華書局，1975。

常系的立場」，以及李著《淨土訣》等，斷定李氏「確為本色的淨土思想」[2]。其說不為無稽，但未免失之於片面——因為非真常系的，反「他力增上」淨土觀的《維摩經》，同樣（如果我們不說「特別」的話）對李卓吾的思想與寫作產生了重大的影響。

推究形成以上狀況的原因，除去意識形態及治學態度等因素外，還與研究者往往持今人所寫佛教史之框架，強納卓吾入內有關。殊不知李卓吾的特點是師心自用，他雖自稱「學佛人也」[3]，卻從未正式拜在任何一個僧人門下。他與佛教的關係是「我轉法輪」，而非「法輪轉我」，所以無法以現成的、固定的宗派框架來套入。科學的研究方法應該超越這些框架，由李卓吾關乎佛教的具體所讀、所寫、所行入手，來揭示卓吾之所以為卓吾的特殊因緣。而在其所讀、所寫、所行之中，《維摩經》的影響具有特別的地位。

《維摩經》是一部相當特異的佛典。其中心不是記載釋迦的言論，而是描寫維摩詰的種種神通及其超邁群倫的佛學見解。維摩詰是一位「資財無量」的富翁，過著「有妻子」、「有眷屬」、「獲俗利」、「服寶飾」的凡俗生活，甚至「至博弈戲處」，「入諸酒肆」，「入諸淫舍」。但是，其目的全在度化眾生。而他本人也具有不可思議的「遊戲神通」，並且「辯才無閡」。以「無閡」之「辯才」著稱，已與佛門慣常軌範不合；而以「遊戲」姿態來顯示「神通」，更屬佛門罕見。這部佛經初譯於東漢，至唐玄奘凡有七譯，而以姚秦時鳩摩羅什的譯本流傳最廣。由於維摩詰的富貴與修行「兩不誤」的生活方式，以及恣肆張揚的思想個性，所以在歷代文人中都受到了特別的關注。如王維、李白、蘇軾、黃庭堅等，都把維摩詰作為自己嚮往的生存範型。

2　林其賢：《李卓吾的佛學與世學》，216，228頁，臺灣，文津出版社，1992。

3　〔明〕李贄：《答李如真》，見《焚書》，增補一，253頁。

　　李卓吾與《維摩經》關係密切，這在《焚書》中幾乎隨處可見形跡。如他初到麻城，友人周友山、曾承庵為建修持之所，即名為「維摩庵」；而卓吾後來專為此寫下《維摩庵創建始末》一文。又如在《與李惟清》書信中，他談到自己修行的理想時講：「或時與西方佛坐談，或時與十方佛共語，或客維摩淨土，或客祇洹精舍……」[4]其他如《題繡佛精舍》一詩：「可笑成男月上女，大驚小怪稱奇事。陡然不見舍利佛，男身復隱知是誰。我勸世人莫浪猜，繡佛精舍是天台。天欲散花愁汝著，龍女成佛今又來。」[5]此取《維摩經》卷六《觀眾生品》「天女以神通力變舍利弗令如天女」、「維摩詰室有一天女，……以天花散諸菩薩大弟子上」、「至大弟子便著不墮」的意旨乃至文字。又如《十八羅漢遊戲偈》云：「不去看經念偈，卻來神通遊戲。」[6]語出《維摩經》卷二《方便品》：「有長者名維摩詰……辯才無閡，遊戲神通。」再如《答劉敬臺》：「迭辱盛教，愧感！愧感！素飯過於香積，非即文殊化見欲以飯維摩乎？公今真文殊也。」[7]乃化用《維摩經》卷八《香積佛品》中維摩詰運神通取香積佛之飯招待文殊等的事典，且隱含自比於維摩詰之意。還有「為有玉田飯，任從金粟過」、「欲證無生忍，盡拋妻子緣」等，也用的是《維摩經》中的話頭。

二

　　當然，《維摩經》對李卓吾的影響，更主要是表現於他的思想、行為及文學批評之中，可以說，李卓吾在這些方面的驚世駭俗，大半

4　〔明〕李贄：《與李惟清》，見《焚書》，第2卷，61頁。
5　〔明〕李贄：《題繡佛精舍》，見《焚書》，第6卷，229頁。
6　〔明〕李贄：《十八羅漢遊戲偈》，見《焚書》，第6卷，229頁。
7　〔明〕李贄：《答劉敬臺》，見《續焚書》，第1卷，14頁。

拜《維摩經》之賜。

《維摩經》對卓吾人生方式的影響，可從三個方面來看：一是恣意任性，遊戲人間的狂放態度；二是懷入世之心，言出世之語，行世間之事；三是強烈的「教主」情結。

《焚書・寒燈小話》記卓吾與侍者懷林的一次出遊：

> 是日忽逢暴雨，勢似天以同來，長者避雨於秀士門下。……坐未一茶，長者果起。至道中，問林曰：「何此家婦人女子盡識李卓吾耶？」林曰：「偏是婦人女子識得，具丈夫相者反不識也。此間男子見長者個個攢眉。」……疾行至萬壽寺，會其僧。其僧索書，書數紙已，其徒又索聯句。聯句曰：「僧即俗，俗即僧，好個道場；爾為爾，我為我，大家遊戲。」是夜雨不止，雨點大如車輪。長者肩輿淋漓帶雨而歸，大叫於輿上曰：「子看我與爾共作雨中游，何如？」林對曰：「真可謂遊戲三昧，大神通自在長者矣！」[8]

這段有聲有色的記載，把李卓吾狂放、遊戲的生活情狀表現得淋漓盡致。其中特別值得注意的是：1. 李卓吾是有意表現自己的狂放與自在，並自覺地以維摩詰為榜樣。懷林所作的「遊戲」「神通」之評價，其實就是李卓吾的自我設計、自我評價。2.「婦人女子」云云，並非偶然。卓吾在麻城、龍潭均得女子青目，也與若干女子有各種關係。他為此付出了沉重的代價[9]。而支撐他淡化乃至泯沒男女界限

8　〔明〕李贄：《寒燈小話》，第四段，見《焚書》，第4卷，192頁。

9　耿定向與友人書信往還中屢屢抨擊「卓吾狎妓」、「卓吾將憂旦調弄」、「卓吾曾率眾僧入一嫠婦之室」，以致地方士紳聲稱：「不遞解此人，我等終正不得麻城風化。」事見《焚書》增補一、《續焚書》卷1。

的，正如前引「陡然不見舍利佛」詩句一樣，也是《維摩經》中關於「一切諸法，非男非女」的觀點（《維摩經》卷6《觀眾生品第七》。上述引文中「具丈夫相者」之用語，即含有「其男身不過幻相而已」之意）。3. 所撰聯語的「僧即俗，俗即僧」云云，亦取《維摩經》「不二法門」之意。而「大家遊戲」語，更說明了李卓吾是相當自覺地以《維摩經》指導具體人生的。

崇拜者對卓吾上述「遊戲」之舉莫測高深，紛紛猜測乃至推崇其中的「禪機」。對此，卓吾自行澄清道：「我則皆真正行事，非禪也。」又再三聲稱：「到處從眾攜手聽歌，自是吾自取適，極樂真機，」「時時出遊，恣意所適，」「自取快樂，非機也。」[10]置身於眾生歡樂場中，然後才能證得大道，才能度化眾生，這是《維摩經》特別強調的觀點。如「一切煩惱為如來種」，「不入煩惱大海，則不能得一切智寶」，「火中生蓮花，是可謂稀有。在欲而行禪，稀有亦如是」。並批評「獨善其身」的「聲聞乘」是「根敗」之種，永無希望。而「在欲行禪」又不能刻意，正如維摩詰告誡舍利弗的：「若求法者，於一切法應無所求。」（僧肇於此加注曰：「真求乃不求。」）可以說，希慕「維摩人生」的文人大有人在，而自覺且徹底付諸實踐的，卓吾之外並不多見。

也許蘇軾可算一個（至少精神氣質上比較接近）。而卓吾在前代文人中，最感興趣的恰恰就是蘇軾。他親手抄錄東坡作品成《坡仙集》四冊，自謂：「《坡仙集》雖若太多，然不如是無以盡見此公生平。心實愛此公，是以開卷便如與之面敘也。」又作《書蘇文忠公外紀後》，以摯友焦弱侯比蘇軾，自比黃庭堅，可見對蘇黃的心儀程度。那麼，他仰慕東坡的是什麼呢？在《文公著書》中，他這樣概括

---

10 〔明〕李贄：《答周柳塘》，見《焚書》，增補一，262頁。

東坡的一生：「據其生平，了無不幹之事，亦了不見其有幹事之名，
但見有嬉笑遊戲，翰墨滿人間耳。」[11]正是「大神通」而「大遊戲」
的典型「維摩人生」。

　　李卓吾一方面辭官不作，隱居龍潭，完全是出世的姿態；另一方
面激揚文字，高樹異幟，完全是入世的舉動。一方面遣妻別女，剃髮
居寺，完全是絕欲的姿態；另一方面酗酒貪肉，收女弟子，完全是縱
情的行為。這看似矛盾的現象，在卓吾卻是完全的統一。他《答鄧明
府》曰：

> 間或見一二同參從入無門，不免生菩提心，就此百姓日用處提
> 撕一番。如好貨，如好色，如勤學，如進取，如多積金寶，如
> 多買田宅為子孫謀，博求風水為子孫福蔭，凡世間一切治生產
> 業等事，皆其所共好而共習，共知而共言者，是真邇言也。於
> 此果能反而求之，頓得此心，頓見一切賢聖佛祖大機大用，識
> 得本來面目，則無始曠劫未明大事，當下了畢。[12]

他認為好貨、好色、聚斂等都是悟道的條件，由此證悟，才是「一切
賢聖佛祖」的「大機大用」。這種觀點正是《維摩經·佛道品》所云：

> 譬如高原陸地不生蓮花，卑濕淤泥乃生此花。如是見無為法入
> 正位者，終不復能生於佛法；煩惱泥中，乃有眾生起佛法耳。[13]

而李卓吾的行為方式也正是維摩詰所示範的方式。

11　〔明〕李贄：《文公著書》，見《焚書》，第5卷，221頁。
12　〔明〕李贄：《答鄧明府》，見《焚書》，第1卷，40頁。
13　《注維摩詰所說經》，第7卷，佛道品，140頁，上海古籍出版社，1990。

　　《維摩經》還有一個與他經不同之處，即反覆描寫釋迦佛的弟子
們在神通及辯難上輸給維摩詰，從而樹立起看似與釋迦分庭抗禮的維
摩形象。李卓吾後半生自覺不自覺地也在樹立自己類似的形象，不過
抗禮的主要對象是孔子罷了。他反覆非議世人對孔子的崇拜：「夫天生
一人，自有一人之用，不必取給於孔子而後足也。若必待取給於孔子
而後足，則千古以前無孔子，終不得為人乎？」[14]「何必專學孔子而
後為正脈也？」並托「劉諧」之名「呼仲尼而兄之」[15]。對於自己，
他毫不含糊地宣稱：「吾身之所繫於天下者大也！」以「載道而承千
聖絕學」自命，以「如鳳凰翔於千仞之上，誰能當之？」自詡，甚至
公然把自己與釋迦佛、孔子相比，來說明自己的初志[16]。當然，也可
以說由於李卓吾秉有狂放的氣質，所以才會喜愛《維摩經》。但他畢
竟從維摩詰身上看到了嚮慕的人生範型，畢竟從中得到了啟發與鼓
舞。

三

　　若論李卓吾思想與《維摩經》的聯繫，可謂千絲萬縷。但其中情
況又須區別。卓吾所受的有些影響可能是間接得來，如禪宗寶典《壇
經》頗有借鑑《維摩經》之處，禪宗的著名公案亦有從《維摩經》中
化出的[17]，因此卓吾的相關議論可能來自《維摩經》，也可能由禪宗間
接而來。而有些觀點並非《維摩經》所特有，我們也不宜遽下「影
響」之斷語。下面僅就較為明顯者，拈出兩點。

14　〔明〕李贄：《答耿中丞》，見《焚書》，第1卷，16頁。
15　〔明〕李贄：《贊劉諧》，見《焚書》，第3卷，130頁。
16　分別見於《焚書》之《又答耿中丞》、《與耿司寇告別》、《書黃安二上人手冊》。
17　如「誰縛汝」公案，即出於《香積佛品》：「若本無縛，其誰求解？」

1.「佛魔不二」論。

李卓吾很喜歡談論「佛」與「魔」之類的話題，如：

> 我說達摩正是魔，寸絲不掛奈余何！腰間果有雌雄劍，且博千
> 金買笑歌。[18]
>
> 今我等既為出格丈夫之事，而欲世人知我信我，不亦惑
> 乎！……若我直為無可奈何，只為汝等欲學出世法者或為魔所
> 撓亂，不得自在，故不得不出頭作魔王以驅逐之。[19]
>
> 第亦未可全戒，未可全瘳。若全戒全瘳，即不得入阿修羅之
> 域，與毒龍魔王等為侶矣。[20]
>
> 經云：「塵勞之儔，為如來種。」彼真正具五力者，向三界中
> 作如意事，入魔王侶為魔王伴，全不覺知是魔與佛也。[21]

如是等等。而他的朋友也與他討論這一話題，如梅衡湘致信卓吾，云：

> 世但有魔而不佛者，未有佛而不魔者。……佛而魔，愈見其佛
> 也。[22]

他們的意思聽起來很有些奇特，主要是講：在大神通者看來，佛與魔
是相互依存的，真正大乘佛法須由魔中修成；菩薩之行為不可純潔無
瑕，因其必須身處穢土、地獄，與魔王為侶，才可救拔眾生；為救眾

---

18 〔明〕李贄：《和韻》，見《續焚書》，第5卷，113頁。

19 〔明〕李贄：《與明因》，見《焚書》，第2卷，62頁。

20 〔明〕李贄：《與李惟清》，見《焚書》，第2卷，62頁。

21 〔明〕李贄：《又與從吾孝廉》，見《焚書》，增補一，256頁。

22 〔明〕梅衡湘：《答卓吾書》，見《焚書》，第2卷，66頁。

生，有時須自身化為魔王。

這種種觀點正是《維摩經》反覆涉及的話題。李卓吾這方面的見解確乎來自《維摩經》。如上面的「經云」便是引自卷七《佛道品》，李卓吾由經文之「塵勞」引申出「魔」義，再引申為「與魔王伴」、「不覺知是魔與佛」。而化身「魔王」之說則見於《不思議品》：

> 爾時，維摩詰語大迦葉：「仁者，十方無量阿僧祇世界中，作魔王者多是住可不思議解脫菩薩，以方便力教化眾生，現作魔王。」[23]

另，《文殊師利問疾品》也有維摩詰以「一切眾魔及諸外道」為侍從的奇特言論[24]。《菩薩品》又詳細描寫了維摩詰與波旬魔王打交道的過程，其中魔王向維摩詰索要天女，而維摩詰即以「一切眾生」的願望俱應滿足為由，將天女舍之，並勸慰眾天女安心居於魔宮，說是「汝等雖住魔宮」，也是在「報佛恩」，「亦大饒益一切眾生」。這些顯然是卓吾「佛、魔」之論的源頭。

李卓吾由此「佛、魔」之論轉生出一套迥異於正統尺度的價值、是非標準。他以井水與海水對比，井水「清潔」、「甘美」，但「欲求三寸之魚而不可得矣」。而：

> 今夫海，未嘗清潔也，未嘗甘旨也。……蓋能活人，亦能殺人，能富人，亦能貧人。其不可恃之以為安，倚之以為常也明矣。然而鯤鵬化焉，蛟龍藏焉，萬寶之都，而吞舟之魚所樂而

---

23 《注維摩詰所說經》，第6卷，不思議品，120頁。

24 此所謂「奇特」，相對於常識、常見而言。若就《維摩經》自身論，則完全合乎其內在邏輯。

　　　　遊遨也。[25]

這不盡清潔（甚至不盡良善）的海水卻有其大機大用。而評價社會的
人才，也是同樣的道理：

　　　人猶水也，豪傑猶巨魚也。欲求巨魚，必須異水；欲求豪傑，
　　　必須異人。此的然之理也。……今若索豪士於鄉人皆好之中，
　　　是猶釣魚於井也，胡可得也！……古今聖賢皆豪傑為之，非豪
　　　傑而能為聖賢者，自古無之矣。[26]

所謂豪傑即有個性、甚或有缺欠的人物，所以不能「鄉人皆好」。但
卓吾認為，只有這樣的人物才可能成為「聖賢」，而那些看起來纖塵
不染者反無一點希望。這分明是「佛、魔」論的翻版。
　　他的這種論調是有很強針對性的。首先是為自己的性格、行為作
辯護：

　　　今人盡知才難，……才到面前竟不知愛。……夫凡有大才者，
　　　其可以小知處必寡，其瑕疵處必多，非真具眼者與之言必不信。
　　　若夫賊德之鄉愿，則雖過門而不欲其入室，……蓋論『好人』
　　　極好相處，則鄉愿為第一；論載道而承千古絕學，則舍狂狷將
　　　何之乎？

　　這種讚賞「有瑕疵」之「真」的觀點，在當時產生了相當大的影
響，出現了一批不護細行、恣肆張揚的人物，形成了晚明狂放思潮的

---

25 〔明〕李贄：《與焦弱侯書》，見《焚書》，第1卷，3頁。
26 同上。

中堅。而「公安派」的理論宣言——《敘小修詩》，則完全據此而發揮之。

其次，這種論調也是針對社會現狀有感而發的，他曾滿懷激忿地講：

> 嗟乎！平居無事，只解打恭作揖，終日匡坐，同於泥塑，以為雜念不起，便是真實大聖大賢人矣。……蓋因國家專用此等輩，故臨時無人可用。又棄置此等輩有才有膽有識之者而不錄，又從而彌縫禁錮之……當此時，正好學出世法，直與諸佛諸祖同遊戲也[27]。

這種不平之感在他的文學批評中得到了充分的發揮，並成為分析人物形象的一個重要角度。

另外，和「佛、魔」論密切相關的是如何看待現實人生，如何看待人間情慾的問題。這便是李卓吾從《維摩經》中得到的「人間淨土」觀念。

2.「人間淨土」觀。

《維摩經》中談論「淨土」及相關話題之處甚多，如首章《佛國品》：

> 若菩薩欲得淨土，當淨其心。隨其心淨則佛土淨。[28]

因此，儘管現實世界「穢惡充滿」，而由於「菩薩於一切眾生悉皆平等」，所以從中「能見此佛土清淨」。僧肇在此加注：

---

27 〔明〕李贄：《因記往事》，見《焚書》，第4卷，156頁。

28 《注維摩詰所說經》，第1卷，佛國品，23頁。

淨土必由眾生。譬立宮室必因地，無地、無眾生，宮、土無以
成。[29]

後文還有一段戲劇性的對話：

是時，佛告舍利弗：「有國名妙喜，佛號無動，是維摩詰於彼
國沒而來生此。」
舍利弗言：「未曾有也。世尊，是人乃能舍清淨土而來樂此多
怒害處？」⋯⋯
維摩詰言：「菩薩如是。雖生不淨佛土，為化眾生。不與愚暗
而共合也，但滅眾生煩惱暗耳。」[30]

這樣的「淨土」觀，顯然與淨土宗的「阿彌陀佛淨土」觀大異其趣。
首先，「心淨土淨」，隨處可得淨土；其次，對於菩薩來講，必須處
穢，又必須處穢如淨。

李卓吾的「淨土」觀比較複雜，兩種對立觀點相容並包。而代表
「維摩淨土觀」的典型言論是《與李惟清》：

蒙勸諭同皈西方，甚善。但僕以西方是阿彌陀佛道場，是他一
佛世界，若願生彼世界者，即是他家兒孫。⋯⋯（僕）以西方
佛為暫時主人足矣，非若公等發願生彼，甘為彼家兒孫之比
也。且佛之世界亦甚多。但有世界，即便有佛；但有佛，即便
是我行遊之處、為客之場。⋯⋯是故或時與西方佛坐談，或時

29　《注維摩詰所說經》，第1卷，佛國品，19頁。
30　《注維摩詰所說經》，第9卷，見阿閦佛品，183頁。

與十方佛共語，或客維摩淨土，或客祇洹精舍，或遊方丈、蓬萊，或到龍宮海藏。天堂有佛，即赴天堂；地獄有佛，即赴地獄。[31]

這段話的潛臺詞是「我即佛」、「我即菩薩」，故字裏行間狂態可掬。而其中明確提到「維摩淨土」，且主張隨處有淨土，認為菩薩當下地獄，這些觀點與上述「維摩淨土」的思想顯然合拍。

卓吾不僅接受了「維摩淨土」的觀點，還將其上升到哲理的層面：

若無山河大地，不成清淨本原矣，故謂山河大地即清淨本原可也。若無山河大地則清淨本原為頑空無用之物，為斷滅空、不能化生之物，非萬物之母矣，可值半文錢乎？然則無時無處無不是山河大地之生者，豈可以山河大地為作障礙而欲去之也？清淨本原，即所謂本地風光也。……是以謂之鹽味在水，唯食者自知，不食則終身不得知也。又謂之色裏膠青。蓋謂之曰膠青，則又是色；謂之曰色，則又是膠青。膠青與色合而為一，不可取也。是猶欲取清淨本原於山河大地之中，而清淨本原已合於山河大地，不可得而取矣；欲舍山河大地於清淨本原之外，而山河大地已合成清淨本原，又不可得而舍矣。故曰取不得，舍不得，雖欲不放下不可得也[32]。

這是一段意蘊相當豐厚的議論。就表層看，討論的是佛教教義，與「維摩淨土」觀有些關聯，也與佛性觀相關。不過，由於李卓吾使用了較為抽象的議論方式，又多用比喻之詞，就產生了涵蓋廣泛的哲理

---

31 〔明〕李贄：《與李惟清》，見《焚書》，第2卷，61-62頁。
32 〔明〕李贄：《答自信》，見《焚書》，第4卷，《觀音問》，171頁。

意味。若從這一層面理解，則涉及到現象與本質、現實與理想等範疇之間的辯證關係。應該說，卓吾的議論是非常透闢、深刻的。

正是站到了這樣的哲理高度，李卓吾由「人間淨土」觀中轉生出肯定現實人生、肯定人間情慾的可貴思想。他在《答鄧石陽》的信中講：

> 穿衣吃飯，即是人倫物理；除卻穿衣吃飯，無倫物矣。世間種種皆衣與飯類耳，故舉衣與飯而世間種種自然在其中，非衣飯之外更有所謂種種絕與百姓不相同者也。學者只宜於倫物上識真空，不當於倫物上辨倫物。[33]

「真空」即前文所謂「清淨本原」。卓吾提出「於倫物上識真空」，又把「倫物」明確指為百姓的「穿衣吃飯」，這就把思想家、學者的情懷拉回到人間，給當時蓬勃發展的市民文化提供了有力的理論支持。

類似的主張，李卓吾在其他地方還曾反覆說明，如前面引述的《答鄧明府》所講：「生菩提心，就此百姓日用處提撕一番。如好貨，如好色，如勤學，如進取，如多積金寶，如多買田宅為子孫謀，博求風水為子孫福蔭，凡世間一切治生產業等事，……反而求之，頓得此心，頓見一切賢聖佛祖大機大用。」等等。這些觀點的源頭肯定並非《維摩經》一端，但《維摩經》是源頭之一當可無疑。

實際上，《維摩經》除卻「人間淨土」的觀念外，其整個「菩薩乘」的思想都指向關切現實的人間情懷，如「不舍道法而現凡夫事」、「不斷煩惱而入涅槃」、「若菩薩行於非道，是為通達佛道。……示有資生而恒觀無常，實無所貪；示有妻妾采女，而常遠離五欲淤

---

33 〔明〕李贄：《答鄧石陽》，見《焚書》，第1卷，4頁。

泥。」等等。這些顯然也都與李卓吾肯定現實人生的思想有密切的關係。

四

李卓吾是開一代風氣的文學批評家,而在他的文學批評活動中同樣深深打有《維摩經》的印痕。此點向無人注意,今舉數端以見一斑。

1.《水滸》批評中的「遊戲」說[34]。

李卓吾的侍者懷林介紹其《水滸》評點之緣由與特色道:

> 和尚一肚皮不合時宜,而獨《水滸傳》足以發抒其憤懣,故評之為尤詳。據和尚所評《水滸傳》,玩世之詞十七,持世之語十三。然玩世處亦俱持世心腸也,但以戲言出之耳。……和尚讀《水滸傳》,第一當意黑旋風李逵,謂為梁山泊第一尊活佛。[35]

一是借題發揮,抒寫不平;二是遊戲筆墨,玩世不恭——這確乎是卓吾評點的突出特點。而後一方面又集中表現在關於李逵的形象分析、議論中。如第七十四回回評:

> 李卓老曰:燕青相撲已屬趣事,然猶有所為而為也。何如李大哥做知縣、鬧學堂,都是逢場作戲,真個神通自在!未至不迎,既去不戀,活佛!活佛!

---

34 此指明容與堂刊《李卓吾先生批評忠義水滸傳》。關於評點真偽之辯證,可參看拙著《李贄》。

35 以下《水滸》引文均見《明容與堂刻水滸傳》,上海人民出版社影印本,1973。

「神通自在」、「逢場作戲」云云，如前所述是《維摩經》所倡的境界，亦是李卓吾的人生追求。他把李逵尊為「活佛」，有三重意味：首先是讚賞其樸野真純，藉以貶斥世風（特別是道學）的虛偽；其次是藉此宣揚他的「遊戲神通」人生理想；再次是由李逵形象中的「戲」與「趣」，引申到創作本身對「戲」與「趣」的追求。關於「戲」與「趣」的問題，在第五十三回回評中有更顯豁的表述：

> 有一村學究道：「李逵太兇狠，不該殺羅真人；羅真人亦無道氣，不該磨難李逵。」此言真如放屁。不知《水滸傳》文字當以此回為第一。試看種種摩寫處，那一事不趣？那一言不趣？天下文章當以「趣」為第一。既是趣了，何必實有是事並實有是人？若一一推究如何如何，豈不令人笑殺。

「天下文章當以『趣』為第一」云云，一方面是其遊戲、玩世的人生態度在閱讀欣賞中的表現，另一方面也自有其文藝理論上的意義。這種「遊戲」文藝觀顯然是作為「村學究」們拘於真人實事、道理教條主張的對立面提出的，思想上有反禮教、反束縛的味道，藝術上則有提倡娛樂性、幽默感的傾向。

2.《水滸》批評中的「佛、魔」說。

李卓吾的《水滸》批點中使用最多的評語就是「趣」與「佛」。前者主要用於故事情節的藝術品評，後者則用於人物言行的品性判斷。如第四回回評：

> 此回文字分明是個成佛作祖圖。若是那班閉眼合掌的和尚，絕無成佛之理。何也？外面模樣盡好看，佛性反無一些。如魯智深吃酒打人，無所不為，無所不作，佛性反是完全的，所以到

> 底成了正果。算來外面模樣看不得人，濟不得事，此假道學之
> 所以可惡也與。[36]

這是針對魯智深大鬧五臺山一節所批。其中有兩個觀點值得注意：作
「惡」者具備成佛的條件，反之卻不成；認真依照佛教規儀（「閉眼
合掌」打座）修行，並非真修行。這前一點在關於「佛、魔」之論中
申說已詳，而後一點與《維摩經》亦有某種思想上的關聯。經之《弟
子品》說舍利弗在林中「宴坐」，而維摩詰來教訓他道：「不必是坐，
為宴坐也。」「不舍道法而現凡夫事，是為宴坐。」也就是說，不拘
於修行之規儀才是真正高明的修行，外表與普通人等同，而內裏具有
佛的素質（李卓吾認為就是真率），才是真正高明的修道人。而這兩
點結合到一起，就形成了背離社會主流道德標準的異端傾向——這正
是李卓吾評論《水滸傳》人物的出發點。

　　作品中被指為「佛」的，主要是李逵與魯智深，而二人之所以為
「佛」的行事，皆為悖「禮」逾「法」之舉。這一點，第四回眉評講
得十分清楚：

> 一知禮教，便不是佛了。

基於此，李卓吾對魯智深鬧佛殿、打金剛，李逵鬧東京、殺任原之類
的舉動一律批之以「佛」，讚不絕口。再推而廣之，武松、石秀、阮
氏兄弟等，舉凡對社會成法反抗激烈者，他也大多冠以「佛」名。相
反，在評論《琵琶記》時，對謹守封建道德規範人物則批以「醜！」
「便妝許多腔。」等等。在《雜說》中，更把「誨淫」之作《西廂

36　〔明〕李贄評點：《忠義水滸傳》，見《明容與堂刻水滸傳》，第4卷，21頁。

記》讚為「天下之至文」，把道德說教的《琵琶記》作為反襯，貶為
「似真非真」的「畫工」。可見，由《維摩經》的「佛、魔」觀衍生
出的道德觀、是非觀，乃是李卓吾文藝批評的一塊重要基石。

3.《雜說》中的有關內容。

《雜說》是李卓吾評論文藝的專文，其中有些觀點與《維摩經》
亦不無關聯。如：

> 若夫結構之密，偶對之切；依於理道，合乎法度；首尾相應，
> 虛實相生；種種禪病皆所以語文，而皆不可以語於天下之至文
> 也。雜劇院本，遊戲之上乘也，《西廂》、《拜月》，何工之有！[37]

以「遊戲」來看待文藝，主張「上乘」可不循常規常理，這在前面都
曾涉及到，此不贅論。

又如：

> 小中見大，大中見小，舉一毛端見寶王剎，坐微塵裏轉大法
> 輪……試取《琴心》一彈再鼓，其無盡藏不可思議……[38]

「大」、「小」之論，「不可思議」之說，都是《維摩經》中的重要話
頭，其間似亦有思路暗通之處。

另外，如《雜說》全篇之立意為貶「畫工」揚「化工」，而抑揚
標準在是否超脫世俗規範。《維摩經》全篇之立意則為「彈小斥偏」，
貶斥的主要理由之一也是其拘泥於習見規範。在大思路上同樣不無可
比的地方。

---

37 〔明〕李贄：《雜說》，見《焚書》，第3卷，97頁。
38 〔明〕李贄：《雜說》，見《焚書》，第3卷，98頁。

　　總之，《維摩經》對李卓吾的思想、行為，以及文學批評等確實產生了深刻的影響。從一定的意義上講，若分析李卓吾之所以為李卓吾，這是一個最為直接而切近的著手處。

論錢謙益與金聖歎的「仙緣」

　　所謂「仙緣」，亦稱「仙壇唱和」，指的是金聖歎與錢謙益之間一次形式特異的文字交往。茲事在崇禎八年，時聖歎二十七歲，牧齋五十四歲，皆當文學活動旺盛期。而在《牧齋初學集》中，這次交往凡四見，《列朝詩集小傳》中又兩見，足證其在牧齋心中的印象之深。陳寅恪先生稱「此事亦涉及金聖歎，頗饒興趣。」（《柳如是別傳》）分析前後因果，對於透視這兩位文壇大師當時的心態、各自的性格，乃至晚明的士風，皆有所裨益。

一

　　這次「唱和」的具體情況見於《初學集》的《仙壇倡和詩》（十首），以及《泖法師靈異記》，倡和詩有小序云：

> 慈月夫人，前身為智者大師高弟，降乩於吳門，示余曰：「明公前身，廬山慧遠也。從湛寂光中來，自忘之耳。」用洪武韻作長句見贈，期待鄭重。且囑余曰：「求椽筆作傳一首，以耀於世，亦道人習氣未除也。」余為作《泖法師靈異記》，並和其詩十首。師示現因緣，全為臺事，現鬼神身，護持正法，故當有天眼證明，非余之戲論也。[1]

1　〔清〕錢謙益：《仙壇倡和詩十首》，見《牧齋初學集》，第10卷，330頁，上海古籍出版社，1985。

而據《靈異記》：

> ……乩所馮者金生采，相與信受奉行者戴生、顧生、魏生，皆與臺有宿因者也。[2]

金采，即金聖歎。戴、顧、魏皆其少年摯友，據《沉吟樓詩選》，似當為戴雲葉、顧君逭、魏德輔。臺、臺事，指佛教天台宗（中晚明，天台宗復興於東南）。兩文參證，可知此事大概：金聖歎或與戴、顧等串通，詭稱有女仙慈月夫人附體，並為這位仙女編造了出身於佛門──天台宗祖師智者之高足──的經歷，然後以降神為契機接近錢謙益，在附體仙人的名義下，金聖歎得以和這位文壇領袖詩文往來，且索取了他的品題「以耀於世」。據錢氏的和詩、詩序及詩後小注，金聖歎在這次形式獨特的筆談中，先後寫了一首七言古風、一首七律，還有若干散句，而牧齋則報以倡和之作十首，《記》一篇。顯然，這是一次近於以文會友的特殊的降神活動。

金氏的作品原文已不可見，但能勾稽出些許眉目，這且留待下文。先來看牧齋的幾首和詩：

> 月地雲階觀閣曨，夫人秩祀比仙公。妙華已悟三車法，臺教今為繼別宗。神降擒詞嘗吐鳳，乩回卓筆欲成龍。麻姑狡獪真年少，擲米區區作鬼工。（其二）
> 三生殘夢喚瞳曨，記別深慚是遠公。已悔六時違淨業，誰傳四始立詩宗。盲人說法迷真象，狂子談禪好假龍。後五百年虛囑累，剎竿倒卻仗神工。（其三）

---

2 〔清〕錢謙益：《泖法師靈異記》，見《牧齋初學集》，第43卷，1123頁。

萬戶煙銷旭日曨，叩門猶自夢周公。中原血肉悲朝市，寢殿衣
冠哭祖宗。高廟神靈容鼠雀，皇天老眼混魚龍。朝廷補袞知誰
手？組織爭如貝錦工。（其五）
熹微旭日隱瞳曨，猶喜人天眼至公。言論無聞疑叔度，衣冠見
慕愧林宗。生嘗畏世諳談虎，術不逢時學豢龍。鼠臂蟻肝更何
有？從今一一聽天工。（其六）³

其中可注意之處有兩點，一是多涉及佛教，二是對朝政多有微詞。這
是因為金聖歎原作及乩語中突出談到這兩個方面。審《靈異記》與
《詩序》可知，金聖歎降神時在佛學佛法方面確曾大作文章，其詭詞
有三：一、稱牧齋為東晉高僧慧遠後身；二、自稱智者大師高足轉
世；三、自稱負有「護持正法」、「以教藥（指天台教義——今按）療
禪病」的使命。這些都是投錢氏所好的。錢謙益一生好佛，且迷信
「三生」、「轉世」之說，而又痛心疾首於晚明市井流行的狂禪、偽
禪。他在《題佛海上人卷》中講：「禪學蠹壞至今日而極矣。吳中魔
民橫行，鼓聾導盲，從者如市⋯⋯拈椎豎拂，胡喝盲棒，此醜淨之排
場也；上堂下座，評唱演說，此市井之彈詞也。」並自稱「余辭而辟
之良苦」⁴。他又曾為篤信天台宗的劉心城作序，讚美其「鍵鑰於臺
宗」的造詣。正因為如此，金氏的乩語使他大感興趣，倡和的前三首
皆詠此旨，並儼然以遠公後身而自居。

其五、其六兩首詠時政與遭際，各有一條小注。其五自注：「師
示詩，為余白其貝錦，故有此句。」其六自注：「贈詩有叔度、林宗
之目。」可知聖歎乩詩中以清流名士相推重，且有為牧齋洗雪讒言之

---

3 〔清〕錢謙益：《仙壇倡和詩十首》，見《牧齋初學集》，第10卷，331-333頁。
4 〔清〕錢謙益：《題佛海上人卷》，見《牧齋初學集》，第86卷，1808頁。

語。這也是恰中所好的。錢謙益自崇禎初因與周延儒、溫體仁爭作宰相失敗而被放歸，至此時已閒居七年有餘，一方面憤激消沉，一方面又自負高眄，時而直斥「沙蟲善化更縱橫」，時而不無得意地自承「流俗相尊作黨魁」。乩詩迎合此意，故而大大激發了錢氏詩興，就此題目和詠竟有六首之多。

除此之外，金聖歎在一些小問題上也著意迎合。如詩序所謂「用洪武韻作長句」事。洪武韻指《洪武正韻》是朱元璋欽定韻書，變206個韻部為76個。此韻書脫離實際情況，故「學士大夫束置高閣，不復省視」。而錢謙益故作驚人之語，曾著文備加推崇[5]。金聖歎舍通行韻部而特意用此乖冷之洪武韻，似亦有其針對性。至於在乩詞中提到某「冥官」為錢氏好友，扶乩時召請的才女之靈等，都可看出金聖歎用心的細密。

金聖歎這些裝神弄鬼的表演，若說是類似現代準「特異功能」式的迷狂，恐不能取信。若說是與文壇耆宿開一個無傷大雅的玩笑，卻又不必如此著意迎合。因此，探討其真實目的何在，便是我們首先要解決的問題。

二

文學史上，文人而有「仙緣」的代不絕書。江淹、郭璞得仙人賜「五色筆」而文思不凡；李賀一生為流俗所輕，臨終自稱玉帝遣使來迎，等等。蘇州本地，去金聖歎之時不遠，則有著名才子唐寅夢仙人賜墨，並構建「夢墨亭」張揚其事。可見「仙緣」有助於揚名，是獲得社會承認的捷徑。

5　錢謙益《初學集》第29卷有《洪武正韻箋序》，「以為不獨鈐鍵韻學，實皇明之制書也。」

　　另外，名人的品題也是後生小子在文壇嶄露頭角的重要條件。正如牧齋所講：「古之文人才士，當其隱鱗戢羽，名聞未彰，必有文章鉅公，以片言隻字，定其聲價，借其羽毛，然後可以成名。」[6]

　　金聖歎此時尚未成名，而錢謙益已是名重朝野的文壇領袖、政界要人。在這次倡和中，金氏既編造「仙緣」，又表演於「文章鉅公」面前，且明確索要品題，其目的主要在於求名當無可疑。

　　從《靈異記》及《列朝詩集小傳》看，在降神過程中，金聖歎所著力處，乃在於表現自己的詩才與佛學素養，「降乩賦詩，勸勉薰修，不可勝記。」（《列朝詩集小傳·葉小鸞》）而錢謙益也確實在這兩方面被打動，盛讚「陳夫人」（聖歎詭托之女仙）之才華：「至其妙達三乘，博通外典，微詞奧義，盡般若之笙簧；綺句名章，總伽陀之鼓吹。紫微、右英諸真，與楊、許相酬問者，猶不敢窺其藩落，而況神君、紫姑之流乎？」雖然聖歎的才學被子虛烏有的「陳夫人」沾了光，但畢竟出自他的手筆，故牧齋上述品題使他聲名大振。據《柳南隨筆》：「（聖歎）用心虛明，魔來附之。……自為乩所憑，下筆益機辯瀾翻，常有神助。」[7]這可看作事後的一般社會評價，足見此舉的確實現了他提高「知名度」的初衷。

　　推究起來，聖歎之所為，牧齋之誠信，皆與蘇州的民眾士風有關。《蘇州府志》：「吳俗信鬼巫，好為迎神賽會。」《巢林筆談》：「吳俗信巫祝，崇鬼神，每當報賽之期，必極巡遊之盛。」明末清初，當地民間崇信的邪神有桑三姐、陳三姑娘等，後者即「附體」於秀才楊某而為民眾膜拜。

　　金氏創造的「陳夫人」不過諸邪神之一，只是其「文化層面」顯

6　〔清〕錢謙益：《徐子能集序》，見《牧齋初學集》，第32卷，941頁。

7　〔清〕王應奎：《柳南隨筆》，第3卷，28頁，見《中國基本古籍庫》，歷史類，雜錄瑣聞目。

然高出儕輩遠甚矣。而這又與中國古代文人的某種傳統有關，即對女仙附體一類妖異之說的濃厚興趣。遠如蘇東坡《紫姑神記》，極力稱讚這一來自民間傳說的女神在附體於某人時表現出的詩才，「敏捷立成，皆有妙思」。近則有弘治年間，蘇小小借乩筆與客倡和、崇禎中名姬陶楚生之靈降乩於王士龍等佳話。此時流行的小說《天妃林娘娘出身傳》，主要的情節骨架也是文武全才的仙女附於某男青年而顯聖。可見金聖歎行詭道而求名，在那個時代、那樣的文化氛圍中，是毫不足怪的事情。

但是，我們也不能忽略金聖歎個人性格方面的原因，因為此舉明顯地表現出他一貫的自命不凡的狂傲個性。

金聖歎在塑造自己的女神時，獨出心裁地設計出「全為臺事」的複雜因緣。他稱「陳夫人」若干世之前是天台宗智者大師的弟子智朗，而這次回歸慈月宮仙位後，智者大師佛駕親臨宮中，點破因緣，囑其以仙佛雙重身份降世行法。這個圈子兜得實在過大，想來金氏當年憑藉乩語分說清楚也著實不易。他之所以出此迂遠之著，是因為在求名的同時還渴於逞才。他曾自述青少年時心態：「為兒時，自負大才，不勝佗傺，恰似自古及今，止我一人是大才，止我一人獨沉屈者。」[8] 所以，他裝神弄鬼而挑中了錢謙益，求名之外，也有在這才名蓋世的前輩面前一展所長，印證「大才」之意——錢氏號稱「竺西瓶拂因緣在，江左風流物論雄」[9]，佛學與文才享名最盛。而金聖歎少年即讀《法華經》，後又著《法華百問》，批點《水滸》亦多引《法華》經義，對天台義理浸淫已久，故特地以此所長來與牧齋切磋一番，從而得到名流承認，以稍解「獨沉屈」之憤懣。

8　〔清〕金聖歎《杜詩解・黃魚》見《金聖歎詩文評選》，149頁，湖南，嶽麓書社，1986。

9　這是柳如是初會錢謙益時，《半野堂初贈詩》之句。見《初學集》第18卷，616頁附。

　　就心理動力而言，金聖歎此舉與日後批點《水滸》《西廂》的託古欺世，實為同一機制。錢謙益曾批評楊慎「竄改古人，假託往籍，英雄欺人，亦時有之。」[10]「英雄欺人」可以概括中晚期託古作偽者的共同心理：深信自己才雄一代，作偽足以瞞過庸眾之眼。而金聖歎正是個中高手。中晚明至清初作偽者頗眾，然最出名的還要數金氏假託「古本」刪改的《水滸》與《西廂》。在這兩部書的批語中，金聖歎經常情不自禁地流露出對自己巧妙、狡黠的作偽手段的得意之情，如「真正吉祥文字！古本《水滸》如此。俗本妄肆改竄，真所謂愚而好自用也。」所謂「古本」正是其改竄本，而「俗本」反是原本。看著金聖歎一本正經指責他人「妄肆改竄」，真不能不為其做戲天才絕倒。

　　作為金聖歎「英雄欺人」心理的旁證，《水滸》「宋公明遇九天玄女」一節的批語很可注意。對這個情節，余象斗、李卓吾都很認真地加上正面的批語，讚美玄女與宋江的德行。唯獨金聖歎大唱反調，批道：「宋江遇玄女，是奸雄搗鬼」、「宋江天書定是自家帶去」、「殊不知此等，悉是宋江權術。」[11]顯然，其中不乏金氏自己「英雄欺世」的體驗在內。在這個意義上，說「仙壇倡和」是金聖歎託古改竄《水滸》，《西廂》的一次先期預演，殆亦不遠。

　　透過「仙壇倡和」，不僅可以看到金聖歎文學批評中「英雄欺世」作風的朕兆，還可以約略接觸到他的某些重要觀點的苗頭。如《水滸》評語有「因緣生法」之說，解釋作家對作品人物的心理模仿，主張一個人可以模仿體驗幾個完全不同的人物。又如《西廂》評語提出作家應「設身處地」，體驗人物的微妙情態。據《列朝詩集小

10　〔清〕錢謙益：《列朝詩集小傳》，丙集，354頁，上海古籍出版社，1983。
11　〔清〕金聖歎評點：《第五才子書施耐庵水滸傳》，第41回，685頁，河南，中州古籍出版社，1985。

傳》，金聖歎在降神時曾同時成為「陳夫人」、「醯眼」、「珠輪」與葉
小鸞的代言人，並一一切合於各自的身份、修養。而在葉紹袁編輯的
《午夢堂集》中，更有細緻入微的記述。

葉紹袁的家庭是吳江的文學世家，其妻女都是才情過人的詩人，
但都紅顏薄命。女兒葉小鸞十七歲早夭，隨後其姊、其母皆過度哀傷
謝世。葉紹袁深信妻女都是仙女謫凡，多方尋求溝通仙凡之路，最終
找到「附體」於金聖歎的「泐大師」，並請他代召葉小鸞、沈宜修
（紹袁妻）亡魂。葉紹袁在《續窈聞》中詳細記載了「泐大師」（即
金聖歎）每次表演的內容，包括以每位女魂身份與家中人的會面、談
話，以「泐大師」身份對每位女魂的前生今世、仙界處境的說明，以
「泐大師」身份對葉紹袁本人前生甚至前伸至戰國時代的情況說明，
還有最為複雜的是「泐大師」與各位「女仙「即時的詩歌倡和。金聖
歎先以「泐大師」身份提出：「試作一詩，用觀雅韻。」然後以葉小
鸞亡靈的身份「即作云」：

> 身非巫女慣行雲，肯對三星蹴縐裙。清哄聲中輕脫去，瑤天笙
> 鶴兩行分。

「亡靈」自己又主動作詩一首：

> 汾干素屋不多間，半庇生人半庇棺。黃鶴飛時猶合哭，令威回
> 日更合歡。

其後雙方問答，亡靈表示不再回仙府，願皈依於「泐大師」蓮座前。
「泐大師」便弄出一大套「審戒」、「授戒」的把戲，並為亡靈取了法
名。事後，有了這種新的身份關係，彼此走動越發頻仍。「泐大師」又

一次招來了母女三位的亡靈，加上他本人，來了一個四「人」聯句：

> （泐：）靈辰敞新霽，密壺升名香。（母：）神風動瑤天，（女
> 一：）道氣瀰曲廊。（母：）憨燕驚我歸，（女二：）疏花露我
> 床……（母：）感應今日交，（女一：）圍繞後時長，（女
> 二：）思之當歡踴，（泐：）何為又彷徨！[12]

這一篇「大文章」，或者說這部「小劇本」還有很多前後對白，實在
是花費了金聖歎不少精力。不過，對於這個文學青年來說，這又是一
次逞弄才華的難得機會。不但顯露了快捷的詩才，還鍛鍊了多種文體
的寫作[13]。更為獨特的是，透過這種極為特殊的形式，金聖歎體會了
虛構性敘事的樂趣與規律，對於模擬不同角色的身份、口氣，有了直
接的深切的經驗。這種親身體驗，在形成其日後的「個性化」理論
（「各有其聲口」云云）、「因緣生發」虛構理論和「心動」創作心理
觀點時，無疑是會起到觸媒以至啟悟作用的。

此外，還有一個小小的有趣問題：金聖歎要「英雄欺世」，要逞
才邀名，可託名的神靈很多，何以要造一個「陳夫人」？又何以一再
召葉小鸞等「女魂」來附體？除去風氣、傳統、迎合之類原因外，是
否還有更深層的內在原因呢？

我們注意到，金聖歎在《第六才子書》序二中曾表達過一個願
望，願轉世為女，陪侍後世的才子：「後之人既好讀書，必又好其知
心青衣。知心青衣者，所以霜晨雨夜侍立於側，異身同室，並興齊住
者也。我請得轉我後身便為知心青衣，霜晨雨夜侍立於側而以為贈

---

12 〔清〕葉紹袁：《續窈聞》，見《午夢堂集》，518-524頁，北京，中華書局，1998。
13 在數年的降神活動中，金聖歎以「泐大師」身份寫作了大量文字，包括駢文、信
　　札、偈語、對聯等。

之。」[14]在封建時代，甘心轉世為女身且為人婢妾，這種心理是很反常的。在心理學上，把欽慕異性且仿傚之稱為「哀鴻現象」，具有這種心理特點的人往往宜於從事文學藝術活動。指出金聖歎這一心理特徵，對於理解他的降神活動，以及文學批評的某些特色（如評《西廂》時以「現身於閨中」為樂事等），都是有幫助的。

當然，非聖歎之狂，縱有此心態亦不敢為此驚世駭俗之事；而另一方面，若非晚明禮崩樂壞之局面，也不會產生聖歎這樣的畸人狂士。

三

接下來的問題是在錢謙益一邊：作為閱歷很深、學博思睿的士林領袖，何以被金聖歎並不高明的表演迷惑，以至甘受「儒者謠諑」呢[15]？

應該說，錢謙益對金聖歎的把戲是疑信參半的。陳寅恪先生曾指出「當日錢氏一家……見神見鬼之空氣」，而錢謙益本人詩文中也頗多迷信之詞。故他就金氏所為而下的「故曰信也」的斷語，是出自誠心的。

但是，又有種種跡象表明，錢謙益一方面認真地參與、配合金聖歎與其友人的表演，一方面又有所保留。《靈異記》取設詞問難的寫法，表面為金聖歎辯護，骨子裏透露出內心之疑慮；和詩中有「麻姑狡獪真年少，擲米區區作鬼工」，似有雙關意味（他在另一篇文章中用到麻姑這個典故時，明確表達過質疑的態度：「麻姑取米擲地成丹砂，王方平笑曰：『吾老矣，不喜作狡獪變化也。』」）；《倡和詩序》

---

14 〔清〕金聖歎評點：《金聖歎批本西廂記》，序二，8頁，上海古籍出版社，1986。
15 〔清〕錢謙益：《列朝詩集小傳》，閏集，756頁。

以「當有天眼證明」結束，也隱約可見內心疑惑之情。而在《徐子能集序》中，這種心理活動表現得更為突出。徐子能即徐增，是金聖歎的文友。牧齋此序以大段文字談文人的求名：

> ……其有求之不得，而叫號以自見，則為陳子昂之破琴；又有求之而卒不得，而弔詭以自閟，則為唐山人之留瓢。古之人汲汲於知己，而惟恐不得一當，若是其急也……陳子昂、唐山人之汲汲於自見，或非子能之所屑也，此則余之知子能者也。[16]

文中對「汲汲於自見」、「弔詭」以求名的貶詞，也不妨看作是針對聖歎輩的聲明，以示早已洞悉用心而已終非笨伯。

當然，若從和詩及他文的感情態度看，錢氏雖有疑意，卻畢竟寧信其有了。究其原因，除已陳數端——迷信、迎合、賞其才學之外，牧齋此際人生態度的變化趨向亦不容忽視。

與金聖歎這番表演相去不遠，萬曆末年，有新安人程高明做過類似的事情。他自稱李白附體，既逞才學又闡佛理，找上門請錢謙益著文「序其緣起」。而錢氏的態度大不相同，草草寫了一篇短文，其中頗多質疑之詞：「其為鬼為仙歟？非鬼歟？非仙歟？固不可得而定也。」「（太白）猶作此伎倆，比於神君、紫姑之流，得無為方平笑歟？」[17]

兩件事極其相似，而同一個錢謙益，態度如此冷熱懸殊，其原因實有二端。一則為牧齋前後政治態度及社會責任感的變化。程生求序時，牧齋初登政壇，銳意進取，非比後來與金氏倡和時，牧齋已屢經

---

16 〔清〕錢謙益：《徐子能集序》，見《牧齋初學集》，第32卷，941頁。

17 〔清〕錢謙益：《石刻首楞嚴經緣起》，見《牧齋初學集》，第86卷，941頁。

蹉跌。二則為生活態度及價值取向的變化。而這兩方面又是互為因果的。

　　錢謙益自萬曆三十八年踏入政壇，迄易鼎時，先後經歷四朝，多次捲入政治漩渦，四次罷職閒居。天啟五年與崇禎元年再次削籍，至崇禎十年三月逮問前，賦閒十餘年。期間，憂讒畏譏、徒傷老大、壯懷不已與甘老林泉、及時行樂之心糾纏困擾而迭相起伏。他的性格本較複雜，壯盛之時兼有清流重鎮與風流名士之兩重聲名，崔呈秀作《東林黨人同志錄》列為東林黨魁，而王紹徽編《點將錄》卻給了他一個「浪子燕青」的雅號。牧齋曾自述其天啟初年的雄圖大略：「余在長安，東事方殷，海內士大夫自負才略，好譚兵事者，往往集余邸中，相與清夜置酒，明燈促坐，扼腕奮臂，談犁庭掃穴之舉。」[18]在崇禎初年，雄心不減，《舟師歎》詩：「長年自辦乘風具，捩舵開船會有時。」口氣大似太白「長風破浪會有時，直掛雲帆濟滄海」之豪情。其贈內詩：「慵惰請看丞相婦，綠窗朱卷對斜曛」[19]，自信自負都到了有幾分可笑的地步。

　　當他會推枚卜失敗後，心境大變，述懷詩云：「薄命難充粥飯僧」，「春水花源尋伴侶，秋風瓜圃會賓朋。書空泫涕非吾事，縱是憂時也不應」。雖是牢騷語，卻也真切地反映出他對政治的心灰意冷與重新選擇人生道路的念頭。在《臘月十六日房海客侍御初度賦長句十四韻為壽》中，這種念頭表現得更為強烈：

　　……事過皺眉休再問，歡逢開口莫辭耽。孺人戛瑟齊稱壽，侍女投壺半倚酣。燕酒沽來多似蜜，蜀椒搗後可如柑？題詩想見

18　〔清〕錢謙益：《謝象三五十壽序》，見《牧齋初學集》，第36卷，1018頁。
19　〔清〕錢謙益：《聞新命未下再贈》，見《牧齋初學集》，第5卷，177頁。

開筵處，定復掀髯笑我憨。[20]

　　可見，「黨魁」鬥志的消磨與「浪子」風流的企劃是同步的。這一過程自崇禎二年始，至「倡和」時臻於極致。牧齋早期即有「浪子」之稱，詩作中自不乏聲色描寫，但遠不如此時之屢見，亦不及此時之肆無忌憚。如：「處處典衣鋪妓席，知誰相笑又誰嗔」、「選勝偏宜朱夏長，追歡更覺白頭忙」、「執杯持耳休辭醉，笑口難逢正月圓」等。反映此時才士風流生活的典型之作如《仲夏觀劇歡宴浹月戲題長句》：

　　　浹月邀歡趁會期，老夫酕醄也重隨。可憐舞艷歌嬌日，正是鶯啼燕語時。中酒再沾少年病，討花重發早春癡……[21]

　　其中更有「追歡更覺白頭忙」、「眼柳風吹一國狂」、「日月何妨在醉鄉」一類的極端放誕語。又如《冬夜觀劇歌》：

　　　蘭膏明燭凝銀燈，缸花夜坐春風生。酕醄蹴水光盈盈，繡屏屈膝圍小伶……秉燭歡娛笑惜費，舞衣卻卷光綵綷，歌場尚圓聲搖曳，眼花耳熱各放意……[22]

　　當錢謙益沉浸在放縱邀歡的快意風流之中時，他很可能忘記了自己十年前寫過的這樣一段文字：

20　〔清〕錢謙益：《壽房海客十四韻》，見《牧齋初學集》，第6卷，197頁。

21　〔清〕錢謙益：《仲夏觀劇歡宴浹月戲題長句》，見《牧齋初學集》，第10卷，308頁。

22　〔清〕錢謙益：《冬夜觀劇歌為徐二爾從作》，見《牧齋初學集》，第9卷，291-292頁。

……正、嘉以還，以剿襲傳訛相師，而士以通經為迂。萬曆之季，以謬妄無稽相誇，而士以通經為諱。馴至於今，俗學晦蒙，謬種膠結，胥天下為夷言鬼語，而不知其所從來。國俗巫，士志淫，民風厲。生心而發政，作政而害事，皆此焉出。[23]

　　這是作於天啟四年的《蘇州府重修學志序》。此時，正當其高談「犁庭掃穴之舉」的得意階段，所以不僅主張「以經術為本」，而且嚴厲抨擊「國俗巫」、「士風淫」的社會狀況。其中雖有或多或少官樣文章的因素，但畢竟反映出當時主要的思想傾向。這種傾向和他對程某人的懷疑、冷淡態度是一致的。

　　十年之間，由抨擊淫志、巫俗到「浹月邀歡」，再到與淫祀之「陳夫人」倡和，錢謙益的思想、人生態度之轉變是令人矚目的。這固然可以說是封建士大夫出處用藏人生模式的體現，但細推敲起來，又不盡如此。因為錢氏的行為走得更遠一些，於是較鮮明地反映出明末某些時代特色。

　　這首先表現為對時局的徹底失望。錢氏很多詩作都流露出類似的情緒，如「莫為社公頻發怒，人間狐鼠正喧豗」、「坐看肉食者，蠆蠆聚蚊蠅」、「頗為艱危識天意，要令漁釣穩三江」。更甚者如《干將行》：「君不見延津龍去有餘悲，還憶吳宮麋鹿時。無復湛盧誅宰嚭，爭傳屬鏤賜靈胥。」已透露出對亡國的預感。於是，錢氏在崇禎中後期對時政持「長安棋局日紛紛，著眼爭如局外人」、「夢回甲子看殘棋」的消極旁觀態度。這種態度無疑促使他走上了放縱情性的道路。

　　其次，錢謙益人生態度的轉變意味著對儒道的背離。如果說《蘇州府重修學志序》站在了典型的衛道士立場，那麼「仙壇倡和」之舉

---

23 〔清〕錢謙益：《蘇州府重修學志序》，見《牧齋初學集》，第28卷，853頁。

顯然完全轉到了反面。怪力亂神向為儒者所不齒,何況淫祀的對象又是女性,何況又與這來歷不明的妖女倡和。但當我們把目光投身到李卓吾、湯顯祖、馮夢龍等人物時,卻可以發現類似的行為在這個時代屢見不鮮。錢謙益正是沿此方向走下去,乃有與柳如是結縭之舉,寫下了「錯莫春風為柳狂」、「彩鳳和鸞戲紫房」的狂歡曲,為晚明江南士林詩酒聲伎的畫卷抹上了色彩最為濃重的一筆。

扯得稍遠一點,錢謙益的行為還折射出了明末「才女」崇拜的士林風氣。在徐文長、李卓吾、湯義仍諸人鼓吹影響下,晚明士人多對女性才情較為關注,而以詩才名世的閨媛、名妓遠多於前代。錢謙益《士女黃皆令集序》云:

> 今天下詩文衰熸,奎璧間光氣黤然。草衣道人與吾家河東君,清文麗句,秀出西泠六橋之間……呂和叔有言:「不服丈夫勝婦人。」豈其然哉?

雖然語氣上還有些保留,但隱然模仿了「文起八代之衰」的口吻。這些女性作家也確實表現出不凡的才情,如馮小青、黃皆令、王一薇等,其中柳如是尤稱翹楚。她們的作品獲得來自各方面的很高評價。錢謙益曾作論詩絕句十六首,其中兩首專論當代女詩人:「不服丈夫勝婦人,昭容一語是天真。王微、楊宛為詞客,肯與鍾、譚為後塵?」「草衣家住斷橋東,好句清如湖上風。近日西陵誇柳隱,桃花得氣美人中。」(第二首有牧齋小注:「王微自稱草衣道人。」)以他當時在士林的聲望,這種揄揚之詞頗有轉移風氣的力量。金聖歎則以佛門大德「泐大師」(葉紹袁敬稱其為「陳隋宿德也」)的身份極力揄揚,稱讚葉氏母女「驚才凌乎謝雪,逸藻媲於班風」(彤奩雙葉題辭),而對葉小鸞,則致以至高無上的讚譽——「天上天下第一奇

才」,「可謂迥絕無際矣！」(《續窈聞》)

「仙壇倡和」便是在這樣的背景下出現,和金聖歎在葉家的表演互為「證據」。葉紹袁在《續窈聞》開篇就是二者互證之詞：

> 吳門泖庵大師,陳隋宿德也。親受天台智者大師止觀之教,歷千餘年,墮神趣中,現女人身,能以佛法行冥事,錢宗伯《靈異記》詳矣。

金與錢的唱和,既證實了「泖大師」的身份與水準,又表現出「陳夫人」的文才,對於才女崇拜也會多多少少起到一些推波助瀾的作用。至於錢、柳日後的佳話,更使自命才子的文士們傾慕不已。可以說,肇端於明末,大盛於順、康朝的才子佳人小說,正是這種傾慕心理升華的結果。甚至,百餘年後的《紅樓夢》,「因不忍埋沒才女」而寫作,以及其中詩文唱和的場面,悲涼之霧的彌漫,也隱約可以感到《午夢堂集》的影響──其中自然包含了金聖歎的精神與心血。

因此,「仙壇倡和」雖為小事,卻可以透視出錢、金兩位文壇巨擘的性格、心態種種、對於明清文學史、文化史研究,皆不無牛溲馬勃之效,確乎是「頗饒興趣」的。

莊禪與孔孟：金庸「武俠」理想人格源頭論

　　武俠思想之溯源，學界多直指墨家。這固然不錯。但以之分析金庸小說中的人物，但卻很難搔到癢處。不必說令狐沖、段譽、楊過、黃藥師、風清揚這樣的形象，就是郭靖、袁承志、張無忌、胡斐等人物，他們身上所表現出的品性就絕不僅是「摩頂放踵」所能包括的。實際上，這些人物形象的魅力，很大程度上是因為其豐富的內涵超越了傳統的「武」與「俠」。「莊禪」與「孔孟」，就正是金庸塑造「武俠英雄」之理想人格的兩個重要思想資源。

一

　　對於金氏作品流露出「莊禪意識」，學界早已有人覺察到，如陳平原十幾年前就指出「在小說中追求莊禪境界——使刀光劍影中忽而洋溢著書卷氣」。[1]不過，他對此持較為審慎的肯定態度，因為把武功同「莊禪」相聯繫，「初看甚覺玄妙，細想則未必高明」。至於思想層面，就更談不上太多的意義了。

　　現在看來，這樣的判斷可能略顯保守了一些。「莊禪意識」不僅為小說中的武功罩上了一層文化的色彩，更重要的是它浸透在作品的

1　陳平原：《千古文人俠客夢》，103頁，北京，人民文學出版社，1992。

一系列重要人物形象中，甚至影響到某些作品的基本價值取向。

所謂「莊禪意識」，主要指在莊子思想與禪宗觀念影響下的人生態度與價值取向。莊禪互通，古人言及者甚多，但二者連類成為一個名詞使用卻並不多見。如晚明方以智那樣明言「莊禪者，出世之圜幾也」的[2]，是很特別的情況。近人徐復觀的《中國藝術精神》、劉再復的《中國古代思想史論》先後把莊子思想、禪宗觀念聯繫到一起，指出「人們常把莊與禪密切聯繫起來，認為禪即莊」[3]，自二十世紀八十年代中後期逐漸產生了較大的影響，「莊禪意識」遂成為討論傳統思想文化時常見的用語。

不過，儘管很多人都在使用著，卻很少有稍微細緻一些的辨析──包括徐、劉兩位先生。究竟二者在哪些方面是相同或相近的？當作為一個詞使用時，人們不約而同的默認內涵有哪些？另一方面，二者的不同又有哪些？換言之，二者有哪些思想觀念是「莊禪」所不能包含進去的。這是一個相當複雜的思想史課題，當然不是本文所要解決的。但是，在展開話題之前，略加分說則是必要的。

莊與禪，都看重自然本性，真率放任，而反對繁冗的禮法拘束；二者都蔑棄世俗價值，追求精神的自由與灑脫；在看待紅塵的是非、利益時，莊以「彼此」、禪以「不二」為基本態度，也具有相同的超越傾向。這些自然都包含在「莊禪意識」中。至於《莊子》中較為突出的蔑視權貴、批判現實的思想，禪宗一脈秉承的菩薩乘的慈悲精神，雖不是對方所有，但二者連用時，人們往往也有所採擷，使得「莊禪意識」成為表現以超脫曠遠精神境界為主，但又不排除在現實世界中「擔水砍柴無非妙道」行為的通達用語。

2　〔明〕方以智：《通雅》，第2卷，《四庫全書》，集部。

3　李澤厚：《莊玄禪宗漫述》，見《中國古代思想史論》，213頁，北京，人民出版社，1985。

　　以此來衡量金氏作品的人物畫廊，我們會發現一個形象的系列，他們的身上程度不同地體現出「莊禪意識」：令狐沖、段譽、黃藥師、楊過，等等，雖然經歷不同，面目各異，但精神氣質確頗有臭味相投之處。

　　在這個形象系列中，令狐沖最具典型性。我們不妨從他的個性入手分析。令狐沖性格的突出特點是任性而為，不加檢束——當然，其底線是基於「正義」。作者是很自覺地按照這個基調來塑造令狐沖的。在令狐沖還沒有登場時，他惹下的麻煩就已經紛紛攘攘了：酗酒、結交匪類、淫邪、胡言亂語。而隨著事實真相的顯露，「正義」的底線逐漸凸現出來，他頭上的惡名一點點洗雪，但是，他和其他那些「俠士」的區別也鮮明地刻畫出來了。對於讀者來說，相信絕大多數此刻不但諒解了令狐沖在特殊情勢下的特殊言行，而且會喜歡上這個俠義、瀟灑、機智的年輕人。可是，接下來的一場戲立刻讓讀者們氣悶不已。回到華山之後，令狐沖的師父「君子劍」岳不群先開香堂收了林平之為徒，並借收徒之機，大講戒律：

> 潔身自愛，恪守本派門規，不讓墮了華山派的聲譽。
> 真正要緊的是，本派弟子人人愛惜師門令譽。
> 本派首戒欺師滅祖，不敬尊長……六戒驕傲自大，得罪同道；
> 七戒濫交匪類，勾結妖邪。

然後，他歷數令狐沖的不是，指責令狐沖處處犯戒：

> 旁人背後定然說你不是正人君子，責我管教無方。
> 你此番下山，大損我派聲譽，罰你面壁一年。[4]

4　金庸：《笑傲江湖》，279-282頁，北京，三聯書店，1994。

這樣，作者就把岳不群置於令狐冲的對立面上，既為下文情節的發展
打下基礎，又進一步把令狐冲的個性映襯了一下。通過這一筆，開始
把令狐冲放逐到了「正人君子」的「戒律」之外。而通過這一放逐，
令狐冲與岳不群之間在為人準則上的分歧也開始顯現。此時岳不群的
偽君子、陰謀家的嘴臉還沒有暴露，所以雖有分歧卻還未分善惡。岳
不群最關心的是「聲譽」、「令譽」，是「旁人背後的議論」，而令狐冲
卻是率性行事，無愧於心而已。在這個意義上，岳不群的立場、態度
都有濃厚的「道學氣」。想來這也正是作者想要達到的效果。另外，
岳不群要求令狐冲見到魔教中人格殺勿論，是把關於「魔教」的觀念
作為行事準則，令狐冲卻是聽憑自己的體認、直覺，不相信觀念的權
威。這也在一定程度上反映出「越名教而任自然」的思想傾向。而集
中表現「名教」與「自然」之間的衝突、令狐冲在二者之間選擇的情
節，是他和「女魔頭」任盈盈的戀情。作品在歌頌愛情的同時，也讚
頌了真情真性、率情任性的人生態度。

我們來看看《莊子》是怎樣看待禮法與真情的：

> 禮者，世俗之所為也；真者，所以受於天也，自然不可易也。
> 故聖人法天貴真，不拘於俗；愚者反此，不能法天，而恤於
> 人，不知貴真，祿祿而受變於俗——故不足惜哉！[5]
> 畸人者，畸於人而侔於天。故曰：天之小人，人之君子；人之
> 君子，天之小人也。[6]
> 彼方且與造物者為人，而遊乎天地之一氣……彼又惡能憒憒然
> 為世俗之禮，以觀眾人之耳目哉！[7]

5　《漁父》，見《莊子集釋》，第10卷，1032頁，北京，中華書局，1982。

6　《大宗師》，見《莊子集釋》，第3卷，273頁。

7　《大宗師》，見《莊子集釋》，第3卷，268頁。

秉天然之性而行事為人，置世俗之禮於不顧，置眾人之毀譽於不顧，這不正是令狐沖做人的基調嗎？

因自然真情而與世俗禮法衝突，而不顧眾人毀譽，這幾乎成為金庸刻畫少年英俠的一個情節模式——令狐沖與任盈盈，楊過與小龍女，郭靖與黃蓉，張無忌與趙敏，這些都是金庸系列作品中的重頭戲，也是他給讀者留下最深刻印象的情節與人物。

當然，金庸作品中的莊禪意識絕不只是通過叛逆式的愛情來體現，而且在不同人物身上，體現的程度也大不相同。莊禪色彩較為濃厚的另一種「模式」是他筆下的「浪子」們。最有「浪子」嫌疑的自然仍是首推令狐沖。他曾自我「檢討」道：

令狐沖自己，便是個好酒貪杯的無行浪子。[8]

而從精神氣質而論，這個系列中還應該包括楊過、段譽、胡一刀、黃老邪、風清揚、金蛇郎君，以及少女黃蓉、趙敏、任盈盈、何鐵手，等等。這些人物形象的共同特徵是：人生態度上，帶有一定程度的「出世」傾向；價值追求上，不僅蔑視俗世的富貴，而且對江湖的榮譽、權力也沒有興趣；行為方式上，大多不拘小節，不顧毀譽，率性而為；情感狀態上，往往看似遊戲人生，實則內心肝腸如火，一往情深。

金庸對這一類人物的態度，有一個漸變的過程。在他前期的作品裏，這類人物多為配角，主角的形象還是以「嚴正」「端方」為基調，如陳家洛、袁承志等。到了中期，這類人物的分量明顯加重，與「嚴正」「端方」的人物分庭抗禮，形成「雙峰對峙」的格局，如黃

8　金庸：《笑傲江湖》，1172-1173頁。

蓉之於郭靖，楊過之於黃蓉、小龍女，趙敏之於張無忌等。到了後期
的《笑傲江湖》，金庸本人的價值取向完成了一個蛻變，由兩個「浪
子」型人物令狐沖、任盈盈同時站到了舞臺的中央，同時又在「背
景」上搭配了神龍見首不見尾的風清揚，詩意盎然的綠竹翁，癡於音
樂的曲洋、劉正風，構成了「浪子」笑傲江湖的全景圖。

此類人物出現在作品中，豐富了文化的內涵，增加了思想的張
力，也使作品產生了特殊的審美效果。

作為英雄傳奇的一個分支，傳統武俠文學的一個特點是黑白分
明，正邪不兩立。《水滸》可作為一個代表。受新文學的影響，二十
世紀三四十年代的新派武俠中，開始出現亦正亦邪的人物，豐富了武
俠世界。而金庸「浪子」系列的出現，更進一步顛覆了傳統武俠世界
的價值體系。在令狐沖們的灑落人生面前，「嚴肅」的武俠英雄們的
功業，雖然仍舊被肯定，卻顯得已落二義。文本中的武俠世界也不再
是黑白兩種顏色，而是增加了很多間色，斑駁陸離越顯幽深。

浸染了莊禪意識的人物，在「武俠」必有的勇武剛直、匡扶正義
等品性之外，都增加了灑脫、率真的品性，以及一定程度的叛逆性
格。而作品表現這種性格的時候，情節、背景、環境等自然都會因之
變化，從而形成一種飄逸之美。如《笑傲江湖》中，綠竹巷一節：

> 一條窄窄的巷子之中。巷子盡頭，好大一片綠竹叢，迎風搖曳，
> 雅致天然。眾人剛踏進巷子，便聽得琴韻丁冬，有人正在撫
> 琴，小巷中一片清涼寧靜，和外面的洛陽城宛然是兩個世界。
> 那女子又嗯了一聲，琴音響起，調了調弦，停了一會，似是在
> 將斷了的琴弦換去，又調了調弦，便奏了起來。……曲調平和
> 中正，令人聽著只覺音樂之美，卻無曲洋所奏熱血如沸的激
> 奮。奏了良久，琴韻漸緩，似乎樂音在不住遠去，倒像奏琴之

人走出了數十丈之遙，又走到數里之外，細微幾不可再聞。琴音似止未止之際，卻有一二下極低極細的簫聲在琴音旁響了起來。迴旋婉轉，簫聲漸響，恰似吹簫人一面吹，一面慢慢走近，簫聲清麗，忽高忽低，忽輕忽響，低到極處之際，幾個盤旋之後，又再低沉下去，雖極低極細，每個音節仍清晰可聞。漸漸低音中偶有珠玉跳躍，清脆短促，此伏彼起，繁音漸增，先如鳴泉飛濺，繼而如群卉爭豔，花團錦簇，更夾著間關鳥語，彼鳴我和，漸漸的百鳥離去，春殘花落，但聞雨聲蕭蕭，一片淒涼肅殺之象，細雨綿綿，若有若無，終於萬籟俱寂。簫聲停頓良久，眾人這才如夢初醒。……岳夫人歎了一口氣，衷心讚佩，道：「佩服，佩服！沖兒，這是甚麼曲子？」令狐沖道：「這叫做《笑傲江湖之曲》。」[9]

這樣的筆墨，以往的武俠小說中似從未曾有。小巷、綠竹、琴韻、簫聲，特別是對樂境的描寫，渲染出了與洛陽城喧囂而污濁的江湖世界迥然有異的清涼寧靜的另一個世界，而這個世界只屬於令狐沖與任盈盈。這樣就把人與環境在精神層面、審美層面融合起來，為作品注入了雅趣與詩意。

二

說金庸的武俠英雄身上或有莊禪意識，人們還比較容易接受；若說金庸塑造的理想人格，其中有孔孟的思想因素，可能很多讀者會驚異，甚至不以為然。之所以如此，是因為人們通常的印象裏，儒生都

---

9 金庸：《笑傲江湖》，521-524頁。

是「溫良恭儉讓」的，如李白所描寫：「魯叟談《五經》，白髮死章
句。問以經濟冊，茫如墜煙霧。足著遠遊履，首戴方山巾。緩步從直
道，未行先起塵。」自然與好勇鬥狠的武俠不搭界。

不過，這只是對孔孟學說的皮相看法。孔孟教人，確是有「溫良
恭儉讓」的一面，甚至是主導的一面，但是他們的人格理想中還有另
一面，有與武俠精神相通的一面。最為直接的是「見義不為，無勇
也」[10]。由此演變出的成語「見義勇為」，可以說是古今武俠文學的第
一信條。其實，除此之外，《論語》中還有不少論述同樣體現在金庸
的小說中，影響其情節構設、人物塑造。如對君子重然諾，有擔當，
輕生死的責任感的歌頌：

> 曾子曰：「可以託六尺之孤，可以寄百里之命，臨大節而不可
> 奪也。君子人與！君子人也！」[11]

急人之難，託孤寄命，大節不可奪，正是金庸標榜其作品超越舊武俠
的地方[12]。具體到小說的人物，《鹿鼎記》的陳近南，儘管作者深隱處
不無對其「愚忠」的惋惜之意，但總體敘事態度是尊敬的、感佩的。
陳近南的形象正是在「可以託六尺之孤，可以寄百里之命，臨大節而
不可奪」的過程中樹立起來的。除去涉足江湖這一層，以為人行事而
論，作者塑造的陳近南，完全可以用曾子的評價：「君子人與！君子
人也！」在這個意義上，把陳近南視為武俠版的文天祥，亦相去不
遠。另一段「託孤寄命」的故事是《倚天屠龍記》中少年張無忌受紀
曉芙之托，萬里迢迢護送孤女楊不悔到崑崙山。途中艱險備嘗，多次

10　《論語・為政》，見《四書章句・論語集注》，17頁，山東，齊魯書社，1992。

11　《論語・泰伯》，見《四書章句・論語集注》，76頁。

12　金庸：《飛狐外傳・後記》，見《飛狐外傳》，725頁，北京，三聯書店，1994。

生死關頭，張無忌都是以身相護，以身相代，終於不辱使命。當然，這種行為也可以用司馬遷對「俠」的定義「重然諾，輕死生」來解釋。不過，終不及曾子的描述於境界上更為接近。其他類似的情節還有如《射雕英雄傳》的江南七俠為一句諾言深入大漠十餘年，照顧、教育孤兒郭靖；《碧血劍》中袁崇煥舊部以及崔秋山、穆人清等對孤兒袁承志的保護、教育，等等。甚至可以說，「託孤寄命」是金庸小說一個重要的情節模式，也是塑造人物形象的一條重要途徑。

還有《論語》中對個人意志的強調：

> 子曰：「三軍可奪帥也，匹夫不可奪志也。」[13]
> 曾子曰：「士不可以不弘毅。任重而道遠：仁以為己任，不亦重乎！死而後已，不亦遠乎！」[14]
> 子曰：「歲寒，然後知松柏之後凋也。」[15]

把「匹夫不可奪志」與「三軍奪帥」連類對比，就把個人意志問題放到了非常特殊的背景下，即面對極為強大的外力壓迫，甚至帶有武力色彩的壓迫，因此意志的堅持需要主體付出重大代價。這種情境恰是好的武俠文學最鍾愛的，金庸的作品自不會例外。他的幾部主要作品都在主人公的意志品質上做足了文章。最突出的是《天龍八部》。蕭峰武功蓋世，先是丐幫幫主，後任遼國南院大王，似乎完全可以予取予求。但是作者卻為他安排了一條最為坎坷的人生道路，讓他不斷陷入陰謀與圈套，面對著一個比一個大的壓力，而每一次他都是以鋼鐵的意志進行抗爭。最嚴重的一次，是當他面對遼帝耶律洪基的南侵野

---

13 《論語・子罕》，見《四書章句・論語集注》，91頁。
14 《論語・泰伯》，見《四書章句・論語集注》，77頁。
15 《論語・子罕》，見《四書章句・論語集注》，92頁。

心時，為了兩國的百姓而堅決反對，結果被剝奪了三軍統帥的地位，失去了自由，但寧死而不肯屈服。其實，這個情境在《射雕英雄傳》中已經出現過一次。那是郭靖反對成吉思汗的南侵野心，被剝奪了右路軍統帥的職位，但他寧死不屈。這兩個情節在兩部作品裏都是重頭戲，可見金庸對「匹夫不可奪志」的觀念的青睞。

其他，如《論語》中的這樣一些論述，也都可以在金庸的作品感受到它們的影響：

> 子曰：「不得中行而與之，必也狂狷乎！狂者進取，狷者有所不為也。」[16]
> 子曰：「朝聞道，夕死可矣。」[17]
> 四海之內皆兄弟也。[18]

當然，其影響或隱或顯，或直接或間接，不可膠柱鼓瑟地看待。

至於孟子，他的「大丈夫」觀念更是優秀武俠文學不可或缺的靈魂。他講：

> 富貴不能淫，貧賤不能移，威武不能屈，此之謂大丈夫。[19]
> 我善養吾浩然之氣……其為氣也，至大至剛，以直養而無害，則塞於天地之間。[20]

由此出發，孟子主張與君主打交道時，應有「說大人則藐之」的氣概

---

16 《論語・子路》，見《四書章句・論語集注》，135頁。
17 《論語・里仁》，見《四書章句・論語集注》，32頁。
18 《論語・顏淵》，見《四書章句・論語集注》，118頁。
19 《孟子・滕文公下》，見《四書章句・孟子集注》，80頁，山東，齊魯書社，1992。
20 《孟子・公孫丑上》，見《四書章句・孟子集注》，35頁。

與傲骨，要做「帝王之師」。正是在強化主體精神，占據「正義」制高點這一層面，《孟子》與金庸產生了交集。我們來看《倚天屠龍記》中的一段：

> 滅絕師太全不理會，道：「先把每個人的右臂斬了，若是倔強到底，再斬左臂。」靜玄無奈，又斬了幾人的手臂。張無忌再也忍耐不住，從雪橇中一躍而起，攔在靜玄身前，叫道：「且住！」靜玄一怔，退了一步。張無忌大聲道：「這般殘忍兇狠，你不慚愧麼？」……這幾句話情辭懇切，眾人聽了都是心中一動。滅絕師太臉色木然，冷冰冰的道：「好小子，我用得著你來教訓麼？你自負內力深厚，在這兒胡吹大氣。好，你接得住我三掌，我便放了這些人走路。」……只見張無忌背脊一動，掙扎著慢慢坐起，但手肘撐高尺許，突然支持不住，一大口鮮血噴出，重新跌下。他昏昏沉沉，只盼一動也不動的躺著，但仍是記著尚有一掌未挨，救不得銳金旗眾人的性命。他深深吸一口氣，終於硬生生坐起，但見他身子發顫，隨時都能再度跌下，各人屏住了呼吸注視，四周雖有數百眾人，但靜得連一針落地都能聽見。便在這萬籟俱寂的一剎那間，張無忌突然間記起了九陽真經中的幾句話：「他強由他強，清風拂山岡。他橫任他橫，明月照大江。」他在幽谷中誦讀這幾句經文之時，始終不明其中之理，這時候猛地裏想起，以滅絕師太之強橫狠惡，自己絕非其敵，照著九陽真經中要義，似乎不論敵人如何強猛、如何兇惡，盡可當他是清風拂山，明月映江，雖能加於我身，卻不能有絲毫損傷。然則如何方能不損我身？經文下面說道：「他自狠來他自惡，我自一口真氣足。」他想到此處，心下豁然有悟，盤膝坐下，依照經中所示的法門調息，

只覺丹田中暖烘烘地、活潑潑地，真氣流動，頃刻間便遍於四肢百骸。……（滅絕師太）全身骨骼中發出劈劈拍拍的輕微爆裂之聲，炒豆般的響聲未絕，右掌已向張無忌胸口擊去。這一掌是峨嵋的絕學，叫做「佛光普照」，這一招乃是使上了全力，絲毫不留餘地。張無忌見她手掌擊出，骨骼先響，也知這一掌非同小可，自己生死存亡，便決於這頃刻之間，哪敢有些微怠忽？在這一瞬之間，只是記著「他自狠來他自惡，我只一口真氣足」這兩句經文，絕不想去如何出招抵禦，但把一股真氣彙聚胸腹。猛聽得砰然一聲大響，滅絕師太已打中在他胸口。旁觀眾人齊聲驚呼，只道張無忌定然全身骨骼粉碎，說不定竟被這排山倒海般的一擊將身子打成了兩截。哪知一掌過去，張無忌臉露訝色，竟好端端的站著，滅絕師太卻是臉如死灰，手掌微微發抖。……張無忌躬身一揖，說道：「多謝前輩掌底留情。」滅絕師太哼了一聲，大是尷尬。[21]

以一個初出茅廬的後生小子，挫敗了心狠手辣、武功超卓的滅絕師太，一是靠道義上的凜然正氣，二是靠胸中養就的「一股真氣」。這裏的「真氣」當然不是簡單等同於孟子所說的「浩然之氣」，但是也並非毫不相干。孟子的「養氣」說，本就有虛實兩種理解的可能。從虛的方面理解，就是道德修養的提升、自信心、涵養的加強；而從實的方面理解，則接近於道家調節呼吸的養生之道。宋明理學家中頗有如此理解的，於是才有了王陽明軍中長嘯的傳說。散入民間的「氣功」，從思想源頭來看，本就是道家、道教與儒家（主要是思孟後學）合流的產物。而武俠小說中的內功習練，則又與「氣功」之說密不可分。

---

21 金庸：《倚天屠龍記》，683-693頁，北京，三聯書店，1994。

金庸在刻畫他的理想英雄時，是浸染了孟子「大丈夫」思想主張的。面對威武、富貴、貧賤的考驗，終於矢志不移的形象，在金庸小說中可以舉出一個系列，不過最典型的是以下幾場戲中的人物：

一個是胡斐之於鳳天南。為了給一個素不相識的窮漢鍾阿四報仇，胡斐與大惡霸鳳天南殊死相鬥。鳳天南兩次重金相誘，邀集京城武林名宿武力脅迫，胡斐終不為所動。在此書的再版後記中，金庸特別引述了孟子的「大丈夫」之論，並認為是塑造武俠英雄的基本品行。

一個是郭靖之於成吉思汗。成吉思汗自幼呵護於郭靖，後又以愛女相許，封以金刀駙馬、右路軍統帥。但當他得知成吉思汗計劃攻取南宋的時候，堅決反對，為此捨棄了功名富貴，並幾乎招致殺身之禍：

> 紙上寫的是成吉思汗一道密令，命窩闊台、拖雷、郭靖三軍破金之後，立即移師南向，以迅雷不及掩耳手段攻破臨安，滅了宋朝，自此天下一統於蒙古。密令中又說，郭靖若能建此大功，必當裂土封王，不吝重賞，但若懷有異心，窩闊台與拖雷已奉有令旨，立即將其斬首，其母亦必凌遲處死。郭靖呆了半晌，方道：「媽，若不是你破囊見此密令，我母子性命不保。想我是大宋之人，豈能賣國求榮？」
>
> 成吉思汗虎起了臉，猛力在案上一拍，叫道：「我待你不薄，自小將你養大，又將愛女許你為妻。小賊，你膽敢叛我？」郭靖見那只拆開了的錦囊放在大汗案上，知道今日已是有死無生，昂然道：「我是大宋臣民，豈能聽你號令，攻打自己邦國？」成吉思汗聽他出言頂撞，更是惱怒，喝道：「推出去斬了。」郭靖雙手被粗索牢牢綁著，八名刀斧手舉刀守在身旁，無法反抗，大叫：「你與大宋聯盟攻金，中途背棄盟約，言而

無信，算甚麼英雄？」成吉思汗大怒，飛腳踢翻金案，喝道：
「待我破了金國，與趙宋之盟約已然完成。那時南下攻宋，豈
是背約？快快斬了！」諸將雖多與郭靖交好，但見大汗狂怒，
都不敢求情。郭靖更不打話，大踏步出帳。

成吉思汗想起郭靖之功，叫道：「帶回來。」刀斧手將郭靖押
回。成吉思汗沉吟半晌，道：「你心念趙宋，有何好處？你曾
跟我說過岳飛之事，他如此盡忠報國，到頭來仍被處死。你為
我平了趙宋，我今日當著眾人之前，答應封你為宋王，讓你統
御南朝江山。」郭靖道：「我非敢背叛大汗。但若要我賣國求
榮，雖受千刀萬箭，亦不能奉命。」[22]

這一番濃墨重彩，描繪的不是「勇武」，也不是「義氣」，在傳統武俠
文學中完全不曾有過，金庸著意描寫的正是「富貴不能淫，貧賤不能
移，威武不能屈」的「大丈夫」。

前面已經提到，《天龍八部》中有一段十分相似的情節，也是遼
帝圖謀南侵，任命蕭峰為元帥，許以「宋王」的重賞，但蕭峰「舉目
向南望去，眼前似是出現一片幻景：成千成萬遼兵向南沖去，房舍起
火，烈炎衝天，無數男女老幼在馬蹄下輾轉呻吟，宋兵遼兵互相斫
殺，紛紛墮於馬下，鮮血與河水一般奔流，骸骨遍野」，便斷然拒
絕，最終付出了生命的代價。

另一個典型的情境是《笑傲江湖》令狐沖之於東方不敗。東方不
敗以江湖最有勢力的魔教組織副統領相誘，以走火入魔的生命危險相
逼，以任盈盈的婚事相脅，要令狐沖加入魔教，助其一統江湖。令狐
沖同樣「不能淫」、「不能移」、「不能屈」，堅持了自己的操守。

---

22 金庸：《射雕英雄傳》，1378-1380頁，北京，三聯書店，1994。

　　顯然，從故事類型來看，這幾個段落的骨架幾乎完全一樣。對於一個文學高手來說，重複自己不能不說是一個遺憾的事情。那麼金庸何以出此「下策」呢？解釋只能是，他對於孟子宣導的「大丈夫」精神實在是太「心嚮往之」了。當然，從讀者反映的角度看，由傳統的「武俠」升華到現代的「大丈夫」，也是他們喜聞樂見的——這幾個人物向來都是高踞於「最喜歡人物」排行榜前列。這當然也是通俗文學泰斗金庸所關注的因素。

　　《孟子》中還有大段論述更是直接涉及「武俠」相關的話題，在金庸小說中也有明顯的反映。其論為：

> 北宮黝之養勇也，不膚撓，不目逃，思以一毫挫於人，若撻之於市朝；不受於褐寬博，亦不受於萬乘之君；視刺萬乘之君，若刺褐夫；無嚴諸侯，惡聲至，必反之。孟施舍之所養勇也，曰視不勝猶勝也，量敵而後進，慮勝而後會，是畏三軍者也；舍豈能為必勝哉，能無懼而已矣。孟施舍似曾子，北宮黝似子夏。夫二子之勇，未知其孰賢。然而孟施舍守約也。昔者曾子謂子襄曰：子好勇乎？吾嘗聞大勇於夫子矣：自反而不縮，雖褐寬博，吾不惴焉；自反而縮，雖千萬人，吾往矣！[23]

　　這裏涉及到兩個相互關聯的話題：一個是「勇氣」的幾種表現方式，以及其優劣、高低的判斷；另一個是孔子對「勇」的最高層次——「大勇」的論述。前者在古代的武俠文學中，多有體現，而在現代新武俠之作中，類似的思路也是常見的。而後者，金庸在小說中更是有精彩的演繹，特別是對於「自反而縮，雖千萬人，吾往矣」的「大

23　《孟子・公孫丑上》，見《四書章句・孟子集注》，344-35頁。

勇」的表現，更是金庸施展才華的好題目。《倚天屠龍記》面對六大
門派的高手，張無忌為了阻止一場大屠殺，以及化解江湖百年恩怨，
毅然挺身而出。《碧血劍》中，袁承志為了不使奸人陰謀得逞，面對
各路江湖好漢，出面保護焦公禮。而《笑傲江湖》描寫令狐沖援手向
問天一段，更是允稱「雖千萬人，吾往矣」的典範情境：

> 穿過一片松林，眼前突然出現一片平野，黑壓壓的站著許多
> 人，少說也有六七百人，只是曠野實在太大，那六七百人置身
> 其間，也不過佔了中間小小的一點。一條筆直的大道通向人
> 群，令狐沖便沿著大路向前。行到近處，見人群之中有一座小
> 小涼亭，那是曠野中供行旅憩息之用，構築頗為簡陋。那群人
> 圍著涼亭，相距約有數丈，卻不逼近。令狐沖再走近十餘丈，
> 只見亭中赫然有個白衣老者，孤身一人，坐在一張板桌旁飲
> 酒，他是否腰懸彎刀，一時無法見到。此人雖然坐著，幾乎仍
> 有常人高矮。令狐沖見他在群敵圍困之下，居然仍是好整以暇
> 的飲酒，不由得心生敬仰，生平所見所聞的英雄人物，極少有
> 人如此這般豪氣干雲。他慢慢行前，擠入了人群……向問天嘿
> 的一聲，舉杯喝了一口酒，卻發出嗆啷一聲響。令狐沖見他雙
> 手之間竟繫著一根鐵鍊，大為驚詫：「原來他是從囚牢中逃出
> 來的，聯手上的束縛也尚未去掉。」對他同情之心更盛，心
> 想：「這人已無抗禦之能，我便助他抵擋一會，糊里糊塗的在
> 這裏送了性命便是。」當即站起身來，雙手在腰間一叉，朗聲
> 道：「這位向前輩手上繫著鐵鍊，怎能跟你們動手？我喝了他
> 老人家三杯好酒，說不得，只好助他抵禦強敵。誰要動姓向
> 的，非得先殺了令狐沖不可。」

此時，令狐沖內力全失，與人爭鬥無異送死。但他一則折服於向問天的氣度，二則同情他的境遇，三則看到追殺者的隊伍裏頗有一些宵小之徒，於是「自反而縮」──自問合乎正義，便不顧眾寡懸殊，挺身向這大群武士挑戰。其實，在金庸的小說中，這也是一個常見的情節模式，是表現少年俠士「大勇」的一種主要方式。

與前面論述的莊禪意識相通的地方，在於孔孟思想元素的注入，使得人物的精神豐富、厚重，從「武勇」的層面升華起來。而二者不同之處，在於孔孟思想元素加強了義俠們的社會責任感，以及擔當的精神、堅強的意志。而對此的表現，則使得作品透射出更強烈的陽剛之美。

三

金庸對傳統文化的興趣與瞭解是相當廣泛的。在他的第一部武俠作品《書劍恩仇錄》（原名《書劍江山》）中，男主角陳家洛在最關鍵的時刻，從《莊子‧養生主》中悟到了武學的最高境界，從而一舉擊敗了一生最可怕的敵手張召重。而在他的中期重要作品《倚天屠龍記》與晚期重要作品《笑傲江湖》中，男主人公所學武功精髓都是以簡馭繁、以無勝有、計白當黑，老莊思想的味道甚為濃厚。至於對佛教的學習，他曾在與池田大作的對話中詳細講述，略云：

> 我經過長期的思索、查考、質疑、繼續研學等等過程之後，終於誠心誠意、全心全意的接受。佛法解決了我心中的大疑問，我內心充滿喜悅，歡喜不盡──「原來如此，終於明白了！」從痛苦到歡喜，大約是一年半時光。隨後再研讀各種大乘佛經，例如《維摩詰經》、《楞嚴經》、《般若經》等等，疑問又產

生了。這些佛經的內容與「南傳佛經」是完全不同的，充滿了
誇張神奇、不可思議的敘述，我很難接受和信服。直至讀到
《妙法蓮華經》，經過長期思考之後，終於了悟。
佛法的作用應當主要是勉勵人們提高道德修養，克制過分的貪
心和欲望，為社會及旁人的福利作出貢獻……考慮它的社會效
果，我們似乎應當著重它慈悲、和平、息爭和愛的一面，以促
進人類社會的和諧合作。[24]

可見金庸在佛學上是頗用了一番功夫的。而且，他始終抱持理解的同
情，又以理性的態度進行獨立的思考，從而有了獨到的真知灼見。他
的佛學修養體現於小說，最明顯的是《天龍八部》。不僅篇名從佛典
中來，而且其中悲天憫人的氛圍也是其他作品所不及的。作者刻意寫
佛法的地方是少林寺灰衣老僧點化蕭遠山、慕容博一段，不過，體現
佛禪旨趣最為自然的卻是段譽這個形象。粗粗看來，段譽頗有科諢小
丑之嫌，但若讀進去，就會體味到他那骨子裏的無心、妙悟。另外，
金庸自己也曾明確講到佛法對其小說創作的影響：

我在寫作《倚天屠龍記》時表示了人生的一種看法，那就是，
普遍而言，正邪、好惡難以立判，有時更是不能明顯區分……
我所以有此觀點，或許是受了佛法的教導。

在與池田的對話中，金庸同樣多次談到了儒家的思想及其經典，
如：

---

24 金庸、池田大作：《探求一個燦爛的世界》，231頁，香港，明河社出版有限公司，
1998。

社會的根本是「信賴」。昔日，孔子被弟子子貢問及：「政治，最重要的基礎是什麼？」（《論語・顏淵》第十二）孔子答曰：「足食，足兵，民信之矣。」……孔子的這番話，在現代對個人也是很適合的。[25]

金庸也曾把儒、佛並稱來立論：

大乘佛教普渡眾生的大慈大悲十分偉大，儒家修齊治平的理想也崇高之至。[26]

中國的精神文化，譬如可從儒家的道德方面學到不少東西，儒家有所謂「修身、齊家、治國、平天下」的說法，就是由自我革新開始，最終向著世界和平的思想作為目標的。從佛教中去學習則更易領會，可在學習佛教的基本教導中致力「成為善人」、「行善」的人生，從而形成不只為自己個人，而是「為他人貢獻」的心。[27]

這裏談儒家、佛教，都是作為人格理想之淵源來談論的。更有趣的是，二人的談話還直接涉及到孔孟思想對於武俠人物精神、氣質的意義：

金庸：友誼主要源自感情，義氣則包含了理智的判斷。即使和一人感情並不深厚，但為了「應當這樣做才合道理」，往往會作出重大犧牲，那是所謂「義氣」。

---

25 金庸、池田大作：《探求一個燦爛的世界》，263-264頁。
26 金庸、池田大作：《探求一個燦爛的世界》，244頁。
27 金庸、池田大作：《探求一個燦爛的世界》，225-226頁。

池田：「見義不為，無勇也。」（《論語‧為政》）如斯所言，此為人間正道。就會奮不顧身而為之；為他人而捨己，更是金庸先生的武俠小說中所描寫的「大丈夫」的典範。[28]

這些言論說明金庸武俠人物的人格中確實流淌著來自傳統文化的血液。其實，他本人有過十分明確的表白：「我寫的武俠小說……真正的宗旨當是肯定中國人傳統的美德和崇高品格、崇高思想，使讀者油然而起敬仰之心，覺得人生在世，固當如是。」我們上面所做的分析，不過是指實了這一點。

金庸在塑造自己的武俠英雄時，從莊禪與孔孟中汲取養分，豐富了人物的精神世界，增加了作品的文化含量，成為新武俠「雅化江湖」的一個重要方面。從文學創作的角度看，金庸的難能之處不在於他的思想有多深刻，也不在於他涉及的知識有多廣博，而在於把這些思想因素巧妙無痕地融合到每一個血肉豐滿的「活體」之中，並能與那些跌宕起伏的武俠故事相互促進，毫無生澀牽強之感。

當然，金庸之所以能夠冶諸般於一爐，除卻他自身的功力之外，文化傳統固有的相容品性也是同樣重要的原因。莊、禪的相通已見前述，莊禪與孔孟的相容，更是中國思想史一個引人注目的特點。禪宗吸收老莊的思想因素，其組織、傳承方式打有儒教印記；儒家則吸收禪宗、道家的元素，衍生出宋明理學，正因為如此，「三教互補」、「三教合一」的主張才會產生廣泛的影響。即使抱持「原教旨」的態度，回到儒家元典，我們仍然能夠看到「相通」的地方，如《論語》的「侍坐」一節，曾點自言其志：

---

28 金庸、池田大作：《探求一個燦爛的世界》，207-208頁。

暮春者，春服既成，冠者五六人，童子六七人，浴乎沂，風乎
舞雩，詠而歸。[29]

相對於前面子路、子有的治國方略，子華的治禮思想，應該說曾點之
志與通常孔子的入世主張是有些距離的，卻不料得到了孔子的稱讚，
並表示自己與其同志。這樣一種逍遙自在、親和自然的人生姿態，與
莊禪的生活態度幾無二致。

　　金庸作品中的儒家、道家思想元素，有些是他自覺吸取融匯進去
的，有些則是自身的修養自然地流露。而無論是哪一種情況，由於他
把俠士英雄們的人格理想從傳統的勇武、義氣加以豐富與提升，融入
了孔孟、莊禪的元素，就同時豐富、提升了作品的文化品位。他的武
俠小說之所以能夠雅俗共賞，特別是在很多飽學之士中產生共鳴、獲
得讚譽，重要原因之一便在於此。

29　《論語・先進》，見《四書章句・論語集注》，112頁。

論白話長篇小說中宗教描寫之人文色彩

　　作為民族文化的重要組成部分，佛、道二教在我國古代產生過巨大的影響，滲透於民眾日常生活與思想文化各領域之中，小說也不例外。對於小說中的宗教內容，梁啟超曾有過尖銳的指責：

> 吾中國人妖巫狐鬼之思想何自來乎？小說也。……今我國民惑堪輿，惑命相，惑卜筮，惑祈禱，因風水而阻止鐵路，阻止開礦，爭墳墓而闔族械鬥，殺人如草，因迎神賽會而歲耗百萬金錢，廢時生事，消耗國力者，曰惟小說之故。[1]

這番話自有其合理之處：舊小說中的迷信故事對下層民眾的心理確有毒害作用。但這種指責又有片面之處。且不說小說中的迷信內容本是生活中迷信活動之反映，不可倒果為因；即以小說中有關宗教的描寫作全面的估量，也並非盡屬迷信。相反，其中頗不乏優秀的篇章段落，不僅透過有關宗教的描寫呈露出人文主義精神，其藝術處理也往往別具特色。分析、認識這一現象，對於更全面、更準確地瞭解民族傳統文化，無疑是很有必要的。

1　梁啟超：《論小說與群治之關係》，見《中國歷代文論選》，第4冊，210頁，上海古籍出版社，1980。

　　就白話長篇小說而言，宗教內容幾乎可說是與生俱來的。元末的
《三國演義》、《水滸傳》中已有相當的篇幅，前者如關於于吉的描
寫，後者如魯智深剃度、公孫勝師徒等故事。明中葉，以《西遊
記》、《封神演義》為代表的神魔題材及以《金瓶梅》為代表的世情題
材興起後，小說中的宗教內容愈見增多，細緻、深入的描寫亦時有所
見。至清中葉的《綠野仙蹤》與《紅樓夢》則是這兩類題材中宗教描
寫較為成功的作品。而晚清大量的白話小說之中，此種描寫反趨簡單
淺薄，只有《老殘遊記》別出心裁。

　　這五百餘年的白話小說史上，作品中宗教描寫所佔比重不一，大
要言之有四種情況：一種以宗教活動為題材，全書鋪衍有關宗教的傳
說故事，如《西遊記》、《封神演義》、《濟公傳》、《南海觀音全傳》
等；一種以宗教內容作為全書情節的重要組成部分，特別是作為價值
的參照系以及人物的歸宿，如《金瓶梅》、《紅樓夢》等；一種是僅以
宗教內容作故事的背景或結構的框架，如《梁武帝演義》、《說岳全
傳》、《飛龍全傳》等；一種是偶爾涉及，只有一些無關大局的枝節描
寫，如《隋唐演義》、《林蘭香》、《歧路燈》等。這樣分類只是觀其大
略，並無嚴格界限，而本文所論，則以前兩類作品為主。

　　一般地講，小說中的宗教描寫大多並不看重教旨教理的傳播，而
只是作為一個故事或故事的組成部分。但也有少數作者曾潛心於釋、
道，自謂別有會心，便在作品中一本正經地講起「金丹奧旨」、「禪學
法門」來。脂硯齋在《石頭記》評語中就書裏的鬼神描寫講道：「《石
頭記》……如此等荒唐不經之談，間亦有之，是作者故意遊戲之筆
耶。以破色取笑，非如別書認真說鬼話也。」「遊戲筆墨一至於此，
真可壓倒古今小說。」[2]這「遊戲筆墨」與「認真說鬼話」實可概括

2　庚辰本《石頭記》16回批語，見朱一玄編《紅樓夢脂評校錄》，228頁，山東，齊魯
　　書社，1986。

古代小說作者們對待宗教內容的兩種基本態度。不過應該指出的是，由於宗教內容遠比一般鬼神描寫複雜，故作者們的態度也往往複雜而矛盾，以致同一部作品中，既有「認真說鬼話」的講因果、釋教義的段落，又有斥責佞佛崇道，譏嘲和尚道士的描寫，如《禪真逸史》就很典型。所以下文論及某部作品某種傾向時，並不排除相反傾向的存在。

在以遊戲筆墨對待宗教內容的作品中，往往表現出一種人文主義的精神，即以積極的、熱情的態度對待人生，以理性的、審慎的態度對待宗教，以執著的、肯定的態度對待自我。因而，有關的描寫就具有了寄託化、幽默化、世俗化的特徵。

一　宗教描寫中的寄託與象徵

《水滸傳》的宗教描寫總體來看是揚道抑佛，一般的佛教人物多形象不佳，但其中最重要的一個卻被大加讚頌，那便是花和尚魯智深。不過，作為僧人，魯智深是個十分特異的形象。作者的讚頌筆墨，並非落在其「僧人」身份上，而是落在那些「特異」之處。初上五臺山剃度時，智真長老為魯智深摩頂受戒道：「五戒者：一不要殺生，二不要偷盜，三不要淫邪，四不要貪酒，五不要妄語。」而轉眼間，除了「淫邪」一條外，諸戒皆破，成了殺人放火的酒肉和尚（這只是相對於戒律而言，並不含貶義）。可是，對於這樣一個佛門的「叛逆」，智真長老反預言他將成正果，而那些謹守戒律虔心修行的僧人卻「皆不及他」。這位智真長老因寬容、庇護魯智深，也得作者分外青目，被描寫成全書唯一的大德高僧。

在早期的梁山故事中，「花和尚魯智深」雖已有名目（羅燁《醉翁談錄》等），但事蹟卻非常簡單。《大宋宣和遺事》中只有「僧人魯

智深反叛，亦來投奔宋江」一句梗概。元人雜劇《魯智深喜賞黃花
峪》的主角實為李逵，魯智深並沒有多少表演，性格也有些莫名其
妙，實在不令讀者、觀眾喜歡。只有《癸辛雜識》中魯智深的讚語把
他特殊的「和尚」加「強盜」之身份強調出來：「有飛飛兒，出家尤
好。與爾同袍，佛也被惱。」這一讚語雖難索確解，卻也依稀透露出
不守戒律之類的消息。總之，和尚作「強盜」，這個基本事實決定了魯
智深佛門叛逆的形象基調。但把這個基調發展起來，寫出醉打山門、
倒拔垂楊柳那般生動、精彩筆墨，塑造出率情任性、剛猛正直、胸襟
闊大的不朽形象，卻是施耐庵（及一代又一代無名的書場藝人）的功
勞。而從思想意義上最堪品味的，是施耐庵對其「正果非凡」的判定
與讚賞[3]。這樣的處理表現出施耐庵深受「狂禪」影響的佛理觀。

　　「狂禪」是一個複雜的宗教現象，褒貶是非不可遽定。但有一點
可以肯定，「狂禪」是佛教中的異端，其對個體情性的張揚是或多或
少體現出「非宗教」的人文主義傾向的，故而對佛教本身產生了一定
的破壞力量。施耐庵公然為「強盜」頌德立傳，則屬儒生中的異端人
物。他以「狂禪」為正果，把燒山門毀金剛的魯智深刻畫成大丈夫、
真豪傑，是他本人思想傾向的折光。明中後期，禪宗復興，狂禪亦
盛。居士如李卓吾，僧人如紫柏，都表現出狂禪的作風，從而名動天
下。李卓吾以思想界領袖的身份批點《水滸》並為之作序[4]，大大提
高了《水滸傳》的社會聲望，使其由大眾文化層面進一步融入了士人
文化層面。很有意思的是，對《水滸》一百餘位好漢，李卓吾最推崇
的就是魯智深。他在批語中講：

3　《水滸傳》作者問題，嚴格講尚無定論。為行文方便而取通行之說。以下皆依此處
　　理，不再一一說明。
4　關於容與堂批語的作者，其說不一。筆者持卓吾說，理由詳見春風文藝出版社《李
　　贄》。

此回文字（指大鬧五臺山）分明是個成佛作祖圖。若是那班閉
眼合掌的和尚，絕無成佛之理。何也？外面模樣盡好看，佛性
反無一些。如魯智深吃酒打人，無所不為，無所不做，佛性反
是完全的，所以到底成了正果。算來外面模樣，看不得人，濟
不得事。此假道學之所以可惡也與！此假道學之所以可惡也
與！」 [5]

這可算得是一篇狂禪宣言。他把魯智深這個形象的潛在內涵充分揭示
出來：率情任性便是真佛，吃酒打人不妨菩提之路。同時，李卓吾又
由此生發，認為這個形象還具有批判道學的意義。他以拘守宗教規儀
的修行類比於拘守禮教教條的道學，這種說法看似牽強，實則得其三
昧。而此類言論適逢晚明思想文化領域的啟蒙——浪漫思潮興起，故
在激進的士人中頗產生了一些共鳴。其後的《水滸》論者如金聖歎
輩，也有從「狂禪」的角度讚美魯智深的言論（金聖歎：《第五才子
書》第三回評語）。而李卓吾的侍者常志抄寫李評《水滸》後，極為
仰慕魯智深，狂放起來，「時時欲學智深行徑」，最後搞得李卓吾本人
也消受不起（袁中道《遊居柿錄》），適可見一時風氣。

　　魯智深的形象經李卓吾評論而內涵更趨豐厚，但李卓吾的評論並
不盡為魯智深這個形象本身所發，「道學」云云純屬借題發揮。正如
懷林所指出的：「和尚一肚皮不合時宜，而獨《水滸傳》足以發抒其
憤懣，故評之為尤詳。」 [6] 李卓吾評論魯智深係別有寄託，施耐庵當
年塑造這個形象似也有所寄託，因而使魯智深的形象既有表層的義俠
好漢含義，又有深層的縱情任性、掙脫束縛的含義（參看《禪與俠的

5　〔明〕李贄評點：《忠義水滸傳》，見《明容與堂刻水滸傳》，第4卷，21頁，上海人
　　民出版社，1973。
6　見容與堂本《忠義水滸傳》卷首——此語或謂偽託，其實未必。詳見拙著《李贄》。

妙合》篇）。後一方面對於正統的佛教佛學無疑是一個衝擊。

從佛教的角度看，魯智深是一個畸人，自身具有矛盾的結構：不修行不持戒反能證果成佛[7]。而從藝術的角度看，正是這矛盾的內在結構才使其產生了深層思想含義，才表現出寄託的特徵。這種以畸人形象實現寄託的手法，在我國古代小說中並不鮮見，如《女仙外史》中的剎魔公主，《紅樓夢》中的癩頭和尚等皆然。

作為魔教領袖的剎魔公主是一個奇特的形象，事蹟飄忽不定，其實於史無證。作者借書中人物之口道：「向稱為儒、釋、道者，今當稱作魔、釋、道矣。」她是正義與邪惡的結合體，又是美麗與兇殺的結合體。這不是一般的神魔形象，正如作者的好友劉廷璣所指出的：「若魔道，……藉以為寓言。」（《女仙外史》卷首《品題》）故要說清楚其全部含義是很困難的，因為其中有對傳統觀念的嘲謔，有對女性的尊崇，有對歷史的反思，等等。而在種種寓意中，剎魔公主的反宗教意味是很突出的。如第九十回寫一火首毗耶那，神通廣大，義軍方面的仙人，包括觀音的弟子、老子的門徒等都被他打敗，只好請來剎魔公主一戰成功。這個火首毗耶那隱喻男根，剎魔公主降伏他的法寶名為「軟玉紅香夾袋」，所喻亦很明顯。筆法雖近褻，但連同上文觀之，無非是譏嘲佛、道二教在壓制性欲面前的無能，而性的問題只能以性的方式解決。這在很大程度上涉及宗教與世俗的根本分歧，故不可以惡謔簡單看待。另外，這個形象所表現的喜動厭靜、爭強好勝、蔑視法規的性格同魯智深亦有相通之處，而和佛、道二教的追求寂滅、安靜、退避、自律的消極人生哲理截然相反。

《紅樓夢》中的癩頭和尚是另一類「畸人」。作品中這個形象著

7　這一思想的源頭在《維摩詰經》。本人認為該經雖是大乘重要經典，但實包含解構宗教根基的因素。

墨並不多，對於深化主題卻頗有作用。通靈玉涉足紅塵便是這個和尚同他的道士夥伴攜帶的。而賈寶玉中邪病危時，又是這二人救治。有趣的是二者的形象，書中各以韻語描寫道：

> 鼻如懸膽兩眉長，目似明星蓄寶光。破衲芒鞋無住跡，醃臢更有滿頭瘡。
>
> 一足高來一足低，渾身帶水又拖泥。相逢若問家何處，卻在蓬萊弱水西。

前文對這個跛足道士的描寫還有：「來了一個跛足道人，瘋瘋落脫，麻屣鶉衣。」明明是出神入化、先知先覺的神仙者流，偏以一副骯髒醜陋的形象出現，如此彰明的反差也產生了深長的意味。類似的形象在古代小說中反覆出現，幾乎成為一種模式。最典型的如濟顛和尚、李鐵拐等。《濟公全傳》中描寫濟顛：

> 臉不洗，頭不剃，醉眼乜斜睜又閉。若癡若傻若癲狂，到處詼諧好耍戲。踢僧衣，不趁體，上下窟窿錢串記，絲縧七斷與八結，大小袼褳接又續。破僧鞋，只剩底，精光兩腿雙脛赤，涉水登山如平地，乾坤四海任逍遙。經不談，禪不理，吃酒開葷好詼戲，警愚勸善度群迷，專管人間不平氣。

《八仙得道》中描寫李鐵拐：

> 又黑又醜，一隻腳兒長一隻腳兒短，黑如鐵鑄，渾身不見一點白肉。

這一類外癡內靈，外醜內秀的形象，在佛教自身固有其淵源（如觀音的變相為鎖子骨之類）但更直接的文化源頭似還在中土。《老子》有「信言不美，美言不信」之說，而《莊子》更直接描述過若干類似的人物形象，如：

> 曾子居衛，縕袍無表，顏色腫噲，三日不舉火，十年不製衣。……縱而歌《商頌》，聲滿天地，若出金石。天子不得臣，諸侯不得友。[8]
> 支離疏者，頤隱於臍，肩高於頂，會撮指天，五管在上，兩髀為脅。……足以養其身，終其天年。[9]

老、莊之說都含有對社會通行的價值標準的批判。物質上被社會蔑視，精神上卻足以戾視社會。這曲折地反映出下層士人的心理狀態，也被自居於異端或失勢於朝廷的人物欣賞。小說多出自於下層知識分子之手，故此類表裏矛盾的形象也就屢屢出現，以寄託其憤世不平之氣。

至於《紅樓夢》中的癩僧跛道，一方面是賈寶玉的守護神，一方面又時而點明賈寶玉的錦衣玉食生活不過是「被聲色貨利所迷」的「沉酣一夢」。這樣，他們就成了徹悟人生的象徵。尤可注意的是，在仙界，他們的本來面目是「生得骨格不凡，豐神迥異」。而一入塵世，便換了一副骯髒癲狂的面目。這既可說是仙人遊戲凡塵，也可說塵世不識真仙。聯繫書中所寫道貌岸然、法相莊嚴的僧道，大多俗不可耐，如張道士、淨虛尼等，「癩頭」、「跛足」的諷世意味豈不愈加昭然。

8　《讓王》，見《莊子集釋》，第9卷，977頁，北京，中華書局，1982。
9　《人間世》，見《莊子集釋》，第2卷，180頁。

二　世俗化的佛與道

　　佛、道二教傳至明清，在教理上皆呈衰微之勢，深奧繁複的義學已少有問津者。為了自身的生存，二者不約而同地走上了世俗化的道路，佛教各宗派都向最近世俗的淨土宗靠攏，道教則背離了全真保和、清心寡欲的原旨，而完全倒向了畫符禁咒、齋醮祈禱的一面。這正如明末高僧永覺元賢所歎息的：

> 「後代稱律師者，名尚不識，況其義乎？義尚弗達，況躬踐之乎？」[10]

世俗化雖使二教苟延一時，卻極大地降低了威信，特別在有識之士中。這種情況反映到小說中，就出現了按市民口味設計塑造的宗教生活、佛道形象，同時又伴之以尖銳的抨擊與辛辣的嘲諷。

　　《說岳全傳》首回寫岳飛出世因果，本屬闡揚佛理之文，卻把佛教盛典描寫得十分不堪。書中寫道：

> 「我佛如來，一日端坐蓮臺，……講說妙法真經。正說得天花亂墜、寶雨繽紛之際，不期有一位星官，乃是女士蝠，偶在蓮臺之下聽講，一時忍不住，撒出一個臭屁來。……惱了佛頂上頭一位護法神祇，名為大鵬金翅明王，……望著女士蝠頭上，這一嘴就啄死了。」[11]

10　〔明〕永覺元賢：《續寱言》，見《永覺和尚廣錄》第30卷，見電子佛典《續藏經·禪宗部》X72，No. 1437。

11　〔清〕錢彩：《說岳全傳》，2頁，上海古籍出版社，1980。

這哪裏是什麼莊嚴法會，簡直成了混亂污濁的集市茶館。同回書也涉及道教，長眉大仙轉世的宋徽宗按道教禮儀祭天，表章上把「玉皇大帝」錯寫為「王皇犬帝」，使玉帝大怒，降災於人間，「使萬民受兵革之災」。這「犬帝」以及臭屁的情節，明顯地流露出小市民的趣味，本身並不高明。不過安排在佛、道最高領袖的有關情節中，卻不期然而然地產生了大不敬的味道。

世俗化的傾向還表現在按照世俗生活來構設佛道祖師及神仙們的生活。《八仙得道》中有一段道教正、邪兩派打擂臺的故事。道教的領袖人物老子、通天教主本屬「天之精、地之魄」，「混沌初開之日，修成不壞之身」的真仙，皆有通天徹地之能。二人有了矛盾卻須搭起擂臺，由弟子們輪番上臺，一拳一腳地較量。這段描寫乃自《封神演義》的「萬仙陣」一段改造而成。比起來，《封神演義》似乎神仙味要濃一些，不過細推敲，大仙們雖未上擂臺，比試的手段其實和《三國演義》、《水滸》的「兩陣對圓」、「大戰八十回合」也無多大分別。

更有趣的是《南遊記》中對釋迦如來的描寫。如來初在雪山修行，後由靈鷲山經過，見景致宜人，便向山的主人──獨火大王借住。當時立下文書，寫明暫借一年。過了一年後火王去討取，如來說尚未到期。取出合同一看，「一」字上已加了一豎，成了「暫借十年」。十年後去取，文書又改為「千年」。火王無奈，索一頓齋筵，如來又鄙吝不與。最後引起衝突，被如來縱容手下將火王燒死。這一段討債賴帳的故事寫得滑稽、生動，分明是市井生活的漫畫化。把這樣的情節安放到妙悟色空、至尊至聖的佛祖身上，令人忍俊不禁。文殊、普賢本為佛門聖者，在這部小說中卻成了昏庸無能之輩。華光追趕龍瑞王至清涼山，文殊、普賢欲救無策，只好開後門放龍瑞王逃生，然後裝作聾啞之態絆住華光，拖延時間。玉帝為三界之主，小說卻寫他遇事全無主張，而且貪財護短。他派哪吒討伐華光，打了敗

仗，只是騙了華光一塊金磚。而他見財心喜，「傳命將金磚收入御寶庫，即賜哪吒御宴金花，掛彩出朝」。這些宗教領袖的眼界、心態、行為方式完全如同市井細民了。

與此相似的還有《五鼠鬧東京包公收妖全傳》。書中寫五隻鼠精作祟人間，包公為除妖服毒自盡，靈魂升天來見玉帝。玉帝「差天使領玉牒文一封，前往西天雷音寺世尊殿前，求借玉面金貓」。如來為此，「與諸佛會議」。會議上，諸佛擔心借出金貓後，自家的書籍被老鼠咬壞，於是決定借一隻假貓去騙包拯。幸虧玉帝手下有人識貨，指出假貓不會捕鼠。包拯只好親自求懇，如來才大發慈悲，把真貓借給了包拯。這裏描寫的如來直如一個村婦，不僅小氣，而且毫無主見。不過，故事不像高居雲端的清涼世界，而是洋溢著真切的小市民生活的氣息。

這一類世俗化的描寫，作者本意雖不是自覺的宗教批判，但客觀效果上的大不敬味道，使教主們的聖光大為削弱，使宗教的威信自然降低。與此相連帶的，是對一般教徒的更尖銳的正面抨擊。通俗小說中的和尚、道士大半是被揭露、嘲弄的對象。《金瓶梅詞話》、《水滸傳》、《三言二拍》等作品皆有恣肆的描寫。如《水滸傳》用整回書細寫僧人裴如海的姦情，最後作者意猶未盡，又填兩支曲子，略云：「堪笑報恩和尚，撞著前生冤障；將善男瞞了，信女勾來，要他喜舍肉身，慈悲歡暢。」「淫戒破時招殺報，因緣不爽分毫。本來面目忒蹊蹺，一絲真不掛，立地放屠刀！大和尚今朝圓寂了，小和尚昨夜狂騷。頭陀刎頸見相交，為爭同穴死，誓願不相饒。」金聖歎於此回批道：

佛滅度後，諸惡比丘於佛事中，廣行非法，……或云講經，或云造象，或云懺摩，或云受戒，外作種種無量莊嚴，其中包藏

無量淫惡……我欲說之，久不得便，今因讀此而寄辯之。[12]

可見小說中毀僧謗道之筆是很容易產生共鳴的。

　　更為系統的批判見於《禪真逸史》中。作品開篇即寫梁武帝「酷信佛教」，「朝政廢弛」，魏主反而「暗暗稱羨」，下旨建寺廣行法事，於是引起了大將軍高歡的一番切諫，列舉了佛教的三大罪狀，洋洋千言，可作一篇「滅佛論」讀。高歡之言即作者之言。作品卷首有託名唐太史令傅奕的題詞。傅奕是唐初闢佛健將，曾上書極詆佛法，又編有闢佛專著《高識集》。作者託名此人，全書大旨可見。不過，與前代范縝、傅奕、韓愈等人闢佛言論相比，高歡所論明顯世俗化了。哲理、倫理已不是議論的要點，情慾、享受、財產方面的劣跡成為三大罪狀，其中又尤以情慾為貶斥重點。這既反映了中晚明佛教的真實情況，也反映出市民階層立足世俗生活而反宗教的傾向以及其自身的情趣。小說作者塑造了鍾守敬的形象來證明「三大罪狀」的論斷。鍾守敬是梁武帝特旨簡選的有道高僧，主持妙相寺。有關他的描寫頗具反諷味道。作者寫鍾守敬的形象是「飄飄俊逸美丰姿，端然羅漢轉世」；他人的評價是「戒行清高，立心誠實」；梁武帝的詔書曰：「神定而戒行精嚴，律明而禪機透悟」；而本人講經說法亦深中竅要，宣揚「諸經曲千言萬語，只是教人守其靈明，勿使物欲迷障」。因此，「哄動了遠近僧俗士女，都來聽經，參見活佛」。但一寫到具體行事便件件不堪，貪財鄙吝，通姦好色，忘恩負義，行險使詐，完全是一個市井徒棍。

　　然而，似乎矛盾的是，全書名為《禪真逸史》，並以半佛半仙的

---

12 〔清〕金聖歎評點：《第五才子書施耐庵水滸傳》，第49卷，730頁，河南，中州古籍出版社，1985。

林澹然貫串全篇（唐高祖敕封林澹然為「通玄護法仁明靈聖大禪師」），又從根本上肯定了佛、道二教。其實，這種態度很有代表性，正如錢謙益給黃梨洲信中所講：

> 邇來則開堂和尚，到處充塞，竹篦拄杖，假借縉紳之寵靈，以招搖簧鼓。士大夫掛名參禪者無不入其牢籠。……第不可因此輩可笑可鄙，遂哆口謗佛謗僧。譬如一輩假道學大頭巾，豈可歸罪於孔夫子乎？[13]

對生活在世俗中的和尚道士，則從世俗的角度揭之批之；而對玄奧的二教的原旨，則不妨敬而遠之，存而不論。這是當時一般人對宗教的態度，也相當普遍地反映於通俗小說之中。

　　《禪真逸史》對佛教的批判基於世俗，其長在於貼近情理，其短未免淺薄刻露。相比之下，《紅樓夢》對賈敬佞道的描寫就要高明多了。賈敬迷信於燒丹煉汞，家事一概不理，最後服食丹藥中毒而死。曹雪芹對他的荒唐行為只是在故事發展中自然涉及，點到即止，而且多從眾人口中提到。筆法看似超然，褒貶卻寓於不言中。同時，又把批判道教迷信的內容同全書「君子之澤，五世而斬」的主題聯繫到一起，增加了思想深度。

三　以調侃、幽默寫莊嚴

　　中國古典小說中寫宗教而影響最大的當推《西遊記》，以至後世的廟宇中赫然畫出火眼金睛的猴王與長嘴大耳的八戒，鬥戰勝佛也成

13　〔清〕黃宗羲：《黃梨洲文集》，511頁，北京，中華書局，1959。

了某些場合正式的護法神。從這個意義上講，《西遊記》「普及」了佛、道二教的知識，又反轉來「豐富」了二教的內容。但是，這些出自《西遊記》的知識皆別有意味，最突出的是其中浸染的調侃、玩世情調。胡適是較早強調這一點的人。他在《西遊記考證》中指出：

> 《西遊記》有一個特長處，就是他的滑稽意味。拉長了面孔，整日說正經話，那是聖人菩薩的行為，不是人的行為。《西遊記》所以能成世界的一部絕大神話小說，正因為《西遊記》裏種種神話都帶著一點詼諧意味，能使人開口一笑。這一笑就把那神話「人化」過了。我們可以說，《西遊記》的神話是有「人的意味」的神話。[14]

神的題材寫出「人的意味」，這正體現出人文主義的精神。對於胡適的論斷，魯迅亦予首肯，並在《中國小說史略》中述及。

胡適在引作品來證實自己的觀點時，主要以八戒與悟空的言行為例。實際上，作者的調侃同樣用在佛、道二教的代表如來、觀音、玉帝、老君身上。最典型的一段是西天如來勒索財物的描寫。唐僧四眾歷盡千辛萬苦到了靈鷲山，卻只得到了一捆白紙，原因是阿儺、迦葉索要「人事」不遂。當孫悟空向如來告狀時，如來竟一本正經說：

> 你且休嚷。他兩個問你要人事之情，我已知矣。但只是經不可輕傳，亦不可以空取。向時眾比丘聖僧下山，曾將此經在舍衛國趙長者家與他誦了一遍，保他家生者安全，亡者超脫，只討得他三斗三升米粒黃金回來。我還說他們忒賣賤了，教後代兒

---

14 胡適：《西遊記考證》，見《中國章回小說考證》，362頁，上海書店，1980。

> 孫沒錢使用。你如今空手來取，是以傳了白本。[15]

大慈大悲、普渡眾生的佛教無財不傳經已屬荒唐，法力無邊、包容天地的如來佛竟數鬥論升地計較價錢更令人驚訝，而最不可思議的是如來深恐「後代兒孫沒錢使用」，作者真是奇想天外。論者多以為這是作者對佛教的正面批判，旨在說明「並無淨土」。以作品的客觀意義論，此誠不謬；若以作者之意圖論，則未必盡然。《西遊記》對佛、道二教皆有所批判，但相對來說，作者貶道尤甚，關於佛教反而不乏正面、尊崇的描寫（如來的佛法、觀音的慈悲等）。故這一段索賄情節毋寧說是作者調侃世情，故意表現出玩世不恭人生態度的遊戲筆墨。誠然，以此類筆墨加於「世尊」身上，未免近於瀆聖，但這正是作者的目的。中晚明的士林中，傲誕玩世之風甚盛，自唐伯虎至金聖歎，頗多以此名世者。《淮安府志》記吳承恩「善諧劇」，可見亦是此輩人物。這種風習自然反映於小說創作思想中。李卓吾提出：

> 《水滸傳》文字當以此回（五十三回「李逵斧劈羅真人」）為第一。試看種種摹寫處，哪一事不趣，哪一言不趣。天下文章當以趣為第一。既是趣了，何必實有是事，並實有其人。若一味推究如何如何，豈不令人笑殺（容與堂本《忠義水滸傳》五十三回批語）。[16]

可以說，《西遊記》全書正貫穿著「趣為第一」的精神，於是指妖精為如來的外甥，咒觀音一世無夫，讓猴子到如來手上撒一泡尿。這些

---

15 《西遊記》，第98回，1239頁，北京，人民文學出版社，1985。
16 〔明〕李贄評點：《忠義水滸傳》，見《明容與堂刻水滸傳》，第53卷，19頁，上海，上海人民出版社，1973。

自然都不能「推究如何如何」，只能看作吳承恩「非聖無法」、「一笑人間萬事」的情緒宣瀉。至於宣瀉中抹掉了宗教的莊嚴神聖之光環，那卻是不期然而然的了。

《西遊記》這種玩世的筆調影響了同時及後世很多作品中的宗教描寫。如《東遊記》中調解八仙與天將糾紛一段，對如來、老君全無是非可否的描寫。至於調侃和尚、道士的描寫就更多更大膽，如《禪真後史》滑道士捉妖、《續金瓶梅》嘲僧尼通姦等。不過，限於才力，這些作品的幽默之處多不及《西遊記》自然，有的則格調欠高，流於惡謔。但在化莊嚴為嬉笑，化仙佛為凡人的效果上，也與《西遊記》的「雅謔」是一致的。

小說中的宗教描寫表現出一定程度的人文主義傾向，其原因可從兩個方面來認識：我國通俗小說大盛於中晚明，當時正值思想領域啟蒙，浪漫精神高揚，以李卓吾為代表的啟蒙思想家批判「存天理滅人欲」的僵化道學，肯定現實人生，肯定情慾。他們在各方面標新立異，包括在文學領域推崇通俗小說。於是，在小說的創作與批評中，啟蒙思潮的影響分外顯著。另一方面，我國古代通俗小說係由說話藝術演化而來，因而形成了一些獨特的傳統，如關注讀者的反應，迎合市民趣味等，明末清初的啟蒙思潮本就具有市民意識在內，故二者相得而益彰；而詩文創作中「孤憤」、「寄託」的傳統又影響著作者的創作態度，使他們不滿足於單純的陳述故事，而是力圖表現自己，「借他人酒杯，澆自家塊壘」；這就使得通俗小說中的宗教描寫或反映出知識分子理性化的思考，或反映出市民階層世俗化的嘲謔，而幾乎從未出現過迷狂與虔誠。

論明清白話長篇小說中的「三教爭勝」

一

　　明清白話長篇小說與宗教有著密切的關聯，幾乎所有重要的作品中都有或多或少的宗教描寫——當然，這主要指的是佛教與道教。在這些描寫中，「三教合一」的場景不時出現，成為中國一般民眾宗教觀念的典型表達。以《西遊記》為例，直接表達的如悟空的開蒙老師須菩提，「登壇高坐，開講大道」，其內容是：

　　　說一會道，講一會禪，三家配合本如然。[1]

其修行目標是：

　　　攢簇五行顛倒用，功完隨作佛和仙。

「三家配合」、「佛、仙」同等，佛教和道教在這裏幾乎沒有區別。間接表達的如「安天大會」，會場上，如來高坐七寶靈臺，四大天師、元始天尊、王母娘娘、壽星等同席吃喝，甚至還有：

1　《西遊記》，第二回，15頁，北京，人民文學出版社，1985。

> 仙姬、仙子飄飄蕩蕩舞向佛前……如來叫阿儺、迦葉將各所獻
> 之物一一收起，方向玉帝前謝宴。[2]

代表皇權的玉帝、代表道教的仙姬仙子和佛祖不僅相安無事，而且彼此合作，共同組成一個「天上世界」。

這方面，《西遊記》最為典型，但其他作品也不乏其例。如《水滸傳》的梁山好漢中，既有神通廣大的道士公孫勝，也有終成正果的和尚魯智深。《紅樓夢》貫穿始終的「癩僧」與「跛道」，總是結伴出現，代表著俯視人間的天界。《西洋記》中和尚金碧峰與道士張天師聯手輔佐鄭和下西洋。如此等等，不勝枚舉。

小說中的描寫乃是現實生活中宗教觀念的反映。在我國傳統文化中，「三教合一」是一種源遠流長的思想主張。早在佛教傳入中土之初，就有《牟子理惑論》出現，論證佛教與本土文化並不衝突。其後，類似的主張代不絕書。如隋代的李士謙著《三教優劣論》，謂「佛，日也。道，月也。儒，五星也。豈非三光在天，缺一不可。而三教在世，亦缺一不可。雖其優劣不同，要不容於偏廢歟。」[3]宋太宗則命儒釋道三方各出一人，編輯《三教聖賢事蹟》，不偏不倚各為五十卷，而後合為一書。宋孝宗與僧寶印討論三教相通事，結論是學佛可以更好地學儒。如果說這種觀點在唐宋主要影響於社會上層，那麼到了明代中後期，借王陽明學說之勢，「三教合一」說在更廣的範圍傳播開來。清初陸世儀講：「三教合一之說，自龍溪大決藩籬，而後世林三教之徒遂肆為無狀。」[4]沈佳講：「（王龍溪）立三教合一之

---

2 《西遊記》，第七回，84頁。
3 轉引自〔明〕劉謐《三教平心論》，見電子佛典《大正藏・史傳部》T52，No. 2117。
4 〔清〕陸世儀：《思辨錄輯要》，見《四庫全書》，子部一。

說，而陰詆程朱為異端，萬曆中年，群然崇尚，浸淫入於制藝。」[5]
正說的是這種情況。

可是，「三教」畢竟宗旨相去甚遠，而又各有其利益，所以不可
避免地出現競爭乃至爭鬥。徐文長曾講過一個寓言故事，生動地描寫
出「三教」之間又「合一」，又「爭勝」的矛盾態勢。其《同升記
序》云：

> 海內梵剎，間設三教之堂，龕三師於上。有儒者進曰：「吾孔
> 氏之尊，豈居二氏之下！」奉而中移。嗣道者進曰：「孔子，
> 吾師之弟子也。而位師上耶？」又奉而中移。主僧更復其故
> 位。嗣是屢屢更移，而像旋壞。三師因相謂曰：「吾三人本相
> 忘，乃各為劣徒搬壞。」[6]

一方面，釋、道、儒共處一堂，另一方面又不停地在計較著彼此的高
下、優劣。徐文長寫此文的時間距百回本《西遊記》面世之時不遠，
可以說是反映了《西遊記》、《西洋記》、《封神演義》等白話長篇小說
共同的社會宗教思想背景。

二

前面我們提到了《西遊記》中「三教合一」的內容，下面再來
看看同一部書中「三教爭勝」的描寫——當然，主要是佛教與道教的
爭勝。

5　〔清〕沈佳：《明儒言行錄》，見《四庫全書》，史部七。
6　〔明〕徐渭：《同升記序》，見《曲海總目提要》，第39卷，1804-1805頁，北京，人
　　民文學出版社，1959。

　　《西遊記》中佛、道爭勝的情節，以車遲國一節最為典型。這一節由第四十四回到第四十七回前半，共計三回半書。統共一百回的《西遊記》，用三回半的篇幅來寫一場衝突，全書中是少見的，可見其「重頭戲」的分量。其情節大略為：車遲國王寵信虎力、鹿力、羊力三位大仙，把國內的佛徒全部判給他們作苦役。孫悟空放走了囚禁的僧人，又夥同豬八戒、沙僧到三清觀裏搗亂，騙得妖道喝了他們的尿。雙方在國王面前進行了花樣百出的賭賽，妖道每場皆負，最後送掉了性命。

　　在全書中，這一節有若干特異的地方。首先，這三個妖道本來並沒有危及唐僧，既不想吃唐僧肉，又不想盜取他的「元陽」，是唐僧的徒弟們主動尋釁的；即使被孫悟空等放肆侮辱之後，三個妖道仍然只是通過溫和的「賭賽」來爭勝；但其結局卻是一齊送命。比起其他兇惡狠辣卻皈依天界的妖怪，作者對這三位的「敵意」似乎特別強了一點。其次，這一節中有多處著意污辱道教的筆墨。一處是第四十四回，囚僧被迫為道士拉車，小說寫了這樣一段與情節發展無關，於情理亦不甚合的文字：「呀！那車子裝的都是磚瓦木植土坯之類；灘頭上坡阪最高，又有一道夾脊小路，兩座大關；關下之路都是直立壁陡之崖，那車兒怎麼拽的上去。」於是：

　　　　那大聖徑至沙灘上，使個神通，將車兒拽過兩關，穿過夾脊，提起來，摔得粉碎。把那些磚瓦木植，盡拋下坡阪。喝教眾僧：「散！莫在我手腳邊。等我明日見這皇帝，滅那道士！」[7]

這段描寫的要害在於兩點：道士努力想要拽過夾脊雙關，裏面裝的盡是「磚瓦木植土坯之類」；孫悟空將此車兒「摔得粉碎」，「盡拋下坡

7　《西遊記》，第四十四回，573頁。

阪」。拽車過夾脊雙關云云，是道教喻指自家修行的基本煉氣功夫。小說寫這一段文字時，分明流露出對道教鄙夷不屑的態度。

另一處更甚。孫悟空等闖入三清觀，把道教尊神「三清」塑像掀下神壇後，悟空出主意，豬八戒動手：

> 把三個聖象，拿在肩膊上，扛將出來，到那廂，用腳蹬開門看時，原來是個大東廁……那呆子扛在肩上且不丟了去，口裏嘓嘓噥噥地禱道：「三清，三清，我說你聽……你平日家受用無窮，做個清淨道士；今日裏不免享些穢物，也做個受臭氣的天尊。」祝罷，烹的望裏一捽，濺了半衣襟臭水。[8]

把一個宗教的最高神的偶像丟到茅坑裏，還要講這些風涼話，若認真說來，「辱教」莫此為甚。但作者還不肯甘休，又讓孫悟空、豬八戒等變做三清，騙得道士們喝下他們的尿液。這已經越過一般滑稽、搞笑的界限了。

這樣貶低、敵視道教的三回半文字，除去偏激的宗教態度之外，還有兩點值得深入研究的地方。一點是，這一段故事在「西遊」早期形態中已經相當完整出現了，並作為不多的留存片段之一。在明初的《朴通事諺解》中，車遲國的故事基本情節已經完備，但是前面指出的敵視道教的關鍵性情節——拽車過夾脊，車載磚瓦土坯；把三清像丟入茅廁；騙道士喝尿等，卻是分毫也無。另一點是，世德堂百回本的《西遊記》，留有很多全真教染指的痕跡（或者說是「全真化環節」的殘跡），——本文中夾雜著全真道修行的術語，與情節的發展全然無關。即以車遲國之前、之後各三個情節段落來看：前面的烏雞

8　《西遊記》，第四十四回，577頁。

國，行文中有「丹母空懷懵懂夢，嬰兒長恨杌樏身」，「水火相摻各有緣，全憑土母配如然」，等等；接下來的火雲洞，行文中有「嬰兒戲化禪心亂，猿馬刀歸木母空」，「意馬不言懷愛欲，黃婆不語自憂焦」，等等；再後面是黑水河，行文中有「何時滿足三三行，得取如來妙法文」，「若要那三三行滿，有何難哉！常言道功到自然成哩」，等等。後面的通天河一段，行文中有「禪法參修歸一體，還丹炮煉伏三家」，「土是母，發金芽，金生神水產嬰娃」，等等；接下來是金兜山，文中有「晝夜綿綿息，方顯是功夫」，「同緣同相心真契，同見同知道轉通」，等等；再後面的落胎泉一段，則有「真鉛若煉需真水，真水調和真汞干」，「嬰兒枉結成胎象，土母施功不費難」，等等。可是唯獨夾在中間的車遲國一段，篇幅超過前後的六個段落，而這方面的話語卻是一個未有。

比起早期的「朴通事」，多了很多激烈掊擊道教的文字；比起周遭的故事段落，少了很多張揚道教的文字。這一多一少是非常明顯的現象，但應該如何解釋呢？最為直接的解釋是，這一大段故事，最後的寫定者明顯抱持對道教的不友好態度。再深入一層的話，可以推論出，在《西遊記》的成書過程中，這一段很可能沒有經過全真道的染指，而是在最後改寫、定稿時，「吳承恩」直接操觚成文的。這一推論，還可以得到一個旁證：車遲國一段的文學風格與此前此後都有所不同，其詼諧、童心的色彩明顯要強於前後各回。因此，我們有理由講：車遲國一段是百回本作者為表達釋道爭勝的意圖，自覺加工創作出來的。

《西遊記》中類似的段落還有一些。如比丘國，寫一道士迷惑了國王，要吃一千一百一十一個小兒的心肝。唐僧師徒救了小兒，最終降服了妖道。有趣的是，作者穿插了一段相當長的文字，讓唐僧與妖道辯論佛教與道教的優劣問題。辯論中，妖道咄咄逼人，講出「三教

之中無上品，古來唯道獨稱尊」的狂言，而滿朝昏君佞臣都站到妖道
一邊：

> 那國王聽說，十分歡喜。滿朝官都喝彩道：「好個『唯道獨稱
> 尊』！『唯道獨稱尊』！」[9]

這段文字頗有意味。一方面是嘉靖朝佞道貶佛現實的寫照，一方面也
是著意突出三教爭勝的題旨。為此，作者的用筆別具匠心，特意讓
妖道逞口舌之利，迷惑了愚黯的君臣，似乎佔了上風，但很快就寫其
原形畢露，寫昏君羞愧無地，從而通過巨大的落差來表達佛憂道劣的
傾向。

又如烏雞國，也是寫妖道迷惑國君，然後謀朝篡位，而唐僧師徒
伸張正義，驅除妖魔，幫助國君復位。其中有一筆非常奇特，就是點
明那妖怪是「終南山下來的道士」。眾所週知，終南山是全真教的祖
庭所在，這樣寫可以說就是向全真教下宣戰書。作者唯恐讀者忽略這
一意圖，前後四次提到「終南山」，十六次提到「全真」，並有「終南
忽降全真怪」這樣充滿敵意的表述。不僅顯示出強烈的揚佛貶道傾
向，而且和其他故事段落中穿插的大量全真教話語大相牴牾。

三

《西遊記》既有「三教合一」的描寫，又有強烈的「三教爭
勝」、揚佛貶道的傾向，這種矛盾是其複雜的成書過程所致[10]。但就文

9　《西遊記》，第78回，1003頁。
10　參見《西遊記心猿考論》、《論西遊記與全真之緣》等節。

本自身來說，「三教合一」與「三教爭勝」的內容是「共時性」的存在，而傳遞給讀者的信息也是「三教」是可以並存的，而並存並不排斥彼此的較量乃至爭鬥。

大多數白話通俗小說，都是在類似的模式、框架中展開宗教描寫的。

與《西遊記》同時的白話長篇小說《封神演義》，與《西遊記》有直接的血緣關係，不少人物形象與故事情節頗有偷意於《西遊記》的嫌疑。而在「三教合一」的框架中表現釋道爭勝，也與《西遊記》如出一轍。但不同的是，在對於二教之褒貶抑揚的態度上，卻與《西遊記》完全相反。

《封神演義》出於道士陸西星之手[11]，寫的是姜子牙幫助周武王興周滅紂的故事。這一故事在《武王伐紂平話》以及《春秋列國志傳》中已有講述，不過二書都是作為歷史傳說來鋪衍的。《封神演義》則把重點完全改變，興周滅紂只是一個故事框架，作者著意描寫的重點轉移到闡教與截教的鬥爭。闡教與截教影射的是道教內部的教派之爭，闡教似指全真道，但目前的證據尚不充分，此不具論。可注意的是，遍佈整個文本的「三教合一」話語，以及同樣遍佈全書的揚道貶佛的小花招。

《封神演義》是正面論及「三教」話語最多的白話小說之一。如《崑崙山子牙下山》中：「故此三教並談，乃闡教、截教、人道三等，共編成三百六十五位成神。」《太乙真人收石磯》：「你乃截教，吾乃闡教，因吾輩一千五百年不曾斬卻三尸……三教僉押封神榜。」《殷郊岐山受犁鋤》：「廣成子曰：『道雖二門，其理合一……古語

11　《封神演義》作者問題，學術界迄無定論。但據全書的諸多內證，以陸西星著之說較妥。

云：金丹舍利同仁義，三教元來是一家。』」「因三教並談，奉玉虛符命，按三百六十五度封神。」《廣成子三謁碧游宮》：「通天教主曰：『吾三教共議封神……』」《青龍關飛虎折兵》：「昔日三教共立封神榜。通天教主喝曰：『……廣成子是奉吾三教法旨，扶助周武。』」《三教會破誅仙陣》：「老子曰：『今日敢煩，就是三教會盟，共完劫運。』」「三教聖人親至，共破了誅仙陣。」《子牙兵取臨潼關》：「鴻鈞道人曰：『當日三教共簽封神榜……你三人為三教元首……各掌教宗，毋得生事。』」如此等等。

《封神演義》是一部製作粗糙的小說，上述「三教」所指不一。有的是指儒釋道，有的是指闡截二教，有的指闡教與佛教，還有的自立名目為闡教、截教與「人道」。但無論所指為何，上述引文的要旨都在於強調不同教派是共存的，是應該合作的；有時甚至提出「道雖二門，其理合一」的主張。

這是問題的一個方面，而另一方面卻是「爭勝」。實際上，闡截爭勝才是全書的重點所在。闡截爭勝反映的是道教內部的鬥爭，我們暫且不論。小說在描寫闡截爭勝的同時，也隱蔽地表達了揚道貶佛的意圖。由於作者的「正面敵人」是截教，所以貶佛時不肯正面下筆，頗用了一番心計。

小說中第一個出場的仙人是雲中子，這是個神龍見首不見尾的仙人，被眾仙稱為「福德之仙也」。他一出場，就作了一篇洋洋灑灑的「唯道獨尊」的長文。書中是這樣寫的：

雲中子欠背而言曰：「原來如此。天子只知天子貴，三教原來道德尊。」帝曰：「何見其尊？」雲中子曰：「聽衲子道來：但觀三教，唯道至尊……參乾坤之妙用，表道德之殷勤。比儒者兮官高職顯，富貴浮雲；比截教兮五刑道術，正果難成。但談

三教，唯道獨尊。」¹²

這裏看起來沒有涉及佛教，但口口聲聲講「三教」之中「唯道獨尊」，揚道抑佛的傾向不言自明。更有意思的是，這一篇長文恰恰與《西遊記》比丘國妖道談「唯道獨尊」那篇頗有淵源。兩篇文字同出於元人所編《鳴鶴餘音》中的《尊道賦》¹³。該文《鳴鶴餘音》題署為宋仁宗，但不甚可靠。《西遊記》截取該賦的一半，又加以改寫。《封神演義》則基本照錄，只有個別文字不同。前面已經說過，《西遊記》讓此《尊道賦》出於一個妖道之口，又是在與唐僧進行釋道優劣辯論時講出，其效果完全成為對道教的諷刺。而《封神演義》則是讓這篇賦出於「福德之仙」雲中子的口中，敘事效果自然與《西遊記》完全相反。還有一個細節也值得關注，就是《封神演義》在提及雲中子的時候，反覆點出他的修行地點──終南山。如：「終南山有一煉氣士，名曰雲中子，乃是千百年得道之仙」，「終南山有一煉氣士雲中子見駕」，「貧道住終南山玉柱洞，雲中子是也」。《西遊記》是在提及妖道來歷時，一再點出「終南降下全真怪」，而《封神演義》卻是有意把「福德之仙」雲中子的洞府安排到全真教的祖庭。如果考慮到《封神演義》的作者是仔細閱讀過《西遊記》這一事實的話¹⁴，把雲中子「唯道獨尊」的這一大段濃墨重彩文字，看作是作者有意識地對《西遊記》的回擊，當也與事實相去不遠。

《封神演義》揚道貶佛的另一個小花招是在輩分上做文章。從佛教初入中土，道教徒就開始做這篇文章，提出「老子當年西出函谷化

---

12 〔明〕陸西星（？）：《封神演義》，第五回，28-29頁，北京，華夏出版社，1994。

13 〔元〕彭致中編：《鳴鶴餘音》，第9卷，見《中華道藏》，第27冊，686頁。

14 二書先後，以及彼此借鑑的關係，學術界迄無定論。但很多證據還是指向《西》先《封》後的。

胡，傳下的弟子就是釋迦牟尼」。自然，這一譜系遭到了佛教徒激烈的反駁。《封神演義》的作者表面上對佛教挺客氣，甚至挺尊重，但是卻在輩分上搞了多個名堂。名堂之一是把在中土影響最大的「佛門三大士」——觀音、文殊、普賢，安排作了元始天尊的弟子；名堂之二是把佛教中的燃燈古佛，改造成燃燈道人，然後再讓他對元始天尊執晚輩禮；名堂之三把密教的本尊毗盧佛設定為截教中的晚輩，改邪歸正；名堂之四，把西方之教的教主接引道人、準提道人安排為元始天尊的同輩，當道教最高神鴻鈞老祖來到時，這二人自動成為了晚輩。諸如此類，還有一些。現在看來，這些把戲過於「小兒科」，不過如果瞭解釋道之間為了一部《老子化胡經》爭吵了千餘年的歷史，也就可以理解陸西星的苦心了。

陸西星還有另一個把戲，與這「爭輩分」的把戲思路十分相近。宋元明三代，釋道之間有一個互爭高下的話題，就是道教的仙人呂洞賓與佛教的高僧黃龍禪師的衝突。道教徒用各種文體編寫、傳播「呂洞賓飛劍斬黃龍」的故事，佛教徒則反過來編寫多種「黃龍禪師收降呂洞賓」的故事。總體來看，在這場口水戰中，佛教是佔了上風的。陸西星乘小說寫作的機會，在作品中塑造了一個黃龍真人的形象——此前的道教典籍種似乎從未有過這個名稱。黃龍真人與廣成子、太乙真人等平輩，同列於元始天尊的十二大弟子。可是，十二弟子中唯有他多次出怪丟醜，先是被趙公明用縛龍索捉去，吊到幡杆上示眾，卻須被小輩搭救；後面又是他被一個晚輩妖仙馬遂用金箍箍住頭顱，「只箍得三昧真火從眼中冒出」。考慮到十二大弟子中，如此「倒楣」的只有這一個「黃龍」，作者的用心也就昭然若揭了。

像《封神演義》一樣「愛恨分明」、處心積慮「爭勝」的應首推《西洋記》。《西洋記》寫張天師與金碧峰共同輔佐鄭和下西洋。按說一僧一道合作，正是寫「三教合一」的好題材。但事實上，「合一」

是個故事框架，但在具體的情節演進中，雙方的爭強鬥勝一刻也沒有停止，而每次的結局都是金碧峰占據上風。又「合一」，又「爭勝」，此書可稱典型之作。

三教之中，皂白分明，堅定地執一而排他的白話小說，似以《野叟曝言》為僅見。這部小說寫蓋世奇人文素臣一生的功業，有兩條主線相互纏繞著貫穿全書。一條是平叛除奸，捍衛皇家社稷；另一條是攘斥佛老，維護儒家獨尊。他一出場就是與「三教合一」之說展開尖銳鬥爭：

> 且說文素臣這人……真是極有血性的真儒，不識炎涼的名士。他平生有一段大本領，是止崇正學，不信異端。有一副大手眼，是解人所不能解，言人所不能言。記得成化元年，朝廷命景王見濠，太監靳直，兵部尚書安吉，至南京祭告孝陵，並赴蘇、常兩府，查閱江海門戶，操兵防倭。安吉至蘇州，借觀人才，以《三教同原》命題試士。素臣既不信仙，尤不喜佛，作詩兩首觸之。其詩云：……豈知南極三千鶴，不識西方九品蓮。忽聽蜂然邪說起，摩挲秋水拂寒煙。聖道巍巍百世尊，那容牽引入旁門！昔人附會成三教，今日支離論一元。[15]

這場與佛教、道教的鬥爭持續了他的一生，也貫穿了全書。當他位極人臣，大權在握之後，全面籌措禁絕佛教道教，制定禁絕二教法規十二條，善後事宜十四條。茲舉數條，以見一斑：

> 自奉文之日為始，地方官即出示嚴禁，外來遊方僧道不得入

---

15 〔清〕夏敬渠：《野叟曝言》，2-3頁，北京，人民文學出版社，1997。

境；各所屬城鄉寺觀僧道亦不得出境朝山募化，以憑各就界限，確查人數；其已在境內沿街抄化者，分別押送寺觀，暫行安頓。

自奉文出示之日起，無論軍民人家，如有供奉釋、道二教神佛者，均令毀廢；若愚民敬信，不敢焚棄，移送寺觀，亦聽其使；法器經卷·亦一律不准私藏。

一改寺觀為養濟院，凡僧道尼姑年六十以上，龍鐘衰頹，不能任事者，概送院中養贍，以終餘年。一改寺觀為工藝局，收留僧道，養而兼教，分有三等：年三十至四十者，學習力作工藝；四十至五十者，力不及學，合作細巧輕易手藝；五十至六十者，筋力愈衰，令作最輕易手藝。以上三等，各因其材而從其願，惟不得閒居無事。學至成功，力足自給，准其出院，各就生業；不能成功，不能就業，年滿六十，進入養濟院。所有章程，另方專條，隨同刊發辦理。自十五歲以上，三十以下，分別性質，從優教育，如聰明俊秀，曾讀書識字，粗通文義者，入書院教導；勤能樸實，未經讀書識字者，分派各店鋪工作習業；其十五以下，無論沙彌道童，均送義塾讀書。所有書院、義塾章程，亦專條刊發。[16]

看起來，作者夏敬渠真的是在小說裏把自己當作宰相，來一展治國宏圖了。無論他的主張合理與否，也無論這樣的大段「策論」在文學上是否屬於敗筆，只就思想內容的獨創性而論，這一回書絕對應該被治宗教思想史者重視、研究。

---

16 〔清〕夏敬渠：《野叟曝言》，1670-1672頁。

四

　　如同小說中的「三教合一」是現實中「三教合一」的反映一樣，小說中的「三教爭勝」同樣反映了現實社會生活中的宗教文化衝突。

　　現實生活中，佛教與道教雖然時有惟吾獨尊的狂言，但幾乎沒有廢黜儒家的主張。而二教之間，則既有爭優爭勝的論爭，也有借助政治力量徹底廢止對方的企圖。儒家一方，大多是隨君主態度而變，像韓愈那樣的「原教旨」姿態，則是非常少的。即以唐初高宗年間所編《集古今佛道論衡》為例。該書共收東漢明帝至唐代太宗近六百年間爭論三教優劣的文章26篇。其中與帝王直接相關的19篇，餘者7篇──可見這個問題的最關鍵處還是表現在國家的政策層面。從內容看，討論佛教道教的優劣先後問題約占一半，主張廢道或是毀佛的（包括禁毀某一部經的）7篇，力主佛教與道教互不相干，從義理角度反對二者相通、合一的一篇[17]。這一比例與我國歷史上的宗教生態大體一致，也就是說在多數時間裏大多數人是認可三教並存的，但又往往有自己的褒貶、抑揚的傾向；而在一些特殊的歷史段落，也有極端的「勢不兩立」的極端態度，甚至極端政策乃至行動。

　　上層的態度、傾向自然會影響到民間，特別是在極端搖擺的時候，民間不免出現戲劇性的反應。據《宗統編年》記載，嘉靖後期，正值佛道爭勝的活躍期，有隱庵進和尚北遊，途徑一座「三教堂」，有僧人向他控訴：

　　　此中向有憨布袋像供西壁，後為羽士居此，於頂上安雙髻，改

---

17 這一篇為玄奘法師所撰，是對唐太宗《翻道經為梵文與道士辯核》詔令的答覆，其中講：「佛教道教，理致天乖；安用佛理，通明道義？」以「天乖」來形容佛與道的差別，從根上否定了「合一」的可能。

> 呼為鍾離仙，遷供東壁。每每緇衣黃冠，爭衡代位，至今葷酒
> 淫祀，妖孽一方。

和尚供養的彌勒，在道教得勢的時候，就在其頭頂安裝兩個丫髻，改稱為漢鍾離（都是袒胸露乳的胖子）。碰上性情剛烈的這位進和尚，指改裝的漢鍾離像通斥一番：

> 彼此搬弄，東那西遷；妄生喜怒，暮四朝三。不遇老僧行正
> 令，多年冷地受牽纏。四大各復，返本還源。從此一方齊物
> 論，即刻送汝上長安。咄！咄！[18]

然後揮棒把漢鍾離像打得粉碎。

　　讀了這段記載，我們對於百回本《西遊記》的車遲國一段，作者加上的孫悟空等大鬧三清觀、把三清像丟進茅廁的描寫，是不是可以多了幾分新的理解呢？

　　可以這樣說，小說中的「三教爭勝」是現實生活中三教關係的客觀反映，更是其戲劇化了的反映。而這種反映，又影響到社會上一般民眾的宗教觀念，增強了國人（特別是漢民族）宗教觀的世俗性及含混性。

　　這樣一種觀念與內容，對於小說自身來說，起碼有兩點正面的影響：一點是有利於情節的豐富、複雜。試想《西遊記》《封神演義》《西洋記》諸書，假如只寫佛教或是道教中的一方，或是寫二者精誠合作、緊密無間，那作品會成為一種什麼樣子？另一點是，佛道爭勝的情節，往往較有人情事態的色彩，有了這方面的內容，就避免了作

18　《宗統編年》，第30卷，見《續藏經・史傳部》，X86，No.1600。

品成為單純的「輔教」之書。

　　論及小說中的「三教合一」，似已有著先鞭者；而「三教爭勝」的專論則不多見。本文僅僅是開了一個頭，作為文化研究的一個特殊角度，可以發掘的地方正多，惟俟以他日。

禪與俠的妙合
——魯智深形象新論

一

　　《水滸傳》的流傳過程中，有關魯智深形象的闡釋是非常有趣的現象。以影響最大的兩種評點——李卓吾的「容與堂本」和金聖歎的「五才子書」來看[1]，二人的理解實有相當大的差異。

　　李卓吾的代表性評語是：

> 此回文字分明是個成佛作祖圖。若是那班閉眼合掌的和尚，絕無成佛之理。何也？外面模樣盡好看，佛性反無一些。如魯智深吃酒打人，無所不為，無所不作，佛性反是完全的，所以到底成了正果。
>
> 如今世上都是瞎子，再無一個有眼的，看人只是皮相。如魯和尚卻是個活佛，倒叫他不似出家人模樣。[2]

其著眼點是魯智深言行中體現的特殊的佛理。而在全書的夾批中，凡遇到描寫魯智深的文字，李卓吾差不多都要批上一個「佛」字，有時

1　容與堂本的批語，或以為出自葉畫之手。非是。參見拙著《李贄》（春風文藝出版社）。
2　〔明〕李贄評點：《忠義水滸傳》，見《明容與堂刻水滸傳》，第4卷，21頁，上海人民出版社，1973。

意有未盡，還要加上「真佛，真菩薩，真阿羅漢，南無阿彌陀佛」
之類。

　　而金聖歎的代表性批語是：

> 寫魯達為人處，一片熱血直噴出來，令人讀之深愧虛生世上，
> 不曾為人出力。孔子云「詩可以興」，吾於稗官亦云矣。[3]
> 句句使人灑出熱淚，字字使人增長義氣，非魯達定說不出此
> 語，非此語定寫不出魯達。……使我敬，使我駭，使我哭，使
> 我思。寫得便與劍俠諸傳相似。[4]

其著眼點是魯達（注意，金氏這裏不稱「智深」）言行中流露的俠
情。金聖歎不僅盛讚，而且感動、共鳴，批語中也流露出燃燒的義俠
血性。

　　這兩種闡釋在後代均得到了認同與發揮。循前一思路的如清初邱
園《虎囊彈》傳奇所塑造的魯智深形象，其中《醉打山門》一折，讓
魯智深自我表白道：

> 漫搵英雄淚，相離處士家。謝慈悲剃度在蓮臺下。沒緣法轉眼
> 分離乍。赤條條來去無牽掛。哪裏討煙簑雨笠卷單行，一任俺
> 芒鞋破缽隨緣化。

這段《寄生草》唱詞深受曹雪芹喜愛。他在《紅樓夢》的「聽曲文寶
玉悟禪機」中，先是濃墨重筆地寫寶釵對這支曲子的激賞，然後寫寶

3　〔清〕金聖歎評點：《第五才子書施耐庵水滸傳》，67頁，河南，中州古籍出版社，
　　1985。
4　〔清〕金聖歎評點：《第五才子書施耐庵水滸傳》，943頁。

玉「聽了，喜的拍膝畫圈，稱賞不已」，並由「赤條條來去無牽掛」一語「解悟」，「亦填一支《寄生草》……自覺無掛礙，中心自得」[5]。淑女薛寶釵、貴公子賈寶玉欣賞魯智深的自白，並從中得到共鳴與啟示，這乍聽起來似乎不可思議，但深入分析卻自有其道理。

循後一思路的如當代臺灣學者樂衡軍在《梁山泊的締造與幻滅》一文所講：

> 魯智深原來是一百零八人裏唯一真正帶給我們光明和溫暖的人物。……他正義的赫怒，往往狙滅了罪惡（例如鄭屠之死，瓦官寺之焚），在他慷慨胸襟中，我們時感一己小利的局促（如李忠之賣藥和送行）和醜陋（如小霸王周通的搶親），在他磊落的行止下，使我們對人性生出真純的信賴……這一種救世的憐憫，原本是締造梁山泊的初始的動機……水滸其實已經把最珍惜的筆單獨保留給魯智深了，每當他「大踏步」而來時，就有一種大無畏的信心，人間保姆的呵護，籠罩著我們。

這顯然是著眼於魯智深的俠肝義膽。

二

這兩種闡釋看似差距很大，其實各有其道理，因為在魯智深的形象中原本就包涵著兩種與之相關的因素。

在《水滸》的人物中，魯智深形象的演變過程最為奇特。早期龔聖與《宋江三十六人贊》稱「有飛飛兒，出家尤好。與爾同袍，佛也

5　〔清〕曹雪芹：《紅樓夢》，303-307頁，北京，人民文學出版社，1982。

被惱」,語不甚詳,給人印象似乎與「精精兒」、「空空兒」有些類比的關係。《宣和遺事》則僅有「僧人魯智深反叛」數語而已。另外,《醉翁談錄》雖有《花和尚》的說話名目,詳情卻無從查考。就現有的資料看,早期的魯智深故事中,既未發現佛理,也無俠情的蹤跡。

到了元明雜劇中,魯智深的性格出現了複雜的色調。他不僅具有「喜賞黃花峪」的雅興,甚至還「難捨鳳鸞儔」。當然,此類色調並沒有被吸納到《水滸傳》之中。

至於「佛理」、「禪味」的摻入,其演化原由自非一端,但最主要的卻是在《水滸傳》的成書過程中,作者參照了禪門大德丹霞天然和尚的事蹟,從而為魯智深的形象塗上了別具意蘊的一筆。

天然的事蹟主要見於《五燈會元》卷五「石頭遷禪師法嗣」(文中序號為筆者所加,功能下文自見):

> 鄧州丹霞天然禪師……偶禪者問曰:「仁者何往?」曰:「選官去。」禪者曰:「選官何如選佛?」①曰:「選佛當往何所?」禪者曰:「今江西馬大師出世,是選佛之場②。仁者可往。」遂直造江西,才見祖,師以手托幞頭額。祖顧視良久,曰:「南嶽石頭是汝師也。」遽抵石頭,還以前意投之。頭曰:「著槽廠去!」③師禮謝,入行者房,隨次執炊役,凡三年。忽一日,石頭告眾曰:「來日剗佛殿前草④。」至來日,大眾諸童行各備鍬钁剗草,獨師以盆盛水,沐頭於石頭前,胡跪。頭見而笑之,便與剃髮,又為說戒。師乃掩耳而出,再往江西謁馬祖。未參禮,便入僧堂內,騎聖僧頸而坐⑤。時大眾驚愕,遽報馬祖⑥。祖躬入堂,視之曰:「我子天然。」師即下地禮拜曰:「謝師賜法號。」因名天然。
> ……後於慧林寺遇天大寒,取木佛燒火向⑦,院主呵曰:「何

得燒我木佛？」師以杖子撥灰曰：「吾燒取舍利。」主曰：「木佛何有舍利？」師曰：「既無舍利，更取兩尊燒。」

……元和三年，於天津橋橫臥，會留守鄭公出⑧，呵之不起。吏問其故，師徐曰：「無事僧。」留守異之，奉束素及衣兩襲。

……長慶四年六月，告門人曰⑨：「備湯沐浴，吾欲行矣。」乃戴笠策杖受屨，垂一足未及地而化。⁶

在《水滸傳》的有關魯智深的故事中，我們不難發現與之十分相似的情節，其中有的描寫甚至具體文字都有某種影響痕跡在。下面按上文中序號對應順序列舉有關情節：

第六回，反覆寫智深在「選佛場」中念念不忘作官，道：「本師真長老著洒家投大寺討個職事僧做，卻不教俺做個都寺、監寺……」「洒家……殺也要做都寺、監寺！」

第四回，「智深回到叢林選佛場中」。

第六回，智深先到五臺，後被智真長老介紹到大相國寺智清長老處；討「官」未得，方才去管菜園。

第四回，智真為其剃度時，口念：「寸草不留，六根清淨。」

第四回，智深對其他僧人無禮，長老卻「只是護短」，「說道他後來證果非凡」；又，他醉後把「下首的禪和子」「劈耳朵揪住」。

第四回，智深鬧禪堂，「監寺慌忙報知長老，長老聽得，急引了三五個侍者直來廊下」。

第四回，智深打壞了山門金剛，長老道：「休說壞了金剛，便是打壞了殿上三世佛，也沒奈何，只得迴避他。」——金聖歎就此批道：「真正善知識！胸中便有丹霞燒佛眼界。」

6　〔宋〕普濟：《五燈會元》，第5卷，261-264頁，北京，中華書局，1984。

第五十八回，「魯智深卻正好來到浮橋上，只見人都道：『和尚且躲一躲，太守相公過來。』魯智深道：『俺正要尋他……』」「虞侯……對魯智深說道：『太守相公請你赴齋。』」

第九十九回，「魯智深笑道：『……洒家今已必當圓寂。煩與俺燒桶湯來，洒家沐浴。』……道人燒湯來，與魯智深洗浴，換了一身御賜的僧衣，……自迭起兩隻腳，左腳搭在右腳，……眾頭領來看時，魯智深已自坐在禪椅上不動了。」

如果以上情況僅出現一、二則，那不妨以偶合視之。但像列舉的這樣，丹霞天然事蹟的主要環節幾乎全在魯智深的故事中以相似乃至相同的面目出現，便無論如何也不可漠視了。當然，這並不一定說明作者是完全自覺地以天然為原型來塑造魯智深的形象──如果要說原型的話，智深的原型也不止一個，至少《西廂記》的「法聰、惠明」和尚可算其一。但是，我們可以肯定的是，作者十分熟悉丹霞天然的事蹟，而且欣羨得很。所以在總攬舊有之「花和尚」材料進行再加工、再創作時，天然的這些極富個性的言行便自然流入筆下了。

魯智深的身上帶有了丹霞天然的影子，其意義絕不止於使故事更加豐富、生動，而是使人物形象以致作品的相關部分都發生了質的變化。

早期「花和尚」的形象不過是一個武勇、反叛的僧人，沒有更多的文化內涵。而融入天然的投影後，也同時攝入了半部禪宗史所有的思想內涵。丹霞天然是禪宗由祖師禪向越祖分燈禪發展過程中的代表人物之一。他出自石頭希遷門下，卻與馬祖道一有極深淵源[7]，因此在一定程度上可以說具有禪宗這兩大統系的特點。他的「無道可修，

---

7 馬祖為懷讓弟子，石頭為行思弟子。而天然剃度於石頭，卻得法號於馬祖。詳見《五燈會元》卷5。

無法可證」、「佛之一字，永不喜聞」之說，騎僧頸、焚佛像之舉，誇張地表達了主體至上、任性率真、蔑棄戒律、破除迷信的新的禪學觀念。這種即心即佛、當下解脫的修養觀、人生觀，大受為宗法禮教所困的才士、狂生歡迎，「我子天然」、「燒佛取舍利」的事蹟也就在他們之中廣為傳頌，並成為「呵佛罵祖」的狂禪作風的催化劑。當小說中的魯智深作出類似丹霞天然的「壯舉」時，這些讀書人同樣體會到任性之痛快，解脫之愉悅，有的甚至會產生禪學的聯想──於是，人物形象的深層文化內涵便由此形成了。

三

　　說到惠明和尚的影響，雖不如丹霞天然這樣顯豁，卻也頗有蹤跡可求。

　　當然，惠明的形象本身也有一個演化過程：「王西廂」的惠明是由「董西廂」的法聰而來。「董西廂」流傳之時，恰是《水滸》故事醞釀、累積的時候。所以，追蹤尋跡，應從法聰說起。

　　董解元偏愛法聰的形象，給他的「戲」相當多（與「王西廂」比，這一點尤為明顯），既有挺身而出的場面，又有與孫飛虎及其部將幾場大戰的正面描繪。其中，三個方面可以看到魯智深的依稀身影：

　　一是性格的基調。

　　法聰的形象有兩個突出的特點，一是武勇，二是俠烈。作品濃墨重彩渲染他的武勇過人。為表現法聰這方面的超凡絕倫，作者多次使用反襯手法。先寫一員敵將，「擔一柄截頭古定刀，如神道」，「雄豪，舉止輕驍」，看起來十分威風。可是與法聰交手，不過「三合以上」，便是「氣力難迭」，「把不定心中拘拘地跳」。而法聰「叫聲如雷

炸」，「只喝一聲，那裏唬煞」。然後寫孫飛虎，不僅是「擔一柄簸箕來大開山斧」，「雄烈超古今，力敵萬夫」，而且詭計多端，慣於暗箭傷人。可這一切在法聰面前全不堪一擊，法聰「鐵鞭舉大蟒騰空，鋼箭折流星落地」，「禁持得飛虎心膽破」。於是，作者作一總評道：

> 粗豪和尚，單身鏖戰，勇如九里山混垓西楚王；獨自征戰，猛似毛駝岡刺良美髯公。

至於俠烈的一面，作者則主要通過法聰的心理活動來表現：

> 大丈夫之志決矣！既遇今之亂，安忍坐視？非仁者之用心也。

而當他不顧安危，挺身而出時，僧眾齊呼：「願從和尚決死！」這也直接襯托出法聰之俠烈品性。

熟悉《水滸傳》的讀者都知道，魯智深的性格基調也正是俠烈與武勇。

二是故事的骨架。

「董西廂」中有關法聰的情節主要是：1.一個強徒率眾來搶民女為妻，2.法聰和尚挺身而出，3.法聰主張「我若敷陳利害，必使逆徒不能奮武作威」，4.法聰與強徒大打出手，並戰而勝之。巧得很，在《水滸傳》有關魯智深的故事中，幾乎可以一一找到類似的情節。最明顯的如桃花莊：1.周通率眾來搶民女為妻，2.智深和尚挺身而出，3.魯智深提出由他先向強徒「說因緣」來敷陳利害，促使其回心轉意，4.魯智深與周通大打出手，並戰而勝之。再如「拳打鎮關西」，其主要情節也是強占民女——挺身而出——戰而勝之。

顯然，如果把這些全視為巧合或互不相干的「套子」，是忽略了宋元之際《西廂記》的廣泛影響，是難以服人的。

三是文字的細節。

大家知道，魯智深的隨身武器是鑌鐵禪杖與戒刀，而法聰的武器也同樣是鐵棒與戒刀。如果說這可能是行腳僧的通常「裝備」，那麼進一步的相似處就難以輕輕放過了。《水滸傳》在寫到魯智深大鬧五臺山時，以相當細緻的筆墨描繪了他到鎮上打造隨身武器的情狀。其中寫魯智深要打造重達百斤的鐵杖，工匠認為太重；魯讓步為八十一斤，工匠仍不同意；而最後工匠提出六十二斤，魯智深便欣然同意了。這一段從情理分析頗有莫名其妙之處，特別是這六十二斤的依據是什麼，工匠並未加任何解釋，而魯智深竟痛快答應了。如果我們對照「董西廂」，這原因可就隨手拈出了。因為「董西廂」特意寫法聰嚇敵將道：「待不回去只消我這六十斤鐵棒苦。」

更為有趣的是，「董西廂」中竟也出現了名喚「智深」的人物。此人雖非重要人物，但與法聰同寺修行，同堂議事，文中稱為「執（職？）事僧智深」。而《水滸傳》寫魯智深到大相國寺，對清長老道：「本師真長老著洒家投大剎討個職事僧作。」兩個「智深」皆稱「職事僧」，其間有無瓜葛，亦不應漠然視之。

至於「王西廂」中的惠明，形象與法聰大體相同，只是作者的筆墨更空靈些。王實甫側重寫他的豪情、俠膽，對具體的戰爭場面就虛化省略了。最為傳神的筆墨如：「瞅一瞅古都都翻了海波，晃一晃廝琅琅振動山岩；腳踏得赤力力地軸搖，手扳得忽剌剌天關撼。」「繡旗下遙見英雄俺。」其中神韻頗與《水滸》之「倒拔垂楊柳」、「怒打鎮關西」差相彷彿。另外，關於惠明性格的一些細節似乎也投射到魯智深身上，如平時「則是要吃酒廝打」——吃酒、廝打，幾乎可說是魯智深在五臺山生活的全部；如惠明自言「這些時吃菜饅頭委實口

淡」，《水滸》中智深也自歎「這幾日又不使人送些東西來與洒家吃，口中淡出鳥來」；又如稱惠明「從來欺硬怕軟，吃苦不甘」，寫眾僧臨事無能以襯托惠明武勇等，也都可在魯智深身上找到一些影子。

綜合以上種種，說《水滸傳》的魯智深直接脫胎於《西廂記》中的法聰以及惠明，證據可能仍嫌不足，但廣義的血脈相通則應是確鑿無疑的了——特別是在「僧而俠」這一點上。

四

一個人物形象，涵攝了這看似風馬牛不相及的文化元素，卻毫無牴牾、分裂之感，原因何在？

首先，這與魯智深的形象基礎有關。他的最初始材料是「僧人、強盜」，僧人自然可以包容禪意，強盜也不妨演化為俠盜。當然，如果從創作過程分析，毋寧說作品的寫定者正是由「僧人、強盜」的奇特身份才會產生聯想，從而把自己熟知而又感興趣的材料組織到形象中，使其豐富、生動起來。

不過，另一個原因恐怕更重要一些，就是狂禪與武俠在內在精神上的相通。南宗禪在「自性本覺」的基礎上進一步發揮，不重打坐，反對偶像與教條的崇拜，主張「即心即佛」、「本來是佛」、「一切現成」、「當下即是」，把主體的地位提升到至高無上。當這種傾向趨於極端時，就表現為惟我獨尊，反對任何清規戒律，認定「率性不拘小節，是成佛作祖根基」，於是一切率情任性，務求驚世駭俗。世人遂稱之為「狂禪」。而這一「狂」，所有的外在束縛全部擺脫，心靈實現了空前的解放，主體生命達到了一種極致的自由（當然，這只是理想化的說法，事實上，「狂禪」中裝瘋賣傻者大有人在）。而所謂「俠」，則「以武犯禁」，置個人於社會之上，以個人的力量充當正義

的代表，以個人的意志充當道德的裁判。其實質也是追求個人自由意志的張揚，從而蔑棄權力的偶像，軼越既有的軌範。所以說，在放大個人、張揚主體、超越常規、自由行動諸方面，狂禪與武俠的精神是相通的。金聖歎分析魯智深言行、性格時，曾以「菩薩，英雄也」來概括[8]，正是感覺到二者在魯智深身上的融合，可惜未作深論。

　　唯其如此，「禪」與「俠」才有可能在同一個藝術形象身上並存而不悖。

　　但是，可能性並不等於實然性。魯智深身上的「禪」與「俠」的妙合，還得力於作者恰如其分的處理。

　　「禪」與「俠」相比，前者虛而後者實，前者靜而後者鬧，前者遠不如後者之「有戲」。「禪」如寫不好，極易成為「釋氏輔教之書」。察魯智深身上的「禪意」之所以能夠圓融，乃在於作者雖借用了天然和尚的行跡卻未刻意寫「禪」，「禪」的味道全在若有若無之間。不過作者又唯恐讀者一無所感，「浪費」了這一重意味，於是時而點醒一二，為讀者提供聯想到狂禪的思路。如第五十七回中魯智深的詩贊：

> 自從落髮寓禪林，萬里曾將壯士尋。臂負千斤扛鼎力，天生一片殺人心。
> 欺佛祖，喝觀音，戒刀禪杖冷森森。不看經卷花和尚，酒肉沙門魯智深。

「欺佛祖，喝觀音」、「不看經卷」固然是狂禪作派，「一片殺人心」

8　〔清〕金聖歎評點：《第五才子書施耐庵水滸傳》，90頁夾批。

其實也是「狂禪」常說的話頭[9]。又如第一百十九回，魯智深杭州六
合寺坐化前，作偈道：

> 平生不修善果，只愛殺人放火。忽地頓開金繩，這裏扯斷玉
> 鎖。咦！錢塘江上潮信來，今日方知我是我。

其中禪悟的意味就更為顯豁了。

　　另外，《水滸》中的一些看似無稽的筆墨，卻因其乖悖而產生意
味。如第九十回，宋江和魯智深來見智真長老，長老一見魯智深便
道：「徒弟一去數年，殺人放火不易。」魯智深的反應是「默然無
言」。長老的話與魯智深的默然都似有弦外之音。最有意思的是第五
十八回，宋江與魯智深第一次相見時道：「江湖上義士甚稱吾師清
德，今日得識慈顏，平生甚幸。」「清德」「慈顏」云云，用在殺人放
火的魯智深身上未免可笑，這固然可以理解為宋江順口掉文，但結合
上引幾段來看，說作者此處是有意嘲謔調侃固然未嘗不可，但再進一
步，從中讀出些許狂禪意趣，似乎也未嘗不可。

　　由此而反觀魯智深的故事，也就不難明白為什麼李卓吾、曹雪芹
等會從中讀到禪味、禪趣。其實，今天的讀者同樣可以從花和尚醉鬧
五臺山、赤條條來去無牽掛的痛快與決絕中，讀出禪的頓悟，而同時
也可以感受到俠的豪情。從這個意義上講，如果水滸世界裏少了魯智
深，那麼它在文化內涵上會明顯減少，整體品格上也將是一大降低。

　　文章寫到這裏，似乎已無剩義。不過，我們不妨再做一聯想，增
加一點思考的趣味。《水滸傳》究竟作於何時，學術界是有不同見解

9　如《無門關》第1則：「如奪得關將軍大刀入手。逢佛殺佛。逢祖殺祖。於生死岸頭
　　得大自在。向六道四生中。遊戲三昧。」見電子佛典《大正藏・諸宗部》，T48，No.
　　2005。

的。彼此間甚至差異很大。但有一點大家看法一致，就是這部著作的廣為流行，並產生大的社會影響是在嘉隆萬的百年之間。從特定的意義上講，也不妨說《水滸傳》的「社會生命」從此開始。而在這一時段裏，另一部偉大的白話小說《西遊記》也開始了它的「社會生命」。我們細品《西遊記》的主人公──孫悟空，它的形象基本特徵與魯智深可以說是「異性同構」：疏狂、打翻秩序而終成正果，忠誠、扶弱除強而正義無畏，正是「狂禪與義俠」的結合。這對於認識那個時代的風潮，思考文學創作與傳播的某些規律，可能都不無啟迪的意義。

《西遊記》「心猿」考論

　　近些年來，隨著研究方法的變化，人們對於《西遊記》的宗教內容以及相關的敘事特色，逐漸給予了較多的關注。對於文本中頻頻出現的「心猿」一詞的意義與功能，也在不少論文中有所涉及，甚至有了專題性研究[1]。在這些文章中，研究者多把「心猿」的來歷歸之於佛教，把「心猿」的頻頻出現歸之於明中葉陽明心學的勃興。甚至有人把「心猿」具體化為「解讀《心經》的老猿」，從而對孫悟空、唐三藏的形象作出新的闡釋。

　　這些解釋或多或少都有望文生義的嫌疑。「心猿」一詞與《心經》之「心」毫無關係，與心學更是風馬牛不相及也。廓清其來歷的迷霧，對於認識這部奇書多重闡釋空間的特色，以及探索其成書的過程，都是很有意義的。

　　實際上，對這一問題柳存仁先生早在二十年前就有了很好的見解[2]。只是當時柳先生關注的重點不在於此，所以在《全真教和小說西遊記》那四萬餘字的宏文中，正面討論「心猿」來歷及其意義的部分不到六百字。他指出了「心猿意馬的用語，是百回本《西遊記》回目和若干文字裏幾個重要角色的代名詞」，並強調「這些名詞，也是

1　如：王齊洲《西遊記與心經》，《學術月刊》2001年第8期。程毅中《心經與心猿》，
　　《文學遺產》2004年第1期，等等。
2　柳存仁：《全真教和小說西遊記》，見《和風堂文集》，1319-1391頁，上海古籍出版
　　社，1991。

宣傳道教的人把這部小說的故事情節（民間的傳說和《大唐三藏取經詩話》等著述的目標和立場本是佛教的）儘量道教化的一部分表現」。這些看法都是十分精闢的。不過柳先生論之未徹，大陸學者重視不夠，使得這個問題仍存在上述認識誤區。本文便是在柳先生文章的基礎上，再作進一步的考察，試圖在以下四點有更細緻些的結論：1.「心猿」的語源，以及在各類著作中使用的頻度。2.全真教代表人物著作中使用「心猿」的頻度。3.證明《西遊記》中「心猿」一詞的使用確與全真教有關。4.說明「心猿」考論對於《西遊記》研究的多方面意義。

一

首先，來看「心猿」一詞在《西遊記》中使用的情況。這裏以世德堂百回本為主進行統計，其他版本有差別的地方在論及時指出。

孫悟空在《西遊記》中有多種稱謂，其中多有可發覆的文化內涵[3]。這主要包括孫悟空、孫行者、孫大聖以及心猿、金公等。從敘事學的角度看，前面三個與後面兩個是功能有明顯差異的兩組。前者是故事內的稱謂，即可以由講述者使用，也可以由故事中人物（包括本人）使用；而後者則只能由講述者使用，而且大多數情況只在某些特定的敘事方式中使用。

統計百回本中「心猿」以及衍生出的少量「猿馬」、「乖猿」等，共計有35處，主要分為三種情況：

第一種是回目。這種最多，共有19條。臚列如下——

---

3 即以「孫悟空」而論，他的開蒙師傅須菩提號稱「解空第一」，其間關聯頗可探究。
　參見拙文《從須菩提看《西遊記》的創作思路》，《文學遺產》1993年第5期。

第七回，八卦爐中逃大聖　五行山下定心猿；第十四回，心猿
歸正　六賊無蹤；第三十回，邪魔侵正法　意馬憶心猿；第三
十四回，魔王巧算困心猿　大聖騰那騙寶貝；第三十五回，外
道施威欺正性　心猿獲寶伏邪魔；第三十六回，心猿正處諸緣
伏　劈破旁門見月明；第四十回，嬰兒戲化禪心亂　猿馬刀歸
木母空[4]；第四十一回，心猿遭火敗　木母被魔擒；第四十六
回，外道弄強欺正法　心猿顯聖滅諸邪；第五十一回，心猿空
用千般計　水火無功難煉魔；第五十四回，法性西來逢女國
心猿定計脫煙花；第五十六回，神狂誅草寇　道昧放心猿；第
七十五回，心猿鑽透陰陽竅　魔王還歸大道真；第八十回，姹
女育陽求配偶　心猿護主識妖邪；第八十一回，鎮海寺心猿知
怪　黑松林三眾尋師；第八十三回，心猿識得丹頭　姹女還歸
本性；第八十五回，心猿妒木母　魔主計吞禪；第八十八回，
禪到玉華施法會　心猿木母授門人；第九十八回，猿熟馬馴方
脫殼　功成行滿見真如。

這些回目中的「心猿」，部分只是「孫悟空」的別稱。作者之所以用
別稱，既有柳存仁所講的「儘量道教化」動機，也有純粹的行文需
要。如「意馬憶心猿」、「魔王巧算困心猿」、「心猿獲寶伏邪魔」等，
主要是追求行文變化及對仗所需，而字面上雖有些宗教色彩，卻沒有
這方面的具體指涉。還有一部分是作者寄予了一定的宗教思想的內
涵，如「五行山下定心猿」、「心猿歸正」、「心猿正處諸緣伏」、「道昧
放心猿」、「心猿遭火敗」、「心猿妒木母」等。這一些地方，「心猿」
都有雙關的意味。一方面，是作為孫悟空的代稱；另一方面，試圖揭
示出孫悟空故事中含有的某種宗教哲理。特別要指出的是，作者還往

4　世德堂本、卓吾評本皆如此，「新說」本為「猿馬刀圭木母空」。當以後者為是。

往把「心猿」與「姹女」、「嬰兒」以及五行等的丹道話語連類使用，如「姹女育陽求配偶　心猿護主識妖邪」、「心猿識得丹頭　姹女還歸本性」、「嬰兒戲化禪心亂　猿馬刀歸木母空」，使得整個語境染上了更鮮明的道教色彩。

第二種是正文裏的韻文。這種有13條，如：

「金性剛強能克木，心猿降得木龍歸。金從木順皆為一，木戀金仁總發揮。」（十九回）「乖猿牢鎖繩休解，劣馬勤兜鞭莫加。木母金公原自合，黃婆赤子本無差。」（二十三回）「意馬心猿都失散，金公木母盡凋零。黃婆傷損通分別，道義消疏怎得成！」（三十回）「金順木馴成正果，心猿木母合丹元。共登極樂世界，同來不二法門。」（三十一回）「未煉嬰兒邪火勝，心猿木母共扶持。」（四十回）「性燭須挑剔，曹溪任吸呼，勿令猿馬氣聲粗。」（五十回）「靈臺無物謂之清，寂寂全無一念生。猿馬牢收休放蕩，精神謹慎莫崢嶸。」（五十六回）「此去不知何日返，這回難量幾時還。五行生剋情無順，只待心猿復進關。」（五十七回）「賭輸贏，弄手段，等我施為地煞變。自到西方無對頭，牛王本是心猿變。」（六十一回）「木母遭逢水怪擒，心猿不捨苦相尋。暗施巧計偷開鎖，大顯神威怒恨深。」（六十三回）「猴與魔，齊打仗，這場真個無虛誑。馴猴秉教作心猿，潑怪欺天弄假象。」（六十五回）「正是：仙道未成猿馬散，心神無主五行枯。」（六十五回）「咦！正是：心猿裏應降邪怪，土木司門接聖僧。」（八十二回）

這裏也有幾種不同情況。一種是簡單的情節復述，如「木母遭逢水怪擒，心猿不捨苦相尋。暗施巧計偷開鎖，大顯神威怒恨深」；一種是

復述情節，同時為故事加上一些與丹道有關的哲理色彩，如「意馬心猿都失散，金公木母盡凋零。黃婆傷損通分別，道義消疏怎得成！」「此去不知何日返，這回難量幾時還。五行生剋情無順，只待心猿復進關」；還有一種與正在發生的故事幾乎看不出關聯，自說自話地講述宗教思想，如「性燭須挑剔，曹溪任吸呼，勿令猿馬氣聲粗」。而這後兩種情況恰恰呼應著回目中特殊的道教語境。

第三種情況是在故事的敘述中使用。這種情況只有3條，即「卻說唐僧聽信狡性，縱放心猿，攀鞍上馬。八戒前邊開路，沙僧挑著行李西行。」（二十八回）「話表三藏遵菩薩教旨，收了行者，與八戒、沙僧剪斷二心，鎖籠猿馬，同心戮力，趕奔西天。」（五十九回）「難活人參十九難，貶退心猿二十難……」（九十九回）

其中第三條並非敘述故事，其實質與回目相類似。所以，《西遊記》雖然大量使用了「心猿」一詞，但幾乎沒有用在嚴格意義的故事敘述中。這一點，對於我們在後面的分析將很有意義。

二

「心猿」是個外來語。六朝以前的漢語中，似未見有其蹤跡。譯入中土的佛經，始把印度人常用的這個比喻結合著佛理摻入到漢語中。這期間，影響最大的當屬十六國時，鳩摩羅什所譯《維摩詰所說經》。其《香積佛品》云：「以難化之人，心如猿猴，故以若干種法，制御其心，乃可調伏。」而講得更詳細的則是稍晚些譯出的《正法念處經》，其《生死品》云：

> 次復觀察心之猿猴，如見猿猴。如彼猿猴躁擾不停。種種樹枝花果林等，山谷岩窟回曲之處，行不障礙。心之猿猴，亦復如

> 是。五道差別，如種種林。地獄畜生餓鬼諸道，猶如彼樹。眾
> 生無量，如種種枝。愛如花葉，分別愛聲諸香味等，以為眾
> 果。行三界山，身則如窟行不障礙。是心猿猴。此心猿猴，常
> 行地獄餓鬼畜生生死之地。[5]

顯然，這種細微的描寫是和印度的生態環境直接有關的。恒河流域多猴，印度人與其朝夕相處，觀察、感觸深入細緻，自然而然寫入到了佛典裏。其他佛經，如《大日經》分述六十種心相，最後一種為「猿猴心」，比喻這種心態躁動如猿猴。《心地觀經》則稱：「心如猿猴，遊五欲樹，不暫住故。」《大乘義章》亦有「六識之心……如一猿猴」之說。可見以猿喻放縱不羈的心靈為佛學常談。

這一比喻隨佛理進入了漢語，如果不計翻譯、疏論性質的文字，那麼首先進入的可能就是較有文學色彩的作品。而由於詩歌的比興傳統，這一比喻性詞語很容易與其結緣。較早在詩歌中使用「心猿」一詞的有南朝詩人蕭繹等。而以蕭繹帝王之尊，其作品影響自然遠大於一般詩人。其《蒙預懺悔詩》中的「三修祛愛馬，六念靜心猿」便被收錄到後世的多種類書裏，成為「心猿意馬」成語的出典。當然，這與作品的佛教題材直接相關。約略同時的北周詩人王褒也是在佛教題材的作品中使用了「心猿」。其《善行寺碑銘》曰：「七華妙覺，三空勝境；意樹已雕，心猿斯靜。」到了唐代，我們可以在較多詩人筆下見到「心猿」或其衍生詞。如初唐的蕭翼，其《答僧辯才》云「酒蟻傾還泛，心猿躁似調」；其後如錢起《杪秋南山西峰題準上人蘭若》之「客到兩忘言，猿心與禪定。」

和我們現在討論的問題直接相關的，有一條很有意思的材料，就

5　電子佛典《大正藏・經集部》，T17，No.721。

是「西遊」的真正主角玄奘也曾使用過「心猿」這個詞。他在《請入少林寺翻譯表》中講到:「今願托慮禪門,澄心定意,制情猿之逸躁,繫意馬之奔馳。」[6]這裏的「情猿」就是「心猿」,以「情」代「心」,不過是一個避免重複的小小文字技巧。

不過,使我們稍感意外的是,如果做一下量化的統計工作,看看古代著述中「心猿」使用的頻度究竟如何,那麼就會發現結果令人吃驚。

如《四庫全書》,「經、史、子、集」四類著作計三千五百餘部,檢索「心猿」一詞,共有146條。去除重複、形近而非的9條,僅得137條。而且,其中絕大多數是一卷中只出現一次,只有五卷中出現過兩次。有趣的是,這五卷中有四卷是類書,另外一卷是《悟真篇注疏》。《悟真篇》出自張伯端之手,與全真道關係密切。也就是說,卷帙浩繁的「四庫」中,除去這部與全真教有關的著作外,沒有哪一位作者在自己的著述中,使用過兩次或以上的「心猿」這個詞。

再看《四部叢刊》,這部叢書有初編、續編、三編,包括釋典道書在內,共計五百餘種。「心猿」一詞,檢索僅僅得到62條,其中還有一條是「心,猿」,去掉後為61條。儘管其中有若干佛典道書,總體看使用頻率同樣是相當低的。

我們再來看看佛教的典籍。

一部《大正藏》,收釋家經、律、論、史等共計三千九百餘部,而檢索「心猿」一詞,卻只得了37條。

可見,雖然到了今天,「心猿意馬」已是一個常用的成語,但在古代,它的使用頻率卻並不像我們想像的那麼高。

同時,我們也會詫異於相反的情況——《西遊記》一部書中使用

---

6 《中國佛教思想資料選編》第二卷第三冊,19頁,北京,中華書局,1983。

三、四十次的「記錄」。相比之下，《西遊記》的作者未免太偏愛「心猿」這個詞語了。難道說，這僅僅是作者個人的語言偏愛嗎？

三

然而，我們到全真教的著作中做一番過細的爬梳，量化一下，看他們使用「心猿」一詞究竟到了何種程度。

先看教主王重陽。

齊魯書社的輯校本《王重陽集》[7]是迄今較為精審的王重陽著作整理本，共收入《重陽全真集》、《重陽教化集》與《重陽分梨十化集》，以及《重陽立教十五論》等散篇。其中百分之九十以上是詩詞曲形式的韻文。經統計，其中出現的「心猿」以及少量衍生詞（如把「心猿意馬」簡稱為「猿馬」）共有38條。

這38條自然都是在表述全真教理，但語境與功能仍有一定的差別。大致說來，有以下三種情況：

第一種最為簡單，就是襲用佛教的原意，用來比喻躁動的心靈。如「心猿緊縛無邪染，意馬牢擒不夜巡。」（《重陽全真集》卷之一《夢》）「緊鎖心猿，悟光陰，塵凡百年遄速。」（《重陽全真集》卷之三《花心動》）「如要修持，先把心猿鎖。」（《重陽全真集》卷之四《蘇幕遮》），等等。

第二種是把這種比喻與全真道的教理、修持方法聯繫起來，具有明顯的全真道色彩。如「擒猿馬，古來一句，柔弱勝剛強。」（《重陽全真集》卷之三《滿庭芳》）「槌槌要，敲著心猿意馬。細細而，擊動錚錚，使俱齊擒下——明光射入寶瓶宮，早兒嬌女姹。」（《重陽全真

7　《全真道文化叢書》第一輯，山東，齊魯書社，2005。

集》卷之七《五更令》）「不得受人欽重，不得教人戲弄。不得意馬外遊，不得心猿內動。」（《重陽全真集》卷之九《四不得頌》）「金關扣戶，玉鎖局門，閒裏不做修持。杳默昏冥，誰會舞弄嬰兒。睡則擒猿捉馬，醒來後，復採瓊枝。」（《重陽全真集》卷十一《聲聲慢》），等等。

第三種是在原有的比喻意之上，又有所發揮。如：「先且牢擒劣馬子，且須縛住耍猿兒。」（《重陽全真集》卷十三《望蓬萊》）「莫放猿兒耍。」（《重陽教化集》卷之一《黃鶴洞中仙》）「猿騎馬，呈顛傻，難擒難捉怎生舍。」（《重陽全真集》卷之七《搗練子》）「意馬擒來莫容縱，長堤備，瑯滴琉玎。被槽頭，猢猻相調弄，攢蹄舉耳，早臨風，瑯滴琉玎。」（《重陽全真集》卷十二《風馬令》）等等。

從數量來講，一個人的集子裏，反覆使用同一意象近四十次，是不多見的。而當我們與前文提到的他人對「心猿」的使用情況相比時，會越發感到王重陽的用語偏好。不過，對於今天探索的問題來講，後兩種涉及內涵方面的情況更值得關注一下。

前文在分析《西遊記》中「心猿」使用情況的時候，特別強調了它與「姹女」、「嬰兒」以及五行的連類、并提的形式。而在王重陽的集子裏，上述第二種情況與《西遊記》相同。至於第三種情況，則是又有新的意味。這裏的「心猿」不只是比喻意義上的代稱，它還開始向有個性的形象方面發展。「耍」、「顛」、「騎馬」、「調弄」，這些用語使得一個較為概念化的用語有了生動的形象感。

在王重陽之前，似乎還沒有哪個人如此集中、如此多樣、如此生動地使用過「心猿」及其相關的話語。

在王重陽的影響下，全真道的後來者很多人也對「心猿」的使用

情有獨鍾。他的七大弟子，大多數都較多使用過這個詞語[8]，而大弟子馬鈺比起乃師更是有過之而無不及。

　　齊魯書社的輯校本《馬鈺集》，共收入其《洞玄金玉集》10卷、《漸悟集》2卷，以及《丹陽神光燦》、《丹陽真人語錄》等。其中絕大多數是詩詞曲。經統計，其中出現的「心猿」及少量衍生詞「猿馬」之類，共計78條。這種情況實在令人歎為觀止。

　　與王重陽相比，除去使用的頻度更高之外，在與全真教理其他丹道術語連類使用，以及給「心猿」以生動形象方面，馬鈺也是繼承乃師衣缽而又有所超越。連類使用的情況如：「牢擒意馬與心猿。先把龍虎收在鼎，自然鉛汞得歸元。」（《漸悟集‧玩丹砂》）「煉要須教鉛汞結，收心不放馬猿顛。」（《補遺‧丹陽繼韻》）。而《長思仙‧贈小張仙》一篇講得更明確：「小張仙，小張仙，款款搜尋汞與鉛，先須縛馬猿。氣綿綿，氣綿綿，龍虎相交玉蕊鮮，金丹一粒圓。」（《漸悟集》）這就把縛住心猿意馬列為修習內丹的三步驟之一了。

　　在這78條中，有4條值得特別注意。一條是《南柯子‧贈眾道友》：

　　　　心地頻頻掃，塵情細細除，莫教坑塹陷毗盧。本體常清淨，方可論元初。性燭須挑剔，曹溪任吸呼，勿令猿馬氣聲粗。畫夜綿綿息，端的好功夫。

一條是《瑞鷓鴣‧贈眾道契》：

8　其餘諸子中，劉處玄《仙樂集》出現最多，譚處端次之。七子的術語使用差別很
　　大，值得進一步研究。

修行何處用工夫？馬劣猿顛速剪除。牢捉牢擒生五彩，暫停暫住免三塗。稍令自在神丹漏，略放從容玉性枯。酒色財氣心不盡，得玄得妙恰如無。

這兩條均見於《馬鈺集・漸悟集》，而同時見於百回本《西遊記》的第五十回與第九十一回，文字小有異同。這一點是證明《西遊記》與全真道直接關聯的最有力材料。這業經柳存仁先生指出。而另外兩條其實也有類似的價值，似尚未被充分注意到。其一是馬鈺與王重陽的唱和。《重陽全真集》卷十二《風馬令》曰：

意馬擒來莫容縱，長堤備，璫滴琉玎。被槽頭，猢猻相調弄，攢蹄舉耳，早臨風，璫滴琉玎。

馬丹陽繼韻唱和道：

意馬癲狂自由縱，來往走，璫滴琉玎。更加之，猢猻廝調弄。歌迷酒惑，財色引，璫滴琉玎。（《補遺・丹陽繼韻》）

師徒二人的兩段小令，不但把「心猿」、「意馬」形象化、生動化，而且給了二者之間一種新的關係：猴子是馬匹的管理者，可以在「槽頭」「調弄」馬匹；而馬匹則服從它的調弄，「攢蹄舉耳」。這不由得使我們想到了《西遊記》中的一段文字。第四回「官封弼馬心何足」寫到孫悟空被玉帝封為弼馬溫之後，勤勞王事的情形：

這猴王——晝夜不睡，滋養馬匹。日間舞弄猶可，夜間看管殷勤：但是馬睡的，趕起來吃草；走的捉將來靠槽。那些天馬見

了他，泯耳攢蹄，都養得肉肥膘滿。

猴王看管「舞弄」（「舞弄」一詞，《西遊記》多次出現，而《馬鈺
集》亦見），馬匹「泯耳攢蹄」，無論其詭異景象之相似，還是罕見詞
語之類同，都使讀者不能不在二者之間產生關聯之想[9]。

其二，《馬鈺集‧丹陽神光燦》中有《贈曹八先生》一首，詞曰：

> 妙玄易解，心意難善。窮究如何長便。牢捉牢擒，爭奈馬猿跳
> 健！十二時中返倒，鬥唆人、生情起念。當發願，便至死來
> 來，與他征戰。　饒你十分顛傻，卻怎禁，堅志專專鍛鍊。達
> 悟知空，自是內觀不見。才方生育天地，藥爐中、日月運轉。
> 常清靜，聖功生，神明出現。

這當然是在描寫修行中「拴縛心猿意馬」的過程、景象，可是其生動
的描寫卻使讀者彷彿看到了一段我們所熟悉的故事：「擒捉」「跳健」
的「馬」、「猿」，而這傢伙顛倒反覆，生出更大的貪念，為了「長便
久安」，於是決心「至死」「征戰」。而其中的「生育天地」、「藥爐」、
「鍛鍊」等詞語，更會使熟悉《西遊記》的讀者發會心一笑——何況
這一段不長的文字中，竟然還出現了「達悟知空」的字樣！

如果說只是在《馬鈺集》中出現了幾條「心猿」的字樣，我們是
沒有足夠的理由說「全真道與《西遊記》有關聯」，或是說「《西遊
記》中頻繁出現的『心猿』為全真道影響所致」。但是，現在擺在我
們面前的是一系列的材料：

9　對於《西遊記》的「弼馬溫」來歷，或言為馬廄養猿可避馬瘟，似亦有望文生義之
　　嫌。揆情度理，封猴子以飼馬之職，當與心猿、意馬連類使用有些關係。

1.《王重陽集》、《馬鈺集》是《西遊記》之前使用「心猿」詞語最多,且影響很大的兩部著作;而《西遊記》大量使用「心猿」是其行文的突出特徵。

2.《西遊記》在使用「心猿」一詞時,經常和「嬰兒」、「姹女」及五行術語連類、並列;而這恰恰是《王重陽集》、《馬鈺集》使用「心猿」的方式——「嬰兒」、「姹女」及五行術語正是王重陽全真道內丹的常用語詞。

3.《西遊記》使用「心猿」一詞,大多是在韻文(廣義,包括回目)中,全真道著作裏的「心猿」,也同樣大多在詩詞之中。

4. 馬鈺以及全真道其他人物的作品原文照錄在《西遊記》中。

5. 王重陽、馬鈺的作品中出現了把「心猿」形象化、生動化的趨勢,其中猴子調弄馬匹,猴子戲耍、跳健,猴子造反、至死征戰的構想,以及表現這些構想時使用的與《西遊記》語彙近似的話語。

這些互相關聯的材料疊加到一起,無疑足以說明《西遊記》中大量使用「心猿」一詞是直接受到全真道的影響,而非其他;也可以進一步加強柳先生關於「全真道與《西遊記》有關」的論斷;還可以作為筆者數年前的一個觀點的佐證:在《西遊記》的成書過程中,曾經歷過一個「全真化的環節」[10]。

四

回到我們最初的話題:「心猿」作為孫悟空的代稱,頻頻出現在《西遊記》(百回本)的文本中,直接的源頭並非佛教,更不是明中後期的陽明心學;這種特色鮮明的話語現象,是全真道帶來的,再具

---

10 陳洪、陳宏:《論西遊記與全真教之緣》,載《文學遺產》2003(6)。

體些講，是受到王重陽、馬丹陽著作影響的結果。

這樣講，並不是說《西遊記》的創作就是全真道教理的展開。筆者的觀點簡言之可稱為「環節說」。也就是說，唐玄奘取經的事蹟的傳播與演變，從最早的《大唐西域記》到明代中後期的百回本《西遊記》，中間是經過若干錯綜複雜的環節的。而在「詩話」、「平話」環節之後，全真道染指於這一影響廣泛的故事。教中某無名氏把已有的素材同自己的教義比附、融滲，又發揮想像力，增加、豐滿了不少情節，使得《西遊記》成為輔教、布道的講唱材料——類同於晚唐五代的變文。其後，又有「華陽洞天主人」——對於道教不那麼友好的人士在道教失勢的時代背景下，從頭整理、加工、定型，從而一定程度削減了全真道的色彩，並轉變了全書的宗教立場（由道教輔教轉為揚佛抑道），加入了玩世、罵世的內容，於是形成了「世德堂本」。

支持這一見解的論據非止一端，「心猿」的語緣考索之外，「西遊」故事在民間宗教中傳播的情況、《西遊》中諸多情節的演化痕跡、牛魔王故事的考索等，都可以從不同角度提供理由。不過，那些內容須見諸他文了。

至於為什麼會出現「全真化」的環節？換言之，全真教為什麼會選擇玄奘取經的故事來演唱推廣自己的教義？原因可能有以下幾個方面：一則這個故事歷經七八百年的傳播，已有相當廣泛的影響，又有神異色彩，本身適合做宗教宣傳的材料；二則全真道本身有《長春真人西遊記》，相近似的名稱自然有移花接木的效果；而第三恐怕就是由於「心猿」這個媒介。眾所週知，在北宋、西夏的中期，玄奘取經的隊伍中就有了一個猴子成員，而在《取經詩話》中，猴行者的「戲份兒」已經與玄奘分庭抗禮了。到了明初楊景賢的《西遊記》雜劇中，猴子已經儼然是取經故事的主角了。楊氏的雜劇演繹的是純粹的佛教故事，還沒有絲毫全真的色彩。不過，其中寫到猴子的時候，已

經開始使用「心猿」的稱謂。那是第十出「收孫演咒」中，山神的
一個唱段：

> （山神）小聖對師父說；前面有一河，名曰流沙河。河內有
> 怪，能傷人。行者，你小心護持師父者。師父，好生加持者。
> 【尾】著猢猻將心猿緊緊牢拴繫，龍君跟著師父呵把意馬頻頻
> 急控馳。一個走如風疾，一個腳似雲飛。到西天取經回來，到
> 大唐方是你。（下）

而全真教的創教祖師以及重要人物的著作中既有大量的「心猿」使
用，又開始把它形象化、故事化。於是，猴子取經的故事，與「心
猿」這個意象便有了發生聯繫的可能。這個時候，全真道適有借助講
唱故事來傳播教義的需要[11]，於是取經的猴子與攜帶了大量全真信息
的「心猿」「一拍即合」，成為挽結佛教取經故事與全真道的一個重要
因緣。

　　這裏要稍加說明的是，這一因緣之結成，更深層的原因在於全真
道的基本教義。全真道教義有兩個最重要的支撐點，一是「三教合
一」；一是佛禪與全真相通。正如王重陽主張：

> 儒門釋戶道相通，三教從來一祖風。（《孫公問三教》《重陽全
> 真集》卷一）
> 禪道兩全為上士，道禪一得自真僧。（《問禪道者何》《重陽全
> 真集》卷一）

---

11 參見拙作《西遊記成書過程的假說》，《淺俗下的厚重》，南開大學出版社，2001。

邱處機亦云：

> 仙佛原來共一源，蒙師指破妙中玄。（《證道篇・雜詠》《邱處
> 機集・邱祖全書》）

正是基於這兩點，全真道大量剿襲了佛教特別是禪宗的觀點、術語，
其集子中可謂比比皆是，如：

> 從此不生應不滅，定歸般若與波羅。（《老僧問生死》《重陽全
> 真集》卷一）
> 色即是空空是色，色空空色兩俱忘。（《贈耀州梁姑》《洞玄金
> 玉集》卷一）

所以，它對於佛教的理論、術語，乃至人物、故事，不僅絕無排斥之
意，而且多方面借重。所以才可能把玄奘取經的故事「全真化」，為
我所用。

至於這個「全真化」環節的具體情況，目前我們還沒有掌握更直
接的材料，但是可以肯定的是：從百回本的文本看，《西遊記》存在
著多重闡釋的空間，其中全真道教義的空間雖然經過「華陽洞天主
人」的削減而支離破碎，但仍然不能完全忽視。進一步分析其形態與
功能，對於解讀《西遊記》這部奇書，以及釐清其成書過程、版本間
關係，都是不無裨益的。

牛魔王佛道淵源考論

一

　　夏志清先生曾指出，牛魔王是《西遊記》中描寫最細、最富人情味的魔怪[1]。細玩全書，這個牛精確有很多「不同凡妖」之處，如：有關他的筆墨斷斷續續貫穿了大半部作品（從第三、四回起，中間第四十一、四十二、五十三回覆現，至第五十九、六十、六十一回重頭戲止）；具有和凡人一樣的家庭關係、社會交往——有妻有妾，兄弟間有書信往來，父子間講孝敬養老，還有把兄弟一起遨遊，鄰居間宴請飲酒；全書唯一與孫悟空有恩怨糾葛、化友為敵的魔怪；他從未動過吃唐僧肉的念頭，是孫悟空主動打上門來的，而招災惹禍的主要原因在於自身的生活方式（因兒子之事而生嗔怒，因妻妾牽纏而加劇了矛盾衝突）。這樣的形象在《西遊記》眾多妖魔中沒有第二個。

　　《西遊記》是世代累積而成的作品，不少形象在各種形式的傳播、演義中早有雛形，這包括取經的四眾，也包括白骨精、車遲三聖等魔怪。但是，這個豐滿、與眾不同的牛魔王卻是一頭「後來居上」的創造物。在早期取經故事《大唐三藏取經詩話》中，既無火焰山，又無牛魔王。元雜劇《二郎神醉射鎖魔鏡》中出現了一個「九首牛魔羅王」，但「法力低微」，出場便是披枷帶鎖在逃命，隨即被二郎神同哪吒捉住，幾乎沒有什麼關於他的具體描寫。如果說《西遊記》的牛

1　夏志清：《中國古典小說導論》，154頁，合肥，安徽文藝出版社，1988。

魔王與此有些微血緣關係的話，那至多是在名稱相似與被哪吒所擒這些細節上。另有《二郎神鎮齊天大聖》雜劇，其中寫齊天大聖有個「大哥通天大聖」，但與牛魔王無關。而明人楊景賢《西遊記雜劇》中所寫齊天大聖兄妹與《鎖》劇不同，不過同樣沒有牛魔王的名色。楊劇中提到了火焰山，也有鐵扇公主，但這是個「獨立」的女妖，是天上風神之祖叛逃下界，與牛魔王並無緣分。牛魔王同火焰山連到一起，成為取經阻力，最終歸降佛門，這樣的情節見於明人楊致和的《西遊記傳》及朱鼎臣的《唐三藏西遊釋厄傳》。然而這兩部書皆後於百回本《西遊記》，故可置而不論[2]。

百回本《西遊記》的虎精、豹精、狼精、熊精、鹿精、羊精、兔精等動物類妖怪「品種繁多」，作者獨對這個牛精精雕細刻，是偶然興之所至呢，還是別有原因？這在小說的具體描寫中透露了一些消息。「三調芭蕉扇」一回，寫牛魔王與孫悟空賭變化，屢遭克制，智竭計窮時，「嘻嘻的笑了一笑，現出原身——一隻大白牛：頭如峻嶺，眼若閃光，兩隻角，似兩座鐵塔，牙排利刃，連頭帶尾，有千餘丈長短，自蹄至背，有八百丈高下。」下文寫牛魔王四處逃竄時，北有潑法金剛，南有勝至金剛，東有大力金剛，西有永住金剛，分別攔住去路。這四大金剛乃「領西天大雷音寺佛老親信」，率佛兵布列天羅地網來捉牛。在《西遊記》中，未等到孫悟空求救，主動來援兵，且由如來佛親自出面，由佛教最高護法神率「佛兵」動手，這是唯一的一次。而牛魔王走投無路，「搖身一變，還變做一隻大白牛。」最終被眾神捉住，「牽牛徑歸佛地回徼」——把降服的魔怪送交如來，這也是特例。而作者唯恐讀者不注意這一點，特作詩相證云：「牽牛歸佛休顛劣，水火相聯性自平」。

---

2 吳、楊、朱三部書的關係迄今無定論，但就有關牛魔王的描寫看，楊、朱本為吳本之縮寫更順理成章。

　　一個反覆提到的「大白牛」（不是水牛，不是黃牛，不是其他顏色的現實常見之牛），一個「牽牛歸佛」的特殊處理，提醒了我們：這個不尋常的藝術形象與佛門有相當深的淵源。

二

　　白牛、大白牛在佛教中是常用的、十分重要的象徵物。《法華經‧譬喻品》講[3]，有一大富長者，「其家廣大，唯有一門，多諸人眾」，一日火起，諸子處火宅之中，「樂著嬉戲，無求出意。」長者為吸引他們脫離險境，便呼喊道：「羊車、鹿車、牛車，今在門外，可以遊戲。汝等於此火宅宜速出來，隨汝所欲，皆當與汝。」於是，「諸子竟共馳走，爭出火宅。」出門後，諸子向長者索車，長者認為三車仍屬「下劣小車」，而更換為一高廣大車，「駕以白牛，膚色充潔，形體姝好，有大筋力，行步平正，其疾如風。」後文又以偈語的方式重複這段寓言：「有大白牛，肥壯多力，形體姝好，以駕寶車。」關於這一系列的譬喻的含義，《法華經》解釋道：「是諸眾生未免生老病死、憂悲苦惱，而為三界火宅所燒。」火宅即喻現實苦難世界，而羊車、鹿車、牛車比喻可使眾生脫離苦難的佛法，即聲聞乘、辟支佛乘和菩薩乘。三乘雖有高下，但都是佛超度眾生的手段，只是應機說法，故似有別。至於「白牛車」、「大白牛車」的含義，以及與「下劣小車」的關係，一直是解經者爭論的話題。筆者認為，「三車」比喻方便度人的不同說法方式，但若從實質來說，則三乘並無二致，仍是「一佛乘分別說三」。「白牛車」、「大白牛車」象徵的就是這一實質性的、無分別的「一佛乘」。

3　《妙法蓮花經》，第6-7卷，譬喻品第三，142-161頁，上海古籍出版社，1990。

　　正是在這個意義上，白牛在佛學著述中成為了脫離欲界凡塵，證道歸佛的象徵物。而在不同語境中，它又有兩種相關但不相同的含義。一種是與「車」連到一起，如《壇經》：「有無俱不計，長御白牛車。[4]」含義與《法華經》大體相同。另一種則與放牧連到了一起，如《五燈會元》記長慶大安禪師論道，自稱修持三十年，「只看一頭水牯牛，若落路入草，便把鼻孔拽轉來，才犯人苗稼，即鞭撻。調伏既久，可憐生受人言語，如今變作個露地白牛，常在面前，終日露迥迥地，趁亦不去」。[5]由水牯牛變白牛，比喻修持已成，心性已定。這種情況下，「白牛」是超拔、出離紅塵欲海的象徵物。

　　大安禪師所謂「便把鼻孔拽轉來」──把牛牽回正路，是比喻心性疏放時須加以收束而歸於佛境。這也是佛教習見的說法。《阿含經》提到十一種牧牛的方法[6]，《大智度論》也有十一種，與之略有差異，但都是用來比喻不同的收心斂性的修持之道。《佛垂般涅槃略說教誡經》也用這個譬喻說明成佛的方法：「譬如牧牛，執杖視之。不令縱逸，犯人苗稼。」而在中國特有的禪宗裏，以牧牛（「牽牛歸佛」）喻修行證道的公案更是常見。如石鞏慧藏未證道時在廚房執役，馬祖道一走進來問：「作甚麼？」藏回答：「牧牛。」馬祖又問：「作麼生牧？」答：「一回入草去，驀鼻拽將回。」馬祖當下首肯：「子真牧牛。」即承認了他已證道的資格。馬祖另一弟子南泉普願禪師上堂說法：「王老師自小養一頭水牯牛，擬向溪東牧，不免食他國王水草；擬向溪西牧，亦不免食他國王水草。不如隨分納些些，總不

4　《六祖大師法寶壇經》，《機緣第七》，見電子佛典《大正藏·諸宗部》，T48，No. 2008。

5　〔宋〕普濟：《五燈會元》，第4卷，191頁，北京，中華書局，1984。

6　《增一阿含經·牧牛品》的牧牛十一法為「知色、知相、知摩刷、知護瘡、知起煙、知良田茂草、知所愛、知擇道、知渡所、知止足、知時宜」，分別喻識因緣空相、去惡就善等修行順序。

見得。」（均見《五燈會元》卷三）也是以牧牛喻修行，東牧西牧喻心性偏離中道、陷於偏執的「邊見」，「隨分納些些」云云，即不偏不執，不生分別想的禪悟之境。其他如百丈懷海、潙山靈祐等禪門大宗師也都有類似的示機開悟法門。

在《大正藏》中，「白牛」出現283次，「黑牛」出現72次，可見「白牛」由於其特有的象徵意義而受佛門青睞；相關聯的，「牛車」出現197次，「牧牛」出現516次，可見佛典中「牛」的兩種比喻意義，用來比喻馴服心性的要更為普遍些。

後來，更有人繪出《牧牛圖》，以連環畫的形式形象地喻示修行途徑，並配有《牧牛圖頌》。自宋代以還，各種《牧牛圖頌》多達五十餘種，甚至超越國界，吸引了朝鮮、日本的佛門作者。流行最廣的有師遠禪師據清居禪師《牧牛圖》作的《十牛圖頌》，其中如「竭盡神通獲得渠，心強力壯卒難除，有時才到高原上，又入煙雲深處居」、「鞭索時時不離身，恐伊縱步入埃塵，相將牧得純和也，羈鎖無抑自逐人。」很形象地寫出擒牛、牽牛終使其馴順的過程，以喻各個修行階段。又有普明禪師的《牧牛圖頌》也很有名，逐步描寫在放牧中使一頭黑牛變白牛的過程，先頭角，後牛身，再尾巴，最終通體潔白，以喻已證佛道。其中有這樣幾段：

> 生獰頭角恣咆哮，奔走西山路轉遙。
> 一片黑雲橫谷口，誰知步步犯嘉苗。
>
> 我有芒繩驀鼻穿，一回奔競痛加鞭。
> 從來劣性難調制，猶得山童盡力牽。
>
> 漸調漸伏息奔馳，渡水穿雲步步隨。

手把芒繩無少緩，牧童終日自忘疲。

日久功深始轉頭，顛狂心力漸調柔。
山童未肯全相許，猶把芒繩且繫留。

白牛常在白雲中，人自無心牛亦同。
月透白雲雲影白，白雲明月任西東。

人牛不見杳無蹤，明月光寒萬象空。
若問其中端的意，野花芳草自叢叢。[7]

如果我們把這幾首小詩（廣義），與《西遊記》對照一下，會有十分有趣的發現。首先，對照《西遊記》第二十回開篇的一首偈：

法本從心生，還是從心滅。生滅盡由誰，請君自辨別。既然皆己心，何用別人說？只須下苦功，扭出鐵中血。絨繩著鼻穿，挽定虛空結。拴在無為樹，不使他顛劣。莫認賊為子，心法都忘絕。休教他瞞我，一拳先打徹。現心亦無心，現法法也輟。人牛不見時，碧天光皎潔。秋月一般圓，彼此難分別。

這段偈語是寫唐三藏遇到烏巢禪師，得聆《心經》大乘妙法時所證的境界，此時牛魔王根本沒有露面，前後文也沒有一點與「牛」有關的情節，完全是作者插入的借助「牧牛」喻說佛理的文字，是書中不甚多見的正面論說佛理的段落。其中「絨繩著鼻穿，挽定虛空結。拴在

---

7 〔宋〕普明：《牧牛圖頌》，見《續藏經・禪宗部》X64，No. 1270。

無為樹，不使他顛劣」四句寫馴牛，與「我有芒繩驀鼻穿」、「手把芒
繩無少緩」、「猶把芒繩且繫留」意味相近；而「現心亦無心，現法法
也輟。人牛不見時，碧天光皎潔。秋月一般圓，彼此難分別」六句，
與「人自無心牛亦同」、「人牛不見杳無蹤」、「明月光寒萬象空」不僅
境界類似，文字上也多有相同處。

　　再與「三調芭蕉扇」一節有關牛魔王的描寫比較一下。《西遊
記》寫到牛魔王現出原形的樣子，是「口吐黑氣，眼放金光」、「張狂
哮吼，搖頭擺尾」、「東一頭，西一頭，兩隻鐵角，往來牴觸」，和
《牧牛圖頌》對未馴之牛的描寫——「生獰頭角」、「咆哮」、「顛
狂」、「劣性」等相比，也是十分相像。而《牧牛圖頌》的「芒繩驀鼻
穿」、「手把芒繩無少緩」、「顛狂心力漸調柔」的情境，則與小說中諸
神合力擒住牛魔王、牽牛歸佛的描寫用語十分相似。

　　由此可見，在《西遊記》的創作過程中，把牛魔王「牽」入作品
的人，是瞭解白牛的佛理含義的，是相當自覺地塑造這一「不同凡
妖」的牛魔形象的。牛魔王不同於石頭縫中蹦出的孫悟空，與佛門有
著明顯的血緣關係。作者把佛理中「大白牛」之說與「牧牛」之說糅
到一起，運以己意，組織到取經故事中，便產生了這個豐滿的具有一
定象徵意味的牛魔王形象。

三

　　綜上所述，牛魔王與佛門淵源甚深，這應該沒有什麼疑問了。接
下來的問題是：哪位佛門大德把這頭牛「牽」進了小說《西遊記》
呢？答案是令人意外的。宋元兩代，侈談牧牛、白牛的佛門人物雖大
有人在，卻沒有發現一個和《西遊記》有些許瓜葛者。而另有一些宗
教人物，他們與小說《西遊記》關係十分密切，同時也在大談牧牛與

白牛——所使用的詞語比起佛門人物來，距離小說作品卻是更接近一些。這些人物就是金元之際的全真道的領袖們。

全真道的創始人王重陽以牛喻道的議論頗多，如：

> 堪歎寰中這只牛，龍門角子穩，騁風流。身如潑墨潤如油，貪鬥壯，牽拽不回頭。　苦苦幾時休，力筋都使盡，卧犁溝。被人嫌惡沒來由。閒水草，難免一刀憂。[8]
> ……款款牽回六隻牛，認水草，便風流。渾身白徹得真修，上逍遙，達岸舟。[9]
> 牛子卻如潑墨，牽拽不回頭。向川原，貪水草，騁風流。禁得這茫兒燥，加力用鞭勾。渾身都打遍，變霜球。[10]

大弟子馬丹陽、譚處端、劉處玄等均有繼承其衣鉢之作：

> ……馬瘋子，憑仗做修持。恰到人牛俱不見，澄澄湛湛入無為，正是月明時。[11]
> 咄！這憨牛，頑狂性劣，侵禾逐稼傷蹂。鼻繩牢把，緊緊力須收。舊習無名長亂，加鞭打，始悟回頭。……黃昏後，人牛歸去，唯見月當秋。[12]

8　〔金〕王重陽：《小重山》，見《王重陽集》，《重陽全真集》第4卷，68頁，山東，齊魯書社，2005。

9　〔金〕王重陽：《雙雁兒》，見《王重陽集》，《重陽全真集》第12卷，177頁。

10　〔金〕王重陽：《憨郭郎》，見《王重陽集》，《重陽全真集》第13卷，211頁。

11　〔金〕馬鈺：《望蓬萊・春日鄠縣道友索》，見《馬鈺集》，《漸悟集》上卷，173頁，山東，齊魯書社，2005。

12　〔金〕譚處端：《滿庭芳》，見《譚處端集》，《水雲集》中卷，30頁，山東，齊魯書社，2005。

外奔馳，痛鞭持，習性調和路不迷。清溪香草肥。芒兒歸，牛
兒隨，明月高空照古堤，人牛不見時。[13]

四假似浮漚，真明月正秋。人牛都不見，光耀照山頭。[14]

人牛不見，悟個不生不滅。[15]

而「白牛」、「牧牛」的話頭也是他們師弟切磋的內容：

問曰：「假令白牛去時，如何擒捉？」訣曰：「白牛去時，緊叩
玄關，牢鎮四門……掩上金關，納合玉鎖，如人斬眼，白牛自
然不走。」[16]

這裏對於不馴順的牛的擒捉、鞭打、牽拽，還有把黑牛馴服成為「霜
球」一樣的白牛，等等，當然是心性修持的比喻之詞。和前面提到的
佛教典籍以及禪門語錄相比，全真道領袖們講得更生動更形象；和
《西遊記》擒捉牛魔王的情節比較，特別是王重陽的《金關玉鎖
訣》，彼此可以引發聯想的地方也更明顯一些。而與前面引述的《西
遊記》第二十回那篇卷首偈語相比，諸全真所作的類同地方就更多
了。偈語曰：「人牛不見時，碧天光皎潔。秋月一般圓，彼此難分
別。」而馬丹陽曰：「人牛俱不見，正是月明時。」譚處端曰：「人牛
歸去，唯見月當秋。」「明月高空照古堤，人牛不見時。」劉處玄
曰：「人牛都不見」，「真明月正秋」。這裏不僅是景象、境界相同，

13　〔金〕譚處端：《長思仙》，見《譚處端集》，《水雲集》下卷，51頁。

14　〔金〕劉處玄：《五言絕句頌》，見《劉處玄集》，《仙樂集》中卷，148頁，山東，
　　齊魯書社，2005。

15　〔金〕郝大通：《無俗念》，見《郝大通集》，432頁，山東，齊魯書社，2005。

16　〔金〕王重陽：《重陽真人金關玉鎖訣》，見《王重陽集》，283頁。

《西遊記》的「人牛不見時」語句也與譚處端的字句完全相同。如果聯繫到《西遊記》中對馬丹陽、譚處端其他作品的迻錄，這首詞與全真道的血緣關係便是顯而易見的了（從突兀插入的情形看，這首詞也不像《西遊記》作者自創，應同屬迻錄）。

要之，《西遊記》的牛魔王，祖籍雖是佛國，出生地卻是全真道教。正是全真道徒在把西遊故事「全真化」的時候，把他們襲自佛國的「白牛／牧牛」觀念及意象帶到了小說中。

明乎此，再回過頭來看小說中有關描寫，作者的意圖就更清楚了。

小說中對牛魔王生活的描寫主要是四個側面：酒、色、財、氣。與碧波潭老龍吃酒，以致金睛獸被盜；戀於妻、妾之情，而與孫悟空反目；貪圖玉面狐的家財，招贅到積雷山；因紅孩兒被降的舊仇、欺妻滅妾的新恨，嗔怒不能自制。這樣寫並非偶然。明代小說寫欲之縛人往往舉酒、色、財、氣；寫人打破癡迷、脫離欲海，也多從這四個方面著手。如與《西遊記》約略同時的《金瓶梅詞話》，開篇就申明這一看法，並貫穿到全書之中。這樣認識、概括紅塵欲海，雖盛行於中晚明，實則發端於金元之際的全真道。全真道教祖王重陽與「全真七子」的著作中，大量使用「酒色財氣」一語，其頻度之高前所未見。如王重陽的《重陽全真集》中《黃鶯兒》：「酒色纏綿，財氣沉埋，人人都緣，四般留住。」《勸道歌》：「風花雪月為愁景，酒色氣財是業苗。」《自歎歌》：「四般拘執盡貪婪，酒色更兼財與氣。」《重陽教化集》中《折丹桂》：「氣財酒色相調引，迷惑人爭忍？」《化丹陽》：「凡人修道，先須依此一十二個字，斷酒色財氣、攀緣愛念、憂愁思慮。」《重陽真人金關玉鎖訣》中：「或問曰：『如何是修真妙理？』答曰：『第一先除無名煩惱，第二休貪戀酒色財氣，此者便是修行之法。』」又如馬鈺《洞玄金玉集》中《十報恩》：「山侗五願報師恩，酒色氣財誓不侵。」《分邪正》：「風花雪月終無益，酒色氣財

盡是仇。」譚處端的《水雲集》中《勸眾修持》：「酒色氣財盡，憂愁
思慮忘。」《頌》：「清淨貧閒為伴侶，氣財酒色似仇冤。」「酒色財氣
一大關，意情滅盡出塵寰。」如此等等，不厭其多。這一語詞，在其
他地方，從未見有如此高密度地使用。檢索《大正藏》，「酒色財氣」
僅一條。檢索《四庫全書》，共得26條，且多為醫書、史書所用；時
間上大多為明清人著作，最早不過元初，俱晚於全真諸人。據此，似
乎可以得出一個認識：作為一種思維模式，以「酒色財氣」來概括紅
塵欲海，是全真道的一個特點；由於其通俗、貼近凡人生活，在後世
產生了比較廣泛的影響。

　　因此，我們有理由認為，在《西遊記》成書的過程中，主要是在
「全真化」的環節中，全真教的傳播者牽來了這頭「大白牛／牛魔
王」，並有意把這個形象刻畫成陷溺於人欲中的精靈，而他的被擒
捉、被牽拘，最終皈依於佛前，則具有雙重意味：一方面是原來的欲
海中的魔王的失敗，另一方面是超拔、脫離欲海的新生。從前一方面
看，《西遊記》與禪門「牧牛」的諸多典故具有互文的關係，同時也
負載了全真道修行的觀念；從後一方面看，則吸取了「大白牛」這個
形象中某些佛理的象徵含義。

　　還要稍加解釋的是，全真道的基本理論以及術語多與禪宗有關。
這一點他們自己並不諱言，「禪中見道」、「道裏通禪」是他們常提的
話頭。如王重陽《贈友人》：

　　大道無言不可聞，禪宗坦蕩乃同群。兩般打坐誰能悟？一灶香
　　煙孰會分？[17]

17　〔金〕王重陽：《贈友人》，見《王重陽集》，《重陽全真集》，145頁。

他已經把禪與道看作同枝連理，一氣難分的關係。所以，全真道才有可能借助一個佛教的故事來做傳播教義的平臺與助力。實際上，唐僧取經的故事，以及《西遊記》中重點強調的「威力無比」的「《多心經》」，都是全真諸人傳道的材料，如：

> 大唐僧，九度老。萬種艱辛，一志終須到。東進佛經弘釋教。相契如來，證果真常道。[18]
> 多心經，記得分明，無罣礙，無罣礙。[19]

不過，全真道對西遊故事的豐富、發展究竟作出了多大的貢獻？具體到牛魔王的情節，有多大比例是全真化時的成果？現在都沒有直接的證據可以判斷——因為在「全真化」的環節後，又經歷了一個「反全真化」的環節，然後才形成了今天我們所見到的百回本《西遊記》。這個「反全真化」環節的操刀人就是小說的寫定者，在沒有更多新材料的情況下，我們還是權以「吳承恩」稱之。

四

值得慶幸的是，吳承恩與前面的全真化《西遊記》的作者都有很好的文學感覺。於是，儘管牛魔王形象中涵攝了較多的佛理內涵，但他們沒有簡單地從佛學的概念、信條中演繹出一個形象。牛魔王的基本素質仍是一個精靈魔怪，如同鵬怪、蛟怪一樣。而吳承恩最感興趣的是這樣一個妖怪與孫悟空師徒間種種有趣的衝突，至於在故事中融

---

18 〔金〕王處一：《蘇幕遮》，見《王處一集》，《雲光集》，361頁。
19 〔金〕王重陽：《紅窗迥》，見《王重陽集》，《重陽全真集》，179頁。

入佛理以增意味，乃屬行有餘力的附帶之舉。所以難免若隱若現，甚至偶有牴牾處。——幸而如此，《西遊記》才是一部趣味盎然又意蘊繁雜的偉大作品，未淪為純粹的「輔教之作」。

同時代而略晚的《西洋記》也寫了一個白牛精，也與佛門深有淵源，而寫法卻大不相同，正好用來作對比。

小說《西洋記》第八十二回至八十四回寫銀眼國引蟾仙師阻路。這仙師卻是佛祖蓮臺下的白牛，當年佛祖降生，佛母無乳，全靠此白牛之乳養大，「後來白牛歸了佛道，這如今睡在佛爺爺蓮臺之下。」此牛思凡下界，化作了仙師，騎一頭青牛，使一支鐵笛，神通廣大。活佛金碧峰看出了他的本相，便現出丈六佛身，喝一聲：「畜生！你在這裏做甚麼？」於是仙師化作了顏色純白的大牛，被牧童牽歸佛國。

有趣的是那頭青牛，本是大畫家戴嵩的藝術作品，修行了幾百年，略有神通，卻不得正果，反被牛怪役使，「吃許多虧苦」。做了金碧峰的「俘虜」後，乞求長老指示脫化之徑，這金長老便宣示了一大篇佛理禪機。為與上文《西遊記》牛魔王一段比較，迻錄如下：

> 國師道：「初然是個未牧，未經童兒牧養之時，渾身上是玄色：生獰頭角怒咆哮，奔走溪山路轉遙。一片黑雲橫谷口，誰知步步犯嘉苗。
>
> 第二就是初調，初穿鼻之時，鼻上才有些白色：我有芒繩驀鼻穿，一回奔競痛加鞭。從來劣性難調治，猶得山童盡力牽。
>
> 第三是受割，為童兒所制，頭是白的：漸調漸伏息奔馳，渡水穿雲步步隨。手把芒繩無少緩，牧童終日自忘疲。
>
> 第四是回首，曉得轉頭之時，連頸脖子都是白色：日久功深始轉頭，顛狂心力漸調柔。山童求肯全相許，猶把芒繩日繫留。
>
> 第五是馴伏，性漸順習之時，和童兒相親相伴，半身俱變白

色：綠楊陰下古溪邊，放去收來得自然。日暮碧雲芳草地，牧童歸去不須牽。

第六是無礙，到了無拘無束的田地，渾身都白得來，只是後豚上一條黑色：露地安眠意自如，不勞鞭策永無拘。山童穩坐青松下，一曲升平樂有餘。

第七到任運，任意運動，無不適宜，渾身都變得是白，只有一個尾子還是本色：柳岸春波夕照中，淡煙芳草綠茸茸。饑飧渴飲隨時過，石上山童睡正濃。

第八到相忘，牛與童兒兩下相忘，是不識不知的境界，渾身都是白色，脫化了舊時皮袋子：白牛常在白雲中，人自無心牛亦同。月透白雲雲影白，白雲明月任西東。

第九是獨照，不知牛之所在，只剩得一個童兒：牛兒無處牧童閒，一片孤雲碧嶂間。拍手高歌明月下，歸來猶有一重關。

第十是雙泯，牛不見人，人不見牛，彼此渾化，了無渣滓：人牛不見了無蹤，明月光寒萬里空。若問其中端的意，野花芳草自叢叢。」

說了十牛，國師又問道：「你可曉得麼？」青牛道：「曉得了。」「曉得」兩個字還不曾說得了，只見青牛身子猛空間是白。國師道：「你是曉得已自到了相忘的田地。」道猶未了，一聲響，一隻白牛就變做一個白衣童子，朝著老爺禮拜皈依。國師道：「再進一步就是了。」一陣清風，就不見了那個童兒。只見天上一輪月，月白風清，悠悠蕩蕩。天師道：「佛力無邊，廣度眾生。這個青牛何幸，得遇老爺超凡入聖。」[20]

---

20 〔明〕羅懋登：《三寶太監西洋記通俗演義》，1080-1082頁，上海古籍出版社，1985。

這一大段文字所蘊含的佛理，與《西遊記》牛魔王一段基本相同，但表現方式與藝術效果卻大不相同。首先，羅懋登不是把佛理融化到故事中，成為故事的佐料，而是把故事套到佛理上，按佛理的框子、模式製造故事。青牛的脫化得道完全依《牧牛圖頌》喻示的順序：青牛變白牛，白牛脫牛身，最終歸空寂。其次，佛理不是在具體情節中呈露出來，而是由書中人物滔滔不絕地正面闡述。金碧峰這一番有散有韻的宏論全本於普明的《牧牛圖頌》，從小說情節的發展看，實在不需要這樣長篇大論照抄禪語。這只能歸結於作者對佛理的愛好、炫耀佛學修養（其實僅為「一知半解之悟」）的衝動，以及對小說藝術規律的認識不足。

《西遊記》本是取材於佛教史實及傳說的作品，中間又經過全真道徒的加工改造的環節，其中或隱或顯地蘊含了大量與宗教有關的信息。即使只論各類妖魔，牛王之外，也還有可加挖掘的深蘊。如三打白骨精，何以要「三打」？這在回目「尸魔三戲唐三藏」中透露了奧妙。原來，「斬卻三尸」是道教修行的重要內容，正如全真道馬鈺在《和胡講師韻》中所云「三尸拜降方寸，六賊難會九垓」。（《洞玄金玉集》）後一句的「六賊」云云則是由佛教而來，也被搬到了《西遊記》「八十一難」之中。又如碧波潭「九頭蟲」怪，似與王重陽《南鄉子》所詠：「得得妙相從，滅盡三尸九個蟲」不無關聯（三尸九蟲本為道教修行「降伏」的對象，小說形象化而成為妖怪）；車遲國的「三聖」之所以成為終南山下來的魔怪（車遲國故事出現較早，但其中濃重的揚佛抑道筆墨卻是後加上去的），恐與寫定者有意的「反全真」立場有相當的關係。類似的例子，如果細加深究，還會有一些。過去，在相當長的時間裏，由於前輩學人曾斷言《西遊記》作者「尤未學佛」，作品「亦非語道」，致使學術界長時期忽視了這部書的佛理

內涵以及與全真道的血脈聯繫[21]。本文對牛魔王形象略作考釋論析，一則為了揭示作品的某些潛在蘊涵，以及《西遊記》特有的多重闡釋空間；二則期望引起學界同仁對這一研究角度的注意。這對於更全面地認識意蘊複雜的《西遊記》，或將不無裨益。

---

21 海外華人學者柳存仁在《全真道與小說西遊記》（1985年）指出二者之間的關係，
  但在國內學術界未得到足夠的重視。

簡論《西遊記》與佛經的一些關聯

　　《西遊記》過去為人詬病的一個方面是佛教常識的錯誤，包括全書結尾處開列的佛經篇目。因此，有人得出極端的結論，認為作者對佛教毫不瞭解，作品不過借佛教一個名目而已。其實，情況並非如此簡單。《西遊記》與佛教的關聯相當密切，而且表現於諸多方面，其中也包括小說中與佛經相關的內容。這方面，最明顯的是《心經》，涉及《心經》的文字在若干回中出現。不過，作者敘述中都是明白交代的。而還有一些佛經，在小說中的影響較為隱蔽，作者也沒有正面交代。本文試加以抉發。

一　《維摩詰經》與《西遊記》

　　《維摩詰經》是內容、形式都相當特異的佛經。其中大部分是描寫居士維摩詰與釋迦佛的諸弟子較量佛學修養與神通。此經不但理論深邃精闢，而且其情節之生動、曲折，想像之豐富、靈動，都足以給教內教外的讀者留下深刻的印象。自魏晉以還，這部佛經特別受到中國士人的青睞。王維、李白、蘇軾、李贄等著名文學家的思想言行，都深深帶有這部佛經影響的痕跡。而經文中一些神異的描寫或言說，後世之神魔小說亦頗有蛛絲馬跡在焉，其中又以《西遊記》為最著。今列舉數端，雖不敢斷言其必有，但開啟思路也非無稽之說。

　　經文的有些描寫在小說中可以找到相當接近的情節，如《不思議品》：

　　菩薩斷取三千大千世界，如陶家輪著右掌中，擲過恒沙世界之外，其中眾生不覺不知己之所往。……又菩薩以一佛土眾生置之右掌，飛到十方，遍示一切，而不動本處。[1]

這使我們想到《西遊記》第七回中：

　　（如來）伸開右手，卻似個荷葉大小。那大聖……站在佛祖手心裏……一路雲光，無影無形去了。……如來罵道：「我把你這個尿精猴子！你正好不曾離了我掌哩。」[2]

這裏連細節都有若干相同的地方。如都是「置於右掌之上」，又如「飛到十方」，還有更關鍵的，《維摩詰經》所寫的神通為「不可思議」，原因在於，施法者「不動本處」，而受法者「不知己之所往」。類似的安排恰是《西遊記》增添趣味的關鍵。孫悟空自以為飛到了天邊，特地留下一泡猴尿做記號，卻不知始終在佛掌中折騰，於是就有了如來笑罵的詼諧語。

　　又如《觀眾生品》：

　　天女以神通力變舍利弗，令如天女。天自化身如舍利弗。……舍利弗以天女像而答言：「我今不知所轉，而變為女身。」……即時天女還攝神力，舍利弗身還復如故。[3]

神魔小說中類似的形象變化描寫多多，而像《維摩詰經》所寫這種，

1　《注維摩詰所說經》，第6卷，119頁，上海古籍出版社，1994。
2　《西遊記》，81頁，北京，人民文學出版社，1980。
3　《注維摩詰所說經》，第6卷，133頁。

他人施法而本人身不由己的卻不多見。在《西遊記》中，這種描寫卻
不止一處。如第七十八回「比丘憐子遣陰神」，悟空把唐僧變為自
己，自己變為唐僧：

> （孫悟空）叫唐僧站起勿休，再莫言語，貼在唐僧臉上，念動
> 真言，吹口仙氣，叫「變！」那長老即變個行者模樣……行者
> 卻將師父的衣服穿了，捻著訣，念個咒語，搖身變做唐僧的嘴
> 臉。八戒、沙僧也難辨識。[4]

第四十七回「金木垂慈救小童」，悟空把八戒變為女身：

> 八戒道：「哥啊，你便會變化，我卻不會哩。……若變小女
> 孩，有幾分難哩。」……（孫悟空）就吹他一口仙氣，果然即
> 時把身子變過，與那孩兒一般。[5]

這一段不僅是被動變化，而且是由男變女，與《維摩詰經》的情節尤
為近似。其他如三十回「邪魔侵正法」中，黃袍怪把唐僧變為老虎，
唐僧心中明白而不能自主，等等。

另一個例子是《不思議品》：

> ……十方世界所有諸風，菩薩悉能吸諸口中，而身無損，外諸
> 樹木亦不摧折。[6]

4　《西遊記》，976頁。

5　《西遊記》，598-599頁。

6　《注維摩詰所說經》，第6卷，119頁。

《西遊記》的孫悟空動輒「向那巽地上吸一口氣」，然後便可從口中噴吐出狂風。甚至有的妖魔也是「望著巽地上，把口張了三張」，便也可以噴出一陣狂風。將風吸入口中，由己操縱，這種想像彼此也很接近。

還有，《菩薩品》有：

> 魔波旬從萬二千天女，狀如帝釋，鼓樂絃歌，來詣我所。與其眷屬，稽首我足，合掌恭敬，於一面立。我意謂是帝釋。……維摩詰來謂我言：「非帝釋也。是為魔來嬈固汝耳。」魔即驚懼，欲隱形去，而不能隱。盡其神力亦不得去。[7]

《西遊記》則有第六十五回的「妖邪假設小雷音」：

> 如來大殿……寶臺之下，擺列著……無數聖僧、道者，真個也香花豔麗，瑞氣繽紛。慌得那長老，拜上靈臺之間。……行者又仔細觀看，見得是假，雖丟了馬匹行囊，掣棒在手，喝道：「你這夥孽畜，十分膽大！怎麼假倚佛名，敗壞如來清德！不要走！」雙手輪棒，上前便打。[8]

二者之間，亦有相仿佛處。

《維摩詰經》經文中還有一些描寫，雖然小說《西遊記》裏未必有直接模仿的痕跡，但彼此思路、觀念之接近也值得注意。如《不思議品》：

7　《注維摩詰所說經》，第4卷，82-84頁。
8　《西遊記》，807-808頁。

以須彌之高納芥子中，無所增減。須彌山王本相如故。而四天王忉利諸天不覺不知己之所入。……又以四大海水入一毛孔，不嬈魚鱉黿鼉水性之屬。而彼大海本相如故。諸龍鬼神阿修羅等不覺不知己之所入。[9]

經文中還具體描寫了維摩詰把三萬二千個無比巨大的「獅子之座」搬進方丈斗室，而毫無迫仄之感。《西遊記》中此類隱芥藏形的描寫不勝枚舉。雖然具體情節各有不同，但以神通改變物體的大小比例卻是一致的。如小雷音寺的黃眉怪，以一個小布袋裝了二十八宿、五方揭諦、六丁六甲、護教伽藍，還有八戒、沙僧、三藏以及白龍馬。又如平頂山的妖怪有一個葫蘆一個瓶，「每一個可裝千人」，而孫悟空便騙妖怪，稱自己的葫蘆可以把天裝進去。

又如，《佛道品》：

不下巨海，終不能得無價寶珠。[10]

《西遊記》則有孫悟空下海求寶的情節。

如此等等，雖然不能斷言彼此間具有直接的關聯（此類神異之說亦散見於其他佛經，不過多不及《維摩詰經》集中），但《西遊記》的靈動大膽的想像與佛教有關，卻屬不爭的事實。

《維摩經》與其他神魔小說亦有直接或間接的關係，如經中有關於時間相對性的說法：

9　《注維摩詰所說經》，第6卷，118-119頁。
10　《注維摩詰所說經》，第7卷，140頁。

……或有眾生樂久住世而可度者，菩薩即演七日以為一劫。令
彼眾生謂之一劫。或有眾生不樂久住而可度者，菩薩即促一劫
以為七日，令彼眾生謂之七日。[11]

而小說中便有與此類似的時間伸縮變化，最典型的是《西遊補》，全
書的基本框架就是「演七日為一劫」。其他如《綠野仙蹤》等也有相
近情節。

二　《壇經》與《西遊記》

　　惠能是禪宗的六世祖（嚴格地講，是南宗禪的開山祖），記錄其
言行的《壇經》是禪宗寶典，亦為宋明以還的對禪感興趣的士人所熟
知。《壇經》中主要記述惠能的言論，也描寫了惠能開悟得道的經歷：

（惠能）禮拜五祖弘忍和尚。弘忍和尚問惠能曰：「汝何方
人？來此山禮拜吾，汝今向吾邊復求何物？」惠能答曰：「弟
子是嶺南人，新州百姓，今故遠來禮拜和尚。不求餘物，唯求
作佛。」大師遂責惠能曰：「汝是嶺南人，又是獦獠，若為堪
作佛！」惠能答曰：「人即有南北，佛性即無南北。獦獠身與
和尚不同，佛性有何差別！」大師欲更共語，見左右在旁邊，
大師更不言。遂發遣惠能令隨眾作務。時有一行者，遂遣惠能
於碓房……
五祖忽於一日喚門人盡來。門人集訖，五祖曰：「吾向汝說，
世人生死事大，汝等……不求出離生死苦海。汝等自性若迷，

---

11 《注維摩詰所說經》，第6卷，119頁。

福門何可救汝……」

五祖忽見惠能偈，即善知識大意。恐眾人知，五祖乃謂眾人曰：「此亦未得了。」五祖夜至三更，喚惠能堂內，說《金剛經》，惠能一聞，言下便悟。其夜受法，人盡不知……五祖言：「惠能，自古傳法，氣如懸絲。若住此間，有人害汝，汝即須速去。」[12]

熟悉《西遊記》者，讀到這裏自然會聯想到孫悟空得道的經歷：

美猴王一見，倒身下拜……祖師道：「你是那方人氏？且說個鄉貫姓名明白，再拜。」猴王道：「弟子乃東勝神洲傲來國花果山水簾洞人氏。」祖師喝令：「趕出去……」

一日，祖師登壇高坐，喚集諸仙，開講大道。……（祖師）指定悟空道：「你這猢猻，這般不學，那般不學，卻待怎麼？」走上前，將悟空頭上打了三下，倒背著手，走入裏面，將中門關了，撇下大眾而去……祖師打他三下者，教他三更時分存心……秘處傳他道也。

祖師道：「此乃非常之道：奪天地之造化，侵日月之玄機；丹成之後，鬼神難容……躲不過，就此絕命。」

以低賤身份拜師，當眾貶斥而三更私下傳法，警告得道後的危機：幾個關目二者都有可比之處。其中特別是三更傳法一節，《西遊記》受《壇經》某種影響（直接或間接）的可能性是很大的。就這一點言，孫悟空與惠能也有些血緣關係——其實，從思想文化角度看，血緣聯

12 《壇經校釋》，5頁，8頁，16頁，19頁，北京，中華書局，1983。

繫也許更密切一些。不過，那已逸出本文預設的討論範圍了。

　　指出這些關聯處，並不是說《西遊記》的有關情節一定為模仿佛經而設計。由於今本《西遊記》經過一個長期而複雜的累積過程，其中頗有宗教中人士染指。而《維摩詰經》、《壇經》在宋元明之時，是流傳最廣泛的佛典。不僅佛徒大半熟知，道教中人（尤其是全真教徒）也時常提及。對於全真教徒來說，說到禪宗、《壇經》與惠能，幾乎和自數家珍沒什麼兩樣。而《壇經》中提到的其他佛經，最多的恰好是《維摩詰經》。這些情況說明，在《西遊記》成書過程中，先後參與其事的人們，很有可能是熟知《維摩詰經》《壇經》一類佛教典籍的，其中一些生動的元素或自覺或不自覺地影響到故事的構思，應該是很自然的事情。

須菩提入《西遊記》緣起考論

　　《西遊記》是一部以佛教史實、傳說為題材的小說，故事情節之設置、人物形象之構想，與佛教義理頗有關聯。但自魯迅先生指出吳承恩「尤未學佛」、「此書則實出於遊戲，亦非語道」（《中國小說史略》）之後，人們便忽視了對《西遊記》與宗教的關係，以及其中佛理的研究。嚴格來講，魯說大端不錯。《西遊記》述佛教義理不確之處俯拾即是，如指釋迦牟尼為阿彌陀佛（第七回）、稱《波羅蜜多心經》為「多心經」（第十九回）等。但是，若說吳承恩學佛不精、多玩笑之筆則不錯[1]；說「尤未學佛」便不盡然。實際上，《西遊記》中某些涉及佛教的描寫頗得其三昧，表明吳承恩對佛教材料瞭解得並不少，在創作中也曾認真地思考、斟酌過一些有關問題。對此類描寫的分析往往有助於把握吳承恩的創作思路，須菩提的形象即為一例。

　　須菩提是孫悟空的蒙師，有關描寫集中在作品的第一、二兩回。

　　孫悟空一生拜了兩個師父。一個是唐僧，似乎除了會念緊箍咒外一無所長，所以只是個空名兒的老師。另一個便是須菩提。孫悟空脫凡登仙，七十二般變化與筋斗雲，皆為其所賜，故是個貨真價實的師父。師徒分手時，這位須菩提祖師預見到自己的弟子會鬧亂子，便發布了類似脫離關係的「宣言」，於是，他在後文中就再也沒有出面。這樣處理，主要可看作吳承恩的狡猾之筆，免得下文纏夾不清，旁生

---

[1] 關於世德堂百回本的寫定者，胡適、魯迅之後，通常皆認為吳承恩。但近年頗有質疑者，所疑不為無據。但迄無定論。為行文方便，本文仍以吳承恩稱代寫定者之名。

枝節。不過，還有一個次要原因在這個形象自身。

對這個形象的意義，清代的幾種批點本都有專門的分析，見解大同小異。以《西遊原旨》為例，劉一明的批語是：「菩提，《華嚴經》云：『菩提心者，名為種子，能生一切諸佛法。』」（《西遊原旨》第一回總批）以「菩提」解「須菩提」，認為這個「菩提」祖師象徵著覺悟，其得名完全取自佛教的重要概念——菩提（即覺悟）。這種理解不無道理，因為作品中既有把「須菩提」簡稱為「菩提」之處，也有「悟徹菩提真妙理」的提法。但是，此解也面臨三個困惑：1.作品何以不徑稱「菩提祖師」？（第一回明確交代：「有一個神仙，稱名須菩提祖師。」）2.孫悟空若就此而覺悟，何必再鬧天宮，再皈依佛門，再西行以完功德？3.這位祖師本身並非佛門大德，宗教面目十分含混，似不足以當「菩提」之義。

這三點中，以宗教面目的問題最為重要，是理解須菩提之意義及分析吳承恩創作思路的關鍵。

有很多筆墨可以證明須菩提是被作為道教仙長來塑造的。孫悟空未入其洞府，便享有樵夫作歌：「觀棋爛柯，伐木丁丁，雲邊谷口徐行。……相逢處，非仙即道，靜坐講《黃庭》。」「觀棋爛柯」、「講《黃庭》」都與道教有關，所以猴王講：「《黃庭》道德真言，非神仙而何？」初到洞邊，見一仙童，「髽髻雙絲綰，寬袍兩袖風」，是地道的道士打扮。入門後，這位須菩提祖師開出的「課程目錄」大半是道教貨色，如請仙扶鸞、問卜揲蓍、休糧守谷、採陰補陽等。而最後傳授的「長生之妙道」更屬純粹道教教理，所謂「道最玄，莫把金丹作等閒」、「都來總是精氣神，謹固牢藏休漏泄」、「月藏玉兔日藏烏，自有龜蛇相盤結」都是典型的道教語言，躲避「三災」、「三十六天罡」、「七十二地煞」之變化都是道教修煉之術。所以有的研究者據此而下斷語，判定孫悟空為道教出身，反天宮屬叛變教門之舉。

　　但是，我們不得不注意到，作者又為這位祖師塗染了幾分佛門色彩。首先，他為猴王的命名——「悟空」，是典型的和尚法號，因而免卻了齊天大聖皈佛時的改名之勞。其次，孫猴子得道的那回書，回目作「悟徹菩提真妙理」，如前所述，「菩提」為佛教常用語（這條回目雙關，「菩提」既可指祖師，又可作「覺悟」解）。再次，書中形容祖師說法道：「天花亂墜，地湧金蓮。妙演三乘教，精微萬法全。」一派我佛靈山法會的氣象。這些還可視作細節，而這位祖師的出身來歷就更有名堂了。原來，須菩提是釋迦牟尼的十大弟子之一，在佛教史上有重要地位。歷史上的須菩提為古印度拘薩羅國舍衛城人，長者之子，屬婆羅門種姓。協助釋迦傳道，最善講解「空」義，被稱作「解空第一」。主要佛教經典中經常提到他的名字，特別是「般若」類經典。《大正藏》中，檢索「須菩提」，共得17425條；而其中「般若」類經典計有8933條，若再加上《大智度論》等與般若類關係密切的「釋經論部」的4623條，則占全部條目的四分之三以上。而同樣的檢索方式，「阿彌陀」一語，卻只有4041條。「彌勒」一語，同樣檢索之下，得到7894條。這樣對比，並非要說明「須菩提」比起「彌勒」、「阿彌陀佛」更重要。而是要說明兩點：一、「須菩提」不是個無名之輩，在佛經中出現的頻率非常之高。二、由於須菩提「解空第一」的美名，所以在大乘空宗的重要經典中出現的非常多。他出現於佛經的情況茲舉二例，如《道行般若》中，須菩提解釋「菩薩」之義：

　　　　佛使我說「菩薩」，「菩薩」有字便著……「菩薩」法字了無，
　　　　亦不見「菩薩」，亦不見其處，何而有「菩薩」？[2]

2　《道行般若經》第1卷，見電子佛典《大正藏・般若部》T8，No.224。

又如中土佛典《五燈會元》：

> 須菩提尊者在巖中宴坐，諸天雨花讚歎。者曰：「空中雨花讚
> 歎，復是何人？」天曰：「我是梵天，敬重尊者善說《般
> 若》。」者曰：「我於《般若》未嘗說一字，汝云何讚歎？」天
> 曰：「如是尊者無說，我乃無聞。無說無聞，是真說《般
> 若》。」[3]

諸如此類，皆為闡發「空無所有」的教義。看來，「解空第一」當非
浪得虛名。

綜合來看，須菩提既與佛門甚有淵源，又被描寫成道長仙真，確
是複雜而撲朔迷離的形象。而若循此而深探，我們就可能會摸到吳承
恩的創作脈搏了。

小說中的須菩提形象是吳承恩的創造物。在他之前，無論詩話、
平話，還是雜劇中的的西遊取經故事，皆不曾寫到猴王的師門。從作
品的具體描寫看，吳承恩在把這個佛門大弟子「改頭換面」植入小說
時，對其「身世」是瞭解的。上述佛門色彩是一證，而其所在地又是
一證。猴王本在東勝神洲，求仙訪道去蓬萊、方丈豈不順腳？之所以
遠渡重洋，跋涉萬里，就是因為吳承恩顧及須菩提佛門弟子的身份，
特意把他的洞府安排到了西牛賀洲——佛土所在地。

這裏有一個疑點：吳承恩要為猴王構思出一個啟蒙的師父，為什
麼會想到須菩提？若認定由佛門揀擇，十大弟子、菩薩、羅漢多得
很；若不拘門派，「知名度」同樣高的仙長也是大有人在。

須菩提與《西遊記》的這段因緣，全由他「解空第一」的美稱而
起。

3　《五燈會元》第2卷，114頁，北京，中華書局，1984。

　　吳承恩的創作活動是在前人作品的基礎上進行的。雜劇、詩話、平話等都為他提供了很多素材。他對這些材料的因革改造往往顯露出創作的思路來。楊景賢的《西遊記雜劇》第十出寫猴王皈依佛門，當觀音從山下將他救出，教訓道：「老僧救了你，今次休起凡心。我與你一個法名，是孫悟空。」吳作之前，孫悟空之得名還見於平話《唐三藏西遊記》：「其後，唐太宗敕玄奘法師往西天取經，路經此山，見此猴精壓在石縫，去其佛押出之，以為徒弟，賜法名吾（悟）空，改號為孫行者。」（《朴通事諺解》引述）平話與雜劇年代相近，對猴王皈佛的描寫亦近似，其得名都在脫難皈佛之時。吳承恩的小說承襲了二者有關觀音解救情節，也承襲了觀音及玄奘欲為猴王命名的細節，但卻改動了結果：「菩薩道：『既有善果，我與你起個法名。』大聖道：『我已有名了，叫做孫悟空。』」輕輕一筆，把「悟空」的發明權由觀音的手中轉移出去了。吳承恩做出的這個改動很彆扭，因為：「豬悟能」、「沙悟淨」的名字都是觀音所起，所以不得不借觀音之口解釋一下：「我前面也有二人歸降，正是『悟』字排行。你今也是『悟』字，卻與他相合，甚好，甚好。」小說不吝辭費的這一改動，說明「孫悟空」得名於須菩提這一情節是在雜劇、平話之後才創造出來的；相連帶的，給猴子取名「孫悟空」的須菩提也是晚出的形象。

　　徒弟名「悟空」，師父為「解空第一」，這似乎不可視為巧合。何況，作者又煞費苦心地把「悟空」的命名權安排到「解空第一」的師父手中。《西遊記》第一回寫猴王初參須菩提時，主要筆墨便是對命名過程的描寫，讓須菩提對「孫悟空」三個字作長篇大論的解釋，然後綴以贊語，「打破頑空須悟空」，著意點出「悟空」的佛理內涵。看起來，合理的解釋只能是：當吳承恩準備敘述猴王得道經過時，自然要為他創造出一個師父來；而舊有的材料中恰有猴王名「悟空」之說，「悟空」觸發了他的聯想，「解空第一」的須菩提很自然地進入了

構思。由「悟空」聯想到「解空第一」，於是須菩提便被拉來做了猴王的師父，而這樣的師父為徒弟命名為「悟空」自屬順理成章。前文既已如此寫定，後文只好剝奪觀音原有的「命名工作」，也只好設詞來圓「悟能」、「悟淨」巧合的破綻了。

從小說藝術的角度看，吳承恩這「靈機一動」的一筆自有成功之處。由於須菩提在一般讀者中「知名度」不高，所以使猴王的師門富有神秘色彩；同時，下文也容易「擺脫」，避免旁生枝節，關係複雜。但是，這一筆也帶來了麻煩。因為作者的宗教傾向與總體構想不容孫悟空出身於佛門。

《西遊記》有明顯的揚佛抑道傾向。且不說書中佛門人物如來、觀音、彌勒、文殊個個神通廣大，而道教從玉皇、老君到八洞神仙無不相形見絀。就看取經途中的車遲、比丘、滅法等國昏君，都是受了妖道的蠱惑而須聖僧救拔的種種描寫，作者對二教的不同態度是很鮮明的。這種態度應是在「百回本」寫定的過程中形成的。[4]

寫定者對全書的構想是取經與成佛同步，五眾（包括龍馬）完成了取經的任務，也就同時圓滿自己的修行。五眾程度不同地都有「脫胎換骨」或「改邪歸正」的過程。而五眾之中，又以孫悟空為描寫重點，為這一構想的集中體現。如果他得道之初便已入佛門，那麼鬧天宮之類「不法」行為便不好解釋，改邪歸正的意思也難於體現。作品中稱孫悟空為「心猿」，便與這一構想有關。「心猿」出於佛典。《大日經》分述六十種心相，最後一種為「猿猴心」，比喻這種心態躁動如猿猴。《心地觀經》則稱：「心如猿猴，遊五欲樹，不暫住故。」《大乘義章》亦有「六識之心……如一猿猴」之說。可見以猿喻放縱

---

4 《西遊記》的宗教態度複雜而矛盾，主要原因是作品長時間累積而成。中間既有全真道染指，又有寫定者最後的「變調」、「定調」。參見本書與《西遊記》有關的幾篇論述。

不羈的心靈為佛學常談。這一比喻隨佛理進入了文學作品，如唐代錢起有詩：「客到兩忘言，猿心與禪定。」（《杪秋南山西峰題準上人蘭若》）將未經修持的「猿心」與得道後的禪定對稱。《西遊記》也是在這種意義上使用「心猿」一語，使大鬧天宮地府、率情任性、桀驁不馴的孫猴子帶上了宗教哲學的象徵意味，象徵未入佛門、未經修持的世人心性。促使《西遊記》的作者採用這一象徵性用語，還有一個直接原因，就是歷史上的玄奘上表唐太宗時曾化用這個佛典：「今願托慮禪門，澄心定水，制情猿之逸躁，繫意馬之奔馳。」（《請入少林寺翻譯表》）作者既以孫猴子象徵未馴之「心」，那麼取經過程自然就是馴「心」過程。緊箍咒、真假猴王等情節都由這一基本構想而派生。

出於這樣的總體構想，孫悟空最初的神通絕不能得自佛門。而此外的唯一選擇是道教。這又和貶道揚佛的傾向一致：讓道教門徒「改邪歸正」，可以使作者的宗教傾向得到戲劇化的體現。吳承恩唯恐讀者忽略了他的意圖，在作品裏再三點明：「聞大聖棄道從釋」、「大聖，這幾年不見，前聞得你棄道歸佛」、「皈依沙門，這才叫做改邪歸正」等。

於是乎，一個矛盾擺在作者面前：孫悟空的師父是靈機一動由佛教「借」來的，不可避免地帶有三分佛光；由於上述原因，又必須給猴子安排一個道教的出身。不可兼得，又不忍偏棄，無可奈何之下，就只有讓須菩提的宗教面目含混一些，成為半佛半道的「祖師」。為了掩飾這一矛盾，吳承恩便借助於「三教合一」的理論。他形容須菩提說法盛況時講：「說一會道，講一會禪，三家配合本如然。」秘授悟空「妙道」時，讓須菩提講出「功完隨作佛和仙」的模棱之語。

「三教合一」的觀點本由來已久。自佛教傳入中土之初，佛徒便注意到與傳統文化靠攏、融匯問題。至東漢末，牟子便提出：「我既讀佛經之說，覽《老子》之要……《五經》則五味，佛道則五穀

矣。」(《理惑論》)後高僧慧遠、僧肇等也都有類似的講法。這種情況，宋代以後隨理學興起而更加顯著，如戴震所講：「宋以來，孔孟之書盡失其解，儒者雜襲老、釋之言以解之。」(《與友人書》)這種「三教合一」論與民間多神崇拜的傳統相合，彼此影響而得到加強。到明清兩代，一般民眾對佛道教神祇不分彼此，道觀內供觀音，佛寺裏塑八仙，《繪圖三教源流搜神大全》中慧遠、鳩摩羅什、玄奘等神化高僧與張天師、雷公電母、天妃娘娘等相提並論，如此種種至今依然。因此，通俗小說中神祇的宗教面目出現程度不同的含混，是相當普遍的現象。菩薩、神仙比鄰而居，佛與道相安無事，如《西遊記》中觀音禮拜玉帝，王母向如來獻桃；《封神演義》中元始天尊門下有文殊、普賢等。從這個角度來看須菩提，他的矛盾反而具有特殊的意義。因為他集中體現出宗教面目含混的特點，所以可視為這類神祇形象的代表。

但需要澄清的是，吳承恩不是按照「三教合一」的理論來塑造須菩提，自覺地通過須菩提宣揚這一思想；而是借助這一通行的觀念來「排難解紛」，克服或掩飾須菩提身上的矛盾，是不得已而為之。理由有三：1. 除須菩提外，書中那些著墨較多的神祇並無這方面的著意描寫；孫悟空辭師後，作者便徹底放棄了須菩提這個人物。如果有意宣揚「三教合一」的思想，萬無如此寫法之理。2. 前文已述，小說中須菩提的基本身份是「道」，作品強調孫悟空「棄道歸佛」，是看重釋、道間的畛域的。3、作品中屢寫釋、道對立的情節，如比丘國三藏與妖道的教理辯論等。故而，須菩提雖被作者靈機一動招之即來，卻終不免鳥盡弓藏被揮之而去。

論《西遊》與全真之緣[*]

一

　　自五四以來，從魯迅、胡適的遊戲說，到建國後的農民起義說，再到八十年代之後的出現的市民觀念說、人才觀說等等。儘管研究者們對《西遊記》主題的看法凡歷幾變，但其閱讀研究的前提，都是以《西遊記》為一部純粹的文學作品。

　　判定《西遊記》為一部文學作品、一部通俗小說本不成問題。但九十年代以來，卻還是陸續出現了一些不同的聲音，如李安綱提出《西遊記》是「以道教全真教經典《性命雙修萬神圭旨》為原型，混一三教，整合文化，從而建立自己的結構體系」的「覺悟之書」[1]。我們且不評論這種說法正確與否，但看這種現象，就頗有令我們深思之處。何以言之？因為在《西遊記》的閱讀接受史上，李安綱的說法並不是前無古人的「曠世奇說」，早在百回本《西遊記》產生之初，人們就已經把它視作「道書」了。現在已知最早判定小說《西遊記》為「道書」的，當為明萬曆二十年出版的世德堂本《西遊記》陳元之序裏所提到的「舊有序」：

　　　　其敘以為孫，猻也；以為心之神。馬，馬也；以為意之馳。八

---

* 本篇與陳宏君合作。

1 李安綱：《美猴王的家世》，7-8頁，北京，中國社會科學出版社，2002。

戒，其所八戒也；以為肝氣之木。沙，流沙；以為腎氣之水。
三藏，藏神藏聲藏氣之藏；以為郭郭之主。魔，魔；以為口耳
鼻舌身意恐怖顛倒幻想之障。故魔以心生，亦以心攝。是故攝
心以攝魔，攝魔以還理。還理以歸之太初，即心無可攝。[2]

若陳元之所言不虛，則此序當為世德堂本《西遊記》之「底本」的序
言，此序以內丹思想涵攝小說人物情節，這說明在百回本成書之初，
人們對這部小說的判定，就已經是「證道」之書。

　　整個明清兩代，詮釋者對《西遊記》的看法基本上沒有跳出「道
書」的框框，大都認為《西遊記》「作者極有深意。每立一題，必有
所指，即中間科諢語，亦皆關合性命真宗，絕不作尋常影響」，「此中
妙理，可意會不可言傳，所謂語言文字，僅得其形似」，是一部承載
著微言大義的著作。其所關注的，是「文以載道」的那個「道」；至
於豐富多樣的故事、生動曲折的情節不過是為了這個目的服務，其本
身並沒有什麼獨立的意義和價值。而這種詮釋的極端化表現就是清代
那幾部繁蕪、龐雜的評點本，如陳士斌的《西遊真詮》、劉一明的
《西遊原旨》等，他們認為《西遊記》的哲理意義藏於小說的每一角
落，甚至是每一個字詞之上。提倡像讀經書、道書一樣，挖掘文字背
後的意味，「學者須要極深研幾，莫在文字上隔靴搔癢」，「讀者須要
行行著意，句句留心，一字不可輕放過去」[3]這種視《西遊》為「道
書」的看法，自魯迅、胡適等人批判後，方才偃旗息鼓，在大半個世
紀中暫時退出了評論及教科書。由此可見，李安綱之說，不過是古人
對《西遊記》性質之認定在現代的迴響。

2　〔明〕陳元之：《全相西遊記序》，見孫楷第撰《日本東京所見小說書目》，第4卷，
　　75-76頁，北京，人民文學出版社，1981。

3　劉一明評點：《西遊原旨讀法卷首》，上海古籍出版社影印古本小說集成本。

但問題並沒有徹底解決。像《西遊記》這樣一部通俗白話小說，為什麼在接受的過程中，被如此多的人解讀為與小說毫無關係的「道書」呢？難道僅僅如胡適先生所言，是「這三、四百年來的無數道士和尚秀才」盲求瞎尋的結果麼？從傳播學及接受史的角度看，胡適先生此言明顯存在誤區，大要有二：

一是明清兩代出面詮釋《西遊記》者幾乎無一不指此書為「證道之書」，言之鑿鑿。中間不乏一些有名的文人學者，如袁于令、謝肇淛、尤侗、劉廷璣等，他們或學兼三教，或富於文才，絕非那些滿腦八股之冬烘先生、走火入魔的妖妄之徒可比。可以說，他們對《西遊》的看法平心多於臆解，並非一味地索隱求怪，盲求瞎尋。

二是較之現代人，明清兩代的解讀者與《西遊記》作者處於同一個時代段落，同一種文化體系中，因而思維方式也更為接近。今人看不出其意蘊的詞語文字，對當時人來說可能別有一番滋味。這是他們的詮釋別於現代人，也是優於現代人之處。這樣一批解讀者，沒有在《水滸傳》或其他的神魔小說中發現什麼微言大義。可見《西遊記》本身還是有些獨特東西的。

意大利文學理論家艾柯認為對文本的解讀應包含三個要素：「第一，本文的線性展開；第二，從某個特定的期待視閾進行解讀的讀者；第三，理解某種特定語言所需的文化百科全書以及前人對此本文所作的各種各樣的解讀。」[4]簡言之，其實也就是文本和讀者兩個基本要素。只要是嚴肅的解讀，即便這種解讀在我們看來是不符合作者原意的「過度詮釋」，這兩個要素也是缺一不可的。胡適先生顯然將明清人視《西遊記》為「道書」這一閱讀現象的原因全推在了讀者身上，這顯然是片面的。因為他忽略了文本在閱讀過程中所起到的重要作用。

---

4 艾柯等著：《詮釋與過度詮釋》，175頁，北京，三聯書店，1997。

　　《西遊記》與同時期其他小說最大的不同之處，便在於敘事文本中夾雜了大量的宗教哲學觀念、術語以及文本資料，這些文字不乏前後映照，互為呼應之處，在若有若無之中暗示著某種抽象的思想觀念，使讀者隱約感覺到小說所要表達的並不僅僅是一種趣味和愉悅，還有某種「微言大義」。在一定程度上，那些視《西遊》為「證道之書」的讀者們，都是沿著小說中這些「路標」步入過度闡釋之歧途的。

二

　　毫無疑問，《西遊記》是一部通俗小說，但這部小說卻與傳統的宗教、哲學有著極為密切的關係。故事的基本框架取材於唐僧取經故事，自然多涉佛教內容，流傳演變中一度也帶有濃厚的佛教色彩，像《大唐三藏法師取經詩話》、明初楊景賢《西遊記雜劇》、以及一些寶卷中的西遊故事等。不過在今天讀到的世德堂以還的各種繁本《西遊記》中，都是全真教的色彩更濃一些。明清批評家紛紛以金丹大道解讀《西遊記》，卻少有人以佛學解之，便證明了這一點。關於《西遊記》與全真道之關係，海外學者柳存仁曾撰文專門探討過，近些年來，國內有的學者，更將這部小說視為闡揚「金丹大道」的宗教手冊。
　　對小說《西遊記》與全真教之間存在著某些聯繫的認定，小說中的一些全真教徒創作的詩文是十分有力的證據。柳存仁先生最先發現小說《西遊記》中某些詩詞來源於全真教。如來自馮尊師《蘇武慢》「試問禪關，參求無數」；來自馬鈺的《南柯子‧贈眾道友》「心地頻頻掃，塵情細細除」、《瑞鷓鴣‧贈眾道契》「修行何處用功夫，馬劣猿顛速剪除」；來自張伯端《悟真篇》中《西江月》「前弦之後後弦前」，等等。

　　除柳存仁先生的發現外，李安綱也從《西遊記》找到了一些借用道教徒詩詞的例證。如張伯端的詩詞，摘自《悟真性宗直指》三首：《西江月》「妄想不復強滅」，見《西遊記》第二十九回；「即心即佛頌」一首，見《西遊》第十四回；《西江月》「法法法原無法」，見《西遊記》第九十六回。摘自《悟真篇》一首，《西江月》「德行修逾三百」，見《西遊》第五十三回。又如第八十五回悟空所舉：「佛在靈山莫遠求，靈山只在汝心頭。人人有個靈山塔，好向靈山塔下修。」李安綱認為出自明中葉之全真教丹書《性命圭旨》。

　　我們如果細爬梳，還可舉出一些，如柳存仁先生在引《鳴鶴餘音》中所收馮尊師《蘇武慢》詞時，漏掉其八：

> 大道幽深，如何消息，說破鬼神驚駭。挾藏宇宙，剖判玄元，真樂世間無賽。靈鷲峰前，寶珠拈出，明顯五般光彩。照乾坤上下群生，智者壽同山海。
> 最至極，翠靄輕分，瓊花亂墜，空裏結成華蓋。金身玉骨，月披星冠，符合水晶天籟。清淨門庭，聖賢風範，千古儼然常在。願學人達此希夷，微理共遊方外。

此詞又見於《西遊記》第八十七回引首。《西遊》取馮詞上闋，僅將「玄元」改做「玄光」，餘同。

　　不過，還應注意的是，道教內丹學說在逐漸形成和完善的過程中，大量借鑑吸收了禪宗的思想材料，前引張伯端「西江月」第四「法法法原無法」便非其本人所作，而是從南陽國忠禪師那裏直接抄襲來的；「佛在靈山莫遠求」一詩，也不是《性命圭旨》的首創權，在其之前民間化的佛教經卷《金剛科儀》就已有了這首詩，正德年間之羅教更是反覆提及，說明這首詩在民間早廣泛流行了，所以不能徑

指來自全真。但是，前引多數詩詞還是直接來自全真一系無疑。

　　另外，百回本《西遊記》中存在著大量的內丹修煉術語，也是一個不爭的事實。典型的有「金公」、「木母」、「黃婆」、「元神」、「姹女」、「嬰兒」、「刀圭」、「水火」等等。柳存仁還指出，《西遊記》中使用了大量全真派詩文中的特殊名詞，像「八百、三千」、「玉華會」、「六六、三三」等等。這些名詞術語，並非完全是隨意點綴的，某些術語的運用或是與內容相關，或是影響到敘事結構。比如小說中以「心猿」指代孫悟空，便是有以孫悟空這一形象象徵心性修煉之思想的作意，也直接影響到須菩提、六耳猴等重要情節的設計安排。關於這一點，已經有許多學者撰文涉及[5]。

　　特別應予指出的是，小說用「金公」、「木母」、「黃婆」指代悟空、八戒、沙僧，不是簡單地以五行比配五眾，而是建立在道教內丹修煉之「三五合一」思想基礎之上的。所謂「三五合一」，即五行之中，西金、北水為一家，以「金」或「金公」代表，指代人體之精氣；南火、東木為一家，以「木」或「木母」為代表，指代人體之元神；中央土自為一家，土又稱「黃婆」或「刀圭」，指代人體之意念。這樣金木水火土五行被簡化為「金」「木」「土」三家[6]。《西遊

5　拙文《從須菩提看西遊記的創作思路》，《文學遺產》1993（1）。

6　一些研究《西遊記》之內丹大義的學者認為「三五合一」乃金火一家，木水一家，如：「『鉛』字拆開即為金、公，克金者為火，火即金之公；汞為水，水可生木，汞即木之母」。（李安綱《觀世音的圓照》，中國社會科學出版社，2002年版，第132頁。）這種說法一是悖於全真教內丹修煉的一般觀點，如《翠虛篇》云：「金水合處，木火為侶，與中央戊己土合而為三也。」李道純《中和集》「三五指南圖局說：「東三南二同成五，東三木也，南二火也，木生火，木乃火之母。兩姓一家，故曰同成五也；北一西方四共之，北一水也，西四金也，金生水，金乃水之母，兩姓一家，故曰共之⋯⋯五者，土之生數也，五居中無偶，自是一家。」二「金公」「木母」與「姹女」「嬰兒」一樣，只是內丹修煉以男女比喻人體之陰陽。全真教稱「金公」，實本金生水之說，加之古體「鉛」字，即金公二字之合，如元李道純

記》正是接受了這一觀念並把這三個象喻性指代貫穿全文，時時呼應著文本的敘事，從而在文本敘述之上營構了一個頗具宗教象徵意味的闡釋空間。

小說敘事中借人物之口反覆提及內丹理論，有些相當「專業」地道，如第三十六回「心猿正處諸緣伏，劈破旁門見月明」悟空所談：

> 師父啊，你只知月色光華，心懷故里，更不知月中之意，乃先天法象之規繩也。月至三十日，陽魂之金散盡，陰魄之水盈輪，故純黑而無光，乃曰晦。此時與日相交，在晦朔兩日之間，感陽光而有孕。至初三日一陽現，初八日二陽生，魄中魂半，其平如繩，故曰上弦。至今十五日，三陽備足，是以團圓，故曰望。至十六日一陰生，二十二日二陰生，此時魂中魄半，其平如繩，故曰下弦。至三十日三陰備足，亦當晦。此乃先天採煉之意。

悟空在這裏以月象變化為譬，闡明了內丹修煉的火候時機。此說本於道教內丹理論，張伯端對之有一更明晰的表述：

> 以丹田為日，以心中元性為月，日光自返照月，蓋交會之後，寶體乃生金也。月受日氣，故初三生一陽者。……一陽生於月之八日，而二陽產矣。二陽者，丹之金氣少旺，而元性又少現。自二陽生於月之望，而三陽純矣。……既至於此，而金丹且半，何也？且元神現矣，而未歸于丹鼎，混精氣而為一，所

說：「乾之陽入坤成坎，坎為水，金乃水之父，故曰金公。以法象言之，金邊著公字，鉛也。」未見有什麼火克金，故火為金公之說。

以為半矣。更說他後一半底道理：月既望矣，十六而一陰生，
一陰者，乃性歸於命之始也。自一陰生，至於月之二十三而二
陰產矣。二陰者，乃性歸於命之二也。自二陰生，至於月之三
十日而三陰全矣。三陰者，乃性盡歸於命也。……所謂性命雙
修者，此之謂也。」[7]

　　《西遊記》不過是將張伯端之說簡約化了。即便是在三教合一的歷史
背景下，一個粗通道教之說的文人也很難說出這麼深奧「專業」的理
論。只有信奉道教內丹之說的人才能如此舉重若輕地將如此深奧的理
論信手化入小說敘述文本之中。

　　綜上，明清兩代人「證道」說，原不是闡釋者一個巴掌所能拍響
的。我們不否認闡釋者的思維方式也起到了同樣重要的作用，傳統的
文史哲不分的觀念在明清兩代依舊有很大的影響，使得人們不能夠正
視小說《西遊記》首先是一部文學作品；好求微言大義的閱讀習慣，
也使得讀者們好從細節處著手，開掘文本之外的意義，等等。但我們
不能因此迴避《西遊記》文本本就存在大量的道教詩詞、術語；不能
否認《西遊記》中的詩詞、術語曾經承載了宗教旨趣，因而具有一
定的宗教象喻色彩；不能否認《西遊記》敘述中的道教文字，是曾被
某些精通內丹之學的人士，有意識地編織進敘事中間的。所有這些事
實，都指向一點：《西遊記》在流傳過程中是存在過一個被全真教化
的環節。

7　〔宋〕張伯端：《玉清金笥青華秘文金寶內煉丹訣》之《蟾光圖論》，見《悟真篇淺
　解》，外三種，244-245頁，北京，中華書局，1990。

三

「西遊記」故事是在一個相當長的歷史時期發展豐富起來的，宗教象徵化是這個演變中的一個重要的環節。依據現在學術界普遍接受的說法，「西遊記」流傳之階段，應分為唐宋著述或筆記中散見的取經故事；南宋「說經」說話中的《大唐三藏取經詩話》；元末明初的《西遊記》雜劇；可能是明初的《西遊記》平話（或稱古本《西遊記》）；百回本《西遊記》這幾個階段。但一部作品在歷史上的流傳，基本上呈現出線形的態勢，在這幾個大的階段之間，「西遊記」並沒有在歷史中缺失，而是以一種默默無聞的方式在社會上流傳。

長期以來，「西遊記」故事的傳播基本集中在民間，不論是早期的詩話本，還是明初之戲劇，它的主要受眾都是民間大眾。從明初之《西遊記》平話至百回本《西遊記》出版的萬曆二十年的這二百餘年間，雖沒有什麼完整的本子流傳下來[8]，但並不意味著「西遊記」故事就沒有在民間繼續流傳。恰恰相反，「西遊記」故事在民間宗教那裏找到了生存流衍的土壤。這既包括沉潛於下層民眾中的全真教，也包括更純粹意義上的民間宗教。

目前所見資料最早的是明正德初年的羅教創教經典《巍巍不動泰山深根結果寶卷》和《苦功悟道寶卷》[9]，其中都載有簡單的西遊故事。如《苦功悟道寶卷》中云：

8　儘管有學者推斷朱鼎臣本或楊致和本是百回本《西遊記》的祖本，但皆為一家之言，並不能算做定論，因為有同樣充分的證據表明朱鼎臣本或楊致和本很有可能是百回本《西遊記》的刪節本子。見拙文《西遊記的宗教文字與版本問題》，《稗海新航》，春風文藝出版社1986年版，第143頁至第151頁。

9　過去一直認為最早的記載西遊故事的寶卷是《銷釋真空寶卷》，其產生年代為元末明初。然據喻青松先生考證，《銷釋真空寶卷》實應為明萬曆年間的作品。參見喻青松《銷釋真空寶卷考辨》一文，《中國文化》一九九五年七月，第十一期。

護法人，功德大，千佛歡喜。……三藏師，取真經，多虧護
法。孫行者，護唐僧，取了真經。三藏師，取真經，多虧護
法。豬八戒，護唐僧，取了真經。唐三藏，取真經，多虧護
法。沙和尚，護唐僧，取了真經。老唐僧，取真經，多虧護
法。火龍駒，護唐僧，取了真經。三藏師，度眾生，成佛去
了。功德佛，成佛位，即是唐僧。孫行者，護佛法，成佛去
了。他如今，佛國裏，掌教世尊。豬八戒，護佛法，成佛去
了。他如今。現世佛，執掌乾坤。沙和尚，做護法，成佛去
了。他如今，在佛國，七寶金身。火龍駒，護唐僧，成佛去
了。

　　明嘉、隆、萬年間，是民間宗教頗為繁盛的時期，其時興起的民
間宗教有黃天教、弘陽教、圓頓教等等，在這些民間宗教的經典中保
留了相當多的西遊故事之片段。如已為大家所熟知的《銷釋真空寶
卷》、《清源妙道顯聖真君一了真人護國祐民忠孝二郎寶卷》，再如屬
於黃天教系列的寶卷《普明如來無為了義寶卷》、《普靜如來鑰匙寶
卷》；弘陽教之《混元弘陽臨凡飄高經》等。流傳於民間的西遊故事
雖然略顯簡單，甚至只是梗概，但這些西遊故事的只鱗片爪就已經說
明，明代西遊故事一直和民間宗教結緣頗深。
　　在百回本《西遊記》尚未問世或未曾廣泛傳播時，寶卷中提及西
天取經故事的還有如嘉靖年間之《普明如來無為了義寶卷》：

鎖心猿合意馬，煉得自乾，真陽火為姹女，妙理玄玄，豬八戒
按南方，九轉神丹，思嬰兒壬癸水，兩意歡然，沙和尚是佛
子，妙有無邊。走丹砂，降戊己，水火安然，離四相，戰天
魔，萬法歸圓，捨全身，供龍天，普施賢良。

偈曰：一卷心經自古明，蘊空奧妙未流通。唐僧非在西天取，那有凡胎見世尊。古佛留下玄妙意，後代賢良悟真空。修真須要採先天，意馬牢栓撞三關。九層鐵鼓穿連透，一轉光輝照大千。行者東方左青龍，白馬馱經度賢人。鍛鍊一千八十日，整按三年不差分。龍去情來火焰生，汞虎身內白似金。一卷心經自古常明，混源到如今，旃檀古佛化現唐僧，六年苦行，自轉真經，超度九祖，躲離地獄門。

萬曆初年之《鑰匙佛寶卷》：

半句偈，要通曉，性命有一，……當初有唐三藏，取經發卷。人朝化，普雲僧，細說天機：誰知道，心是佛，唐僧一位；孫悟空，是行者，捉妖拿賊；豬八戒，是我精，貫串一體；沙和尚，是命根，編我遊記；有白馬，我之意，思佛不斷。走雷音，朝暮去，轉轉圍圍……唐僧轉人間，傳大道，半句真言。

百回本問世前的寶卷，所述取經故事，固與小說不同，百回本問世後相當長的一段時間內，寶卷仍與之大相徑庭，如清初黃天教《太陽開天立極億化諸佛歸一寶卷》中有《取經歌》：

老唐僧去取經，靈山十萬八千程，七十二座火焰山，三關九竅住妖精，諸佛參透取經難，降魔寶貝顯功能，迦葉拈花真盜奪，老子騎牛杖頭明，二郎擔山收陽訣，太翁直釣水中金，真武劍訣龜蛇伏，達摩九采雪山經，韋陀捧定降魔杵，目連錫杖鬼神欽，洞賓常帶雌雄劍，行者金箍棒一根。丹爐灶，能消能長，通天竅，饑吃靈丹，長壽藥，開時操演用時妙。十二時中

棒欲舉，靈龜海底常跳躍，虎好走，龍好飛，返還功，莫較遲，攬龍頭，擊虎尾，左邊提，右邊息，渾身使盡千斤力，肘後飛龍蟠金頂，迴光返照真消息。穿尾閭，過夾脊，上玉枕，泥丸降下波羅蜜，花池神水點丹田，倒下重樓降祇園，六年功滿見唐君，封你個旃檀佛世尊。

以唐僧一行西遊譬喻人之內丹修煉過程，詩中列舉了西遊路上諸神仙之降魔寶貝，與百回本《西遊記》相同的只有孫悟空之金箍棒，老子、迦葉、二郎、真武也是百回本《西遊記》中人物，提到他們也沾一點邊。但詩歌中姜子牙、韋陀、目連、達摩、呂洞賓就與百回本《西遊記》毫無關係了。《取經歌》之後，有四首西遊故事之俗曲《玉嬌枝》，敘述西遊之情節也與百回本大有不同：

唐僧傳令，師徒們去取真經，靈山十萬八千程，暗藏九妖十八洞眾，諸徒各顯神通。

唐僧害怕，只妖魔委實的難拿，兩道蛾眉似月芽，櫻桃小口難描畫，舞雙刀，口吐朱砂。

妖精傳令，洞門前要奪真經，行者金箍棒一根，變條金龍來顯聖，把妖精吞在肚中。

旃檀佛降下，豬八戒九轉丹砂，白馬沙僧採黃芽，行者道：把青龍跨，老唐僧帶上金花。

第一首俗曲中所言九妖十八洞與小說《西遊記》有出入，小說中唐僧西行取經遇見妖魔，遠多於這些；第二首的妖精未見於小說；第三首奪經書之情節亦未見於小說，悟空金箍棒變化為金龍將妖精吞在肚

中，也是小說從未有之情節；第四首唐僧帶金花、跨青龍，更為小說所無。

崇禎元年出現之弘陽教寶卷《弘陽後續天華寶卷》「西天取經品第十九」所述西遊故事又是一種形態：

> 想當初，唐貞觀皇帝，因斬白龍遊獄，撞見眾魂討命。天子回陽，掛榜取得三藏真僧，給付通關御牒，西行路收行者八戒沙僧白龍馬，經歷千山萬水，受過若干魔障，方到雷音寺，取得一卷《心經》，來到東土，超度亡靈，得升淨土。我今持頌，甚是感戴。今同大眾一起稱讚偈曰：虔誠用意頌真經，忽然想起老唐僧；通關牒文西方去，收伏眾魔一路行；鎖住心猿休胡走，栓住意馬莫放鬆；沙僧挑開雙林樹，八戒護持老唐僧；五人攢簇歸一處，東邊出現體西臨；行過九妖十八洞，降伏魔王眾妖精；大妖三百六十個，小妖八萬四千零；有座火山實難過，醍醐灌頂往前行；來到人我山一座，內有黃風惡妖精；多虧行者神通廣，降的魔王不見蹤；加工進步三年整，到了靈山古寺中；師徒就上空王殿，點起無油智慧燈；燈光普覆經堂內，裏外通明一片金；樓頭鼓響鐘不住，元明殿內見世尊；發下無字經一卷，成裏獻與法王身；功完果滿歸家去，穩坐金蓮不投東。

其中只有唐僧取經乃由太宗「因斬白龍遊獄，撞見眾魂討命。天子回陽，掛榜取得三藏真僧，給付通關御牒」，與百回本《西遊記》一致，此外無一相同，寶卷所述雷音寺的取《心經》，小說中是烏巢禪師傳給唐三藏的；九妖十八洞與黃天教所傳一致，與小說《西遊記》不同；取經三年之說，也是承襲黃天教《普明如來無為了義寶卷》：

「鍛鍊一千八十日，整按三年不差分」；寶卷中黃風怪所居「人我山」，小說作黃風山；最有趣的是唐僧一行到靈山，要在空王殿點起無油智慧燈後，方才見如來，取得無字真經，小說無此情節。

　　明中後期至清初寶卷中的西遊故事與百回本《西遊記》之故事情節和結構相異，這表明民間宗教演說西遊故事，自有傳承管道，還沒有受到一個統一的、為讀者所共同接受的本子的拘束。通常情況下，「權威性」的作品版本出現後，很快就使自由改造的空間消失殆盡。但《西遊記》的這個過程延長了近一個世紀。如果和清中葉前後的寶卷比較，差異是很明顯的。如《多羅妙法經》中的西遊故事：

> 再指汝，收猿意，後好入定。此個猿，原來是花果山出。一片石，結一卵，生成一猿。他元在，居住所，東勝神州。過了海，穿了山，西牛賀洲。又行到，山林中，參須菩提。學道妙，能神通，變樹移山。被祖師，趕出來，恐惹是非，又走回，石洞裏，變化難量。從橋下，到海底，尋一寶杖。能大小，法無邊，他就帶出。鬧天宮，浪浮世，不遵規矩。世尊佛，五指山，把他壓住。山面寫，有真言，難開難浪。觀音佛，來度世，見他普化。等後來，有唐僧，去取真經。汝可護，補過失，後好皈宮。誰想他，又不服，能跳能走。一跳去，三千里，難得他住。觀音佛，賜金箍，任有真咒

又如《達摩寶傳》：

> 唐三藏，過西天，辛苦不盡；九九災，八一難，死中得生。悟空心，沙僧命，唐僧是性；白馬意，八戒精，配合五行。五千四，成一藏，十四年正；行十萬，八千里，始到雷音。先發下，無字經，有字後更。

其故事形態與百回本《西遊記》基本一樣，兩者之承襲關係一目了然。清代中後期民間寶卷雖也根據自己需要有所改動，但基本故事情節與《西遊記》一致。這說明：一、被社會普遍接受的「權威」版本最終會影響到特殊的接受群體。二、在明代，這個過程在民間宗教的亞文化圈中被其內在原因延宕了。

明代民間宗教中普遍演述「西遊記」故事，並以之作為闡發教義的載體，給五眾以修煉之術的象徵意義，這與全真教思想的影響大有關聯。全真教依託蒙元而大盛，故元代之全真教，在文人士子之間影響頗大，像元好問、虞集等文人與全真教皆有淵源。明取代元之後，太祖採取重正一而輕全真的政策，其在御製序文中云：「禪與全真務以修身養性獨為自己而已，教與正一專以超脫，特為孝子慈親之設，益人倫，厚風俗，其功大矣哉！」[10]揚教門及正一，貶禪宗及全真之心灼然可見。有明一代，正一教之天師登顯位者多，而全真之籍籍無名者眾。全真教的衰歇使得全真思想向下移動，開始流入民間，與民間宗教合流。百回本《西遊記》產生前的正德至隆慶年間，也正是民間宗教開始興旺之時，一批宣揚宗教思想之寶卷出現，其中絕大多數都受到全真教之內丹思想影響。最為典型的當是外佛內道的黃天教，該教教主李普明創教之初，便以唐僧西遊譬喻演說大道[11]。說起黃天教與全真教之間的聯繫，不僅是理論上一脈相承，而且其經典寶卷也自稱「全真教」：

---

10 〔明〕朱元璋：《御製玄教齋醮儀文序》，見《道藏》第9冊《大明玄教立成齋醮儀範》，第1頁，文物出版社、上海書店、天津古籍出版社影印本，1988。

11 黃天教之《佛說利生了義寶卷》「戊午開道普明如來歸宮分第十三」載：「普明佛，……戊午年，受盡苦，丹書來召；大開門，傳妙法，說破虛空；煉東方，甲乙木，行者引路；煉南方，丙丁火，八戒前行；煉北方，壬癸水，沙僧玄妙；煉西方，庚辛金，白馬馱經；煉中方，戊巳土，唐僧不動；黃婆院，煉就了，五帝神通。」戊午即嘉靖三十七年，李普明於此年開壇說法，以唐僧西遊譬喻演說大道。

普賢大道開全真，妙傳般若了義經。非在念慮求假相，跳出三千六百門。

普賢菩薩全真道，二九童顏不老年。古佛留下三乘教，超生了死總收元。

生仙生佛，不離人倫大道。本全真，性命相合。凡聖同根，先天真氣，採取諸精，四時周轉，八卦亦無停。

普明無為了義如來，普賢菩薩立於全真大道，後人都以無為行功，身心清淨，鍛鍊四相五行，假借修真，調和大地黃芽。都以性命相合，子母相見，不在萬法所執，賴托一點天真。

古佛本是聖人轉，全真大道乃是在家菩薩，悟道成真，身心清淨。……在家菩薩智非常，鬧市叢中作道場。都依普賢全真道，大小男女赴仙鄉。

黃天教的思想主調也是全真教性命雙修思想。主張：「性要悟來命要做，都是先天出身路。性命雙修體自真，一點靈光無遮護」、「煉金丹，無為老祖，說玄妙，先鎖心猿合意馬，日月光中採精源，鉛汞兩家同一處，二八相合煉先天。」

　　需要指出的是，明代各家寶卷涉及的民間傳說往往不一，一般都是以所涉及之神仙命名寶卷的名稱，像《伏魔寶卷》談的就是關帝；《二郎寶卷》則是二郎神；《東嶽天齊寶卷》的主神自然是東嶽天齊大帝；《地藏十王寶卷》涉及佛教地獄的傳說等，其來源也是五花八門。但是還沒有一個民間傳說或故事有像「西遊記」這麼大的影響力。明中後期的主要民間宗教，如羅教、黃天教、西大乘教、弘陽教、圓頓教等等的寶卷中都有「西遊記」故事的影子，而且還程度不同地都有以五眾作內丹術之象喻的內容。顯然，這些不同寶卷中的「西遊記」故事有一個共同的根，就是全真教。

四

　　從以上材料可以肯定的是：一、從今本《西遊記》可以發現大量全真教的痕跡，說明在《西遊記》成書的過程中有教門中人物染指頗深；二、百回本成書之前，《西遊記》的故事已在多種民間宗教中流傳，而其情節及人物都與教義特別是內丹術產生了關聯；三、這些民間宗教多受到全真教或深或淺的影響。因此，判斷《西遊記》在成書的過程中存在一個「全真化」的環節當非牽強。

　　筆者曾接觸到一條材料，或許還可給我們以啟迪。山東快書高（元鈞）派的《弟子名錄》（抄本）有序一篇，內云：「高派山東快書系（全真道）邱祖龍門派山東老張門，……創立門戶時，從《太山全真晚壇功課經》中，取開頭三十個字，作為本門輩字排列順序：『道德通玄靜，真常守太清，一陽來複本，和教永圓（元——原書如此，陳按）明。至理宗誠信，崇高嗣法興。』山東老張門至今傳到『至』字輩，整整二十一代傳人。」這條材料應屬可信，因為藝人們幾無作偽的動機與可能。高元鈞為十九代，其師戚永立為十八代。若以三十年為一代，上溯恰至元明之際。據此可知，山東快書的起源與全真道有關；反過來講，全真道曾與說唱藝術有密切的關係[12]。

　　翻檢中國文學史，宗教與說唱關係甚密。佛教的俗講，道教的道情，都是初為傳教之工具，後漸摻入故事，成為相對獨立的文學式樣。而晚近之寶卷、鸞書，亦頗多通俗文學的成分。山東快書的源變，亦當作如是觀。我們又知道，明代的長篇小說多為世代累積而成（包括《西遊記》），經過由書場至案頭的過程。多種「詞話」即為這一過程的「中期成果」。《西遊記》亦確有「詩話」、「平話」等「前期

---

12 當然，這條材料屬於間接的孤證，因此本文在這一點上也只是「假說」，遠非定論。但對於解開《西遊記》宗教性文字與宗教態度矛盾的死結，卻不失為一種思路。

成果」。因此，我們有理由推測，很可能曾有過一種全真系藝人說唱的「板話（或「詞話」、「平話」之類）」[13]，其中自然會有大量全真道內容摻雜在所演唱的故事（包括玄奘取經的故事）之中。借故事以傳教，借教義以鋪演故事。而這種說唱在民間的廣泛流傳，就成為民間宗教師法的對象。

但是，這樣就出現了一個問題：小說中還有大量佛教的內容，且與道教內容相衝突，並非用一個「三教合一」就調和得了的。擇要而言，1. 小說多次寫到佛教與道教的矛盾，如車遲國、比丘國、滅法國等。而每次正義均在佛教一邊，且結局均為僧人殄滅「妖道」。2. 孫悟空出身道門而皈依佛教，書中多次使用「改邪歸正」之類的話語（如第二十六回壽星道「聞大聖棄道從釋」，第九十回太乙天尊稱悟空「棄道歸佛」，等等）。3. 小說的神仙群體中，佛門的觀音與如來雖偶有謔語，但法力無邊，可親可敬；而道教的最高神──老君相形見絀，不過是個二流人物。因此，我們今天看到的《西遊記》，無論從筆墨本身還是從閱讀效果來看，雖有以上大量全真印記，卻絕不是闡揚道教之作。這似乎是一個死結。不過，如果考慮到《西遊記》既經過全真化的環節，又最終成書於隆萬之際某天才作家（或許就是吳承恩吧）之手的複雜過程，也許不難化解這一矛盾：隆萬之際，因對嘉靖帝佞道的反撥，朝廷多次打擊道教，社會輿論也普遍揚佛而厭道，因此最後的寫定者既承繼了全真化了的某種「底本」，又自然而然地把當時「揚佛抑道」的輿論傾向，帶到了本屬道教一脈的作品中──於是就在本文的書寫中造成了這個「死結」；而作者創作時的遊戲心態，使他根本不留意也不在乎此類矛盾的存在。吳承恩的興趣本在文學方面，求仁而得仁，於是就有了這部傑出的文學作品。

---

13 全真道本有《長春真人西遊記》。後世徒眾（或「準徒眾」）不察，在借故事講唱布道時，以玄奘「西遊」之事附會，鋪演為某種「板話」，當亦在情理之中。

論《西遊記》宗教文字的版本意義

　　在《西遊記》版本研究中，世德堂本、朱鼎臣本、楊致和本之間的關係問題最為棘手。自七十年前，魯迅先生開始討論這個問題以來，胡適、孫楷第、鄭振鐸、柳存仁、蘇興、陳新、黃永年、李時人等均有專題論述，然見仁見智，迄今未有定論。諸家之說雖歧見紛紜，但最根本的疑點只有一個，就是繁、簡本之先後問題。孫、鄭等主「刪繁為簡」說，柳、陳等主「擴簡為繁」說。這個問題涉及到文字比勘、版本鑑定、作者及編者考察、內容分析等諸多方面，彼此牽纏，難以遽斷。本文僅從一個特定角度切入，以世德堂本與楊致和本（兼及朱本）中涉及宗教內容的文字相比勘，來尋覓一些版本演化的蛛絲馬跡。

一

　　長期以來，學術界對《西遊記》的宗教內容多不屑一顧，或視作遊戲之筆，或視作比附之詞。近些年，情況稍有改變。有的學者指出，作品中涉及道教的內容甚多，不僅有貫串全書的金丹理論、術語，而且已「和敘述文字打成一片，情節的描敘和修煉的功夫在篇幅裏融合無間，卻仍舊不失其宗教的本色。」[1] 也有的學者認為，《西遊記》中的佛教內容並非全屬淺率、遊戲之筆，有些頗含在內。但是，

1　〔澳〕柳存仁：《全真教和小說〈西遊記〉》，見《和風堂文集》，1369頁。

隨之又出現了新的矛盾：《西遊記》到底是闡揚玄門，還是彰顯釋教？於是，又有學者以「三教合一」來解釋，認為宋、元、明之三教已彼此打通，故對涉及宗教內容的文字，均不必認真看其教義內涵。這樣，問題轉了一圈子，似乎又回到了原處。

如果我們對中晚明的士林風氣瞭解得更多、更細些，或許會有些新的認識。

首先，全真道入明後雖不得勢，但內丹、煉氣之說卻在讀書人中頗有影響。如王陽明的大弟子王龍溪論良知：「良知覺悟處謂之天根，良知翕聚處謂之月窟。……情反於性，謂之『還丹』，……息息歸根、謂之『丹母』。」[2]另一位王門大將趙大洲繪七圖以示道妙，分別為混元、出庚、浴魄、伊字三點、卍字輪相、周子太極與河圖[3]，其中「出庚」、「浴魄」皆出自《參同契》，是以月象附會納甲的內丹術語。再如徐文長，亦有「金是吾身之水，金砂是吾身之木汞，向來洩漏則出五內矣，今不洩漏而積，而至於結丹」、「今學丹者，不知吾身中有一種日月之火候，即天地日月之火候；吾身之結嬰，即天地之生萬人萬物，而妄謂須取彼家然後成丹」之類言論[4]。可是他們又都有談佛或近禪的議論。如王龍溪云：「當體本空，從何處識他？於此得個悟入，方是無形象中真面目。」「從知解而得者，謂之解悟，未離言筌；從靜中而得者，謂之證悟，猶有待於境；忘言忘境，觸處逢源，始為徹悟。」[5]至於趙大洲的七幅圖，既有出於道門《參同契》的，也有出於禪門溈仰宗的。而徐文長則頗多論佛之語，如「一觀音

2　〔明〕王畿：《答楚侗》，見《明儒學案》，第12卷，248頁，北京，中華書局，1985。

3　〔清〕黃宗羲：《明儒學案》，第33卷，748頁。

4　〔明〕徐渭：《論玄門書》，見《徐文長集》，第16卷，479頁，北京，中華書局，1983。

5　〔明〕王畿：《語錄》，見《明儒學案》，第12卷，246頁，253頁。

法，而有二評。法華他機，楞嚴自行」，可見也有相當的瞭解以至修為。這些人均生活於百回本《西遊記》最後成書的嘉、隆年間。因此可知《西遊記》成書之際，頗有一些讀書人研究佛學道術。

這些讀書人往往既抱定三教融通、一以貫之的宗旨，又於釋、道兩家下過些真功夫，並以此自炫、自負。徐文長有《分釋古注參同契》、《首楞嚴經解》，並多次致書他人闡揚己作，以《廣陵》絕響自況。袁中郎則自稱「唯禪宗一事，不敢多讓」，而他編撰的《淨土合論》一書被選入《淨土十要》，成為淨土宗重要論著，釋明善贊道：「《西方合論》一出，……可破千古群疑矣。」稍後一些的錢謙益用七年時間，五易其稿，對《楞嚴經》進行了疏解，其《楞嚴經疏解蒙抄》被近世佛學家稱作「詳細博雅，固讀《首楞嚴經》者不可少之書。」而金聖歎則有佛學專著多種，其中《西域風俗記》被清人楊復吉譽為「三藏貫徹」、「宏暢宗風」，遠勝於僧人所作。由此可知，一些留意於佛、道的讀書人，在表現自己這方面修養時，往往以相當認真投入的態度、相當「專業」化的水準來進行。故不可見到一些遊戲之筆、諧謔之詞，就將《西遊記》中佔有相當份量的宗教文字全以「戲論」、「浮泛之詞」輕輕抹倒。

這應成為我們具體分析《西遊記》中有關佛教文字的前提。

二

比起早期的取經故事，世本也罷，楊本也罷，都有一個根本的不同，就是主角由唐僧變成了孫悟空。而在這兩種本子裏，孫悟空有一個共同的別稱——「心猿」。這是個典型的宗教用語，源出於佛教，如《大日經》分述六十種心相，最後一種為「猿猴心」，指躁動如猿猴的心態；《心地觀經》則稱：「心如猿猴。遊五欲樹，不暫住故。」

《大乘義章》亦有「六識之心……如一猿猴」之說。可見以猿喻放縱不羈的心靈乃佛學常談。這自然與印度恒河流域多猿猴有直接關係，而由於其設譬貼切，傳入中土後即被普遍接受，並衍生出「心猿意馬」之成語。十分有趣的是，歷史上的玄奘在《請入少林寺翻譯表》中曾化用這個佛典：「今願托慮禪門，澄心定意，制情猿之逸躁，縶意馬之奔馳。」他之所以稱「情」猿意馬，自是為了行文避開前一句的「心」字。小說《西遊記》連篇累牘寫玄奘調弄「猿熟馬馴」，與此有何種關聯，也值得研究。

「心猿」一詞，至遲在中唐已進入文學作品，並被用來表現佛理，如錢起《杪秋南山西峰題準上人蘭若》：「客到兩忘言，猿心與禪定。」而至金元之際，又隨佛理傳入全真道，成為該教派內丹術的重要用語，屢見於王重陽、馬鈺等人的詩文[6]。

《西遊記》中使用「心猿」一詞，顯然不是率意的，而是著眼於其宗教喻義，即以孫猴子象徵未馴之「心」，而把取經過程視為馴「心」的經過。雖然在實際的創作中，作品遠遠突破、超逸出這一預設的哲理性框架，但作者的這方面意圖還是灼然可見的。

世本中，這一作意貫串於全書，既被反覆點題、強調，又彼此聯繫、照應，形成有機的寓意系統。其主要表現可歸為兩大方面，一是回目、詩贊，二是情節、內容。以第五十六回至第五十八回（即「真假悟空」一節）為例，可以看出這兩方面在作意上的關聯。三回書的回目分別為：「神狂誅草寇　道昧放心猿」、「真行者落伽山訴苦　假猴王水簾洞謄文」、「二心攪亂大乾坤　一體難修真寂滅」。三回書中，非描寫性的詩贊計有五首，略云：

6　參見本書《西遊記「心猿」考論》一節。

靈臺無物謂之清，寂寂全無一念生。

猿馬牢收休放蕩，精神謹慎莫崢嶸……

保神養氣謂之精，情性原來一稟形。

心亂神昏諸病作，形衰精敗道元傾……

身在神飛不守舍，有爐火無怎燒丹……

五行生剋情無順，只待心猿復進關。

人有二心生禍災，天涯海角致疑猜……

禪門須學無心訣，靜養嬰兒結聖胎。

中道分離亂五行，降妖聚會合元明。

神歸心舍禪方定，六識祛降丹自成。[7]

　　這三回的中心內容是真假猴王的故事。由於猴王在前文已有「心猿」之喻，所以這個故事自然而然地產生出「二心」的象徵意味；而真假猴王上天入地鬥得無法調停的情節，也加深了「二心」不得安寧的象徵之意。第三回書正是循此展開情節的，即：真心放逸，邪心即生，二心爭鬥，神宇不寧，收真滅邪，心歸神定。上述回目與詩贊，則唯恐讀者只看到猴王的故事而忽略了這深層意義，故不吝辭費一再點明。我們姑不論這種點透題旨的手法高明與否，只就回目、詩贊與內容、情節的關係，以及這種題旨與整部作品的關係來看，彼此間互相照應、聯絡，從而形成意義統一的有機整體，則是毫無疑義的。可以說，世本中對「心猿」一語的宗教性內涵及哲理意味，是以十分自覺、認真的態度對待，並把這種態度體現於作品的的一枝一節，形成一個象徵意味與寓意風格統一的敘事文本。

7　《西遊記》，第56，57，58回，718，734，737，749，752頁，北京，人民文學出版
　　社，1985。

再來看楊本。其卷三「豬八戒請行者救師」寫黃袍怪一事，卷末有詩贊：

> 意馬心猿都失散，金公木母盡凋零；
> 黃婆傷損通分別，道義消疏怎得成！[8]

這首詩贊又見於世本第三十回中，文字完全一樣。無論二本承襲關係如何，詩中的「心猿」喻指悟空，是確然無疑的。說明「心猿」為孫悟空的代稱，在兩種本子中是同樣出現過的。再來看真假猴王的故事。這個世本中的重頭戲，在楊本中僅為卷四之一節，標目為「孫行者被彌猴紊亂」。此前，既然楊本文本中已出現過「意馬心猿」的字樣，表明已接受了猴王的象徵義，可是在這一節文字中，對此類象徵義沒有任何表現或暗示，只是粗陳梗概地講述了一個普通的降妖故事。對此，只能有兩種解釋：一是楊本以「粗陳梗概」的方針刪略世本，以致把這一段故事中含有的象徵性、哲理性的文字通通刪去；另一種解釋是楊本自來如此，世本乃踵事增華。

這兩種解釋，哪種較為圓通、合理呢？我們先不忙於結論，且換一段文例再作考察。

三

與「心猿」的象徵相呼應，世本中還有一個貫穿始終的宗教性內容：《心經》。有關情節分別見於第十九回、二十回、三十二回、四十三回、九十三回等回之中，其中第十九回「浮屠山玄奘受《心經》」用了半回篇幅，且移錄了全部經文。

---

8 〔明〕楊致和：《西遊記傳》，第3卷，268頁，北京，人民文學出版社，1984。

　　《心經》的情節由來有自。《心經》全稱為《般若波羅蜜多心經》，有八種漢譯本，以玄奘所譯最為流行。因此，就有了玄奘西行途中遇異僧「授《多心經》一卷……虎豹藏形，魔鬼潛跡」的傳說（見《太平廣記》卷92）。而《大唐三藏取經詩話》則以整整一節文字寫定光佛向玄奘授《心經》事，且云「此經上達天宮、下管地府，陰陽莫測」。可見，在早期的取經故事中，《心經》是玄奘西行的重要成果，「授經」也是著意渲染的情節。

　　世本作者承繼了這一思路，故有上述圍繞《心經》的多處文字。同時，他又望文生義，把《心經》之「心」（「心要」、「核心」意）誤讀為「心猿」之「心」，使這方面的描寫也納入全書「馴心」、「求放心」這一富意系統。

　　關於這方面的內容，楊本有兩點應予注意。一是脫略了烏巢禪師授經一段，使上下文不相銜接，二是全書只在卷二提到一次《多心經》，文字也頗有可議之處。

　　先看第二點。卷二「唐三藏被妖捉獲」一節中，寫虎精敗陣逃走，「路上那師父正念了《多心經》，被他一把拿住」。這段文字很突兀，有兩個疑點：楊本數十個降妖情節，只有這裏有念經的描寫，而缺少了「烏巢禪師授經」的情節，這一筆便毫無意義：《多心經》前無來歷，後無照應，令讀者莫名其妙。世本則不然。其第二十回也有「路口上那師父正念《多心經》，被他一把拿住」，但前文卻有三處有關的鋪墊，一是烏巢禪師授經時所言「若遇魔障之處，但念此經」，二是第二十回卷首「那長老常念（《多心經》）常存，一點靈光自透。」三是虎精出現時，「三藏才坐將起來，戰兢兢的，口裏念著《多心經》不題。」這與「正念」一段彼此照應，是一條連貫、完整的線索。而後文又多有照應，如第九十三回，孫悟空批評三藏對《多心經》「只會念得，不曾解得」，正是點明了第二十回三藏誦此經，但

「戰兢兢」而未曾解得，因此才被妖魔捉去的題旨。顯然，圍繞《心經》的文字，情況與前述「心猿」相類，世本有機而系統，楊本突兀而零散。

解釋同樣有兩種可能：一種是楊本刪之未淨，漏存片言隻語，故既無照應，也無意義；另一種是楊本原文如此，乃早期草創之痕跡。對於第二種解釋來說，經之莫名其妙而來是個不易克服的難題。這便牽涉到前面所講的第一點——脫略問題。

在「唐三藏收伏豬八戒」一節的末尾，楊本是這樣寫的：

> ……師徒上山頂而去。話分兩頭，又聽下文分解。道路已難行，巔崖見險谷。……行者聞言冷笑，那禪師化作金光，徑上烏巢而去。長老往上拜謝。行者不喜他說個「野豬挑擔子」，是罵八戒；「多年老石猴」是罵老孫，舉棒望上亂搗……[9]

世本相應的段落則是：

> 師徒們說著話，不多時到了山上……那禪師見他三眾前來，即便離了巢穴，跳下樹來（以下是禪師點悟三藏及傳《心經》的描寫）……那禪師笑道：道路不難行……行者聞言……行者道：「你哪裏曉得？他說『野豬挑擔子』，是罵的八戒；『多年老石猴』是罵的老孫。你怎麼解得此意？」……[10]

互相比較，楊本在兩個地方留下了刪節的破綻。一個是刪去了烏巢禪師授經而代之以「話分兩頭，又聽下文分解」，以致「道路已難行」

9　〔明〕楊致和：《西遊記傳》，第2卷，247頁。
10　《西遊記》，第19回，248-250頁。

變成了說書人的詩贊，而下文的「那禪師」也莫知所云。對此，或以「脫漏和錯簡」解釋，其實很勉強[11]。另一個是刪去了行者與三藏的對話，結果出現了「行者不喜他說個『野豬挑擔子』是罵八戒；『多年老石猴』，是罵老孫。」這樣不通的句子——通觀全書，說書人稱孫悟空為「老孫」，既無此文理，亦無此文例。這斷是刪節過於草率留下的痕跡，若無成心，絕不會作他種解釋[12]。

四

無論世本還是楊本，所寫諸妖魔中有一個共同的特例：牛魔王。數十個妖魔中，唯有他具有若干「妖」際關係，紅孩兒為其子，如意真人為其兄弟等。這種特殊的安排在世本中具有明顯的作意。世本中的牛魔王過著凡人一樣的生活：有妻有妾有弟有子，既貪財又好色，閒時赴朋友宴請，氣時與人爭鬥。作者對這個與眾不同的妖怪特別看重，不僅用長達三回書寫他與悟空的較量，還伏線千里，把他處理成唯一與孫悟空「有舊」的精怪；涉及他的筆墨散見於大半部書中。就是他的被降伏，也有特別的寫法。第六十一回「孫行者三調芭蕉扇」，寫牛魔王智竭計窮時，「現出原身——一隻大白牛」，然後被「佛兵」（「佛兵」！）捉住，「牽牛徑歸佛地回繳」（「徑歸佛地」！）。作者於此作詩點題：「牽牛歸佛休顛劣，水火相聯性自平。」

一個反覆提到的「大白牛」，一個「牽牛歸佛」的點題語，提醒我們：牛魔王不同他妖，是有佛學寓意的形象。白牛是佛學中常用的象徵物。其義為脫離欲界凡塵而證道歸佛，引申一步，便以「牧牛」

---

11 由於朱本此處基本全同於楊本，就排除了楊本流傳中脫、錯的可能性。

12 楊本因刪節草率留下痕跡之處頗多，而以此節為甚。察其原故，似本欲刪去鳥巢的內容卻又猶豫不定，以致如此。

比喻收束心性歸於佛境的修持過程。《阿含經》、《大智度論》等經典
都曾反覆提及，而中國禪僧在中唐以後更以此為禪喻的常用話頭。這
個比喻義，又被全真教的領袖們援引到自己的教義中，王重陽、馬丹
陽等人著作中連篇累牘可見。所以，「白牛」、「馴牛」的宗教比喻意
義，是十分明確的，也是影響廣泛的。從文本中可知，世本的作者不
僅熟知佛學的這方面內容，且明確寫進作品，如第二十回的偈：

> 絨繩著鼻穿，挽定虛空結。拴在無為樹，不使他顛劣。
> 人牛不見時，碧天光皎潔。秋月一般圓，彼此難分別。[13]

其語、其境皆由宋代禪僧的《牧牛圖頌》化出，而「絨繩著鼻穿」、
「不使他顛劣」云云，又與降伏牛魔王一節的文字相類。這樣，我們
就不難瞭解作者之所以寫一個有妻妾、兒子、兄弟、朋友的牛魔王，
是有意刻畫成陷溺於人欲的形象，而其被擒歸佛就自然具有了脫離欲
海的象徵意味。

要之，世本之所以用大量筆墨寫出一個牽三掛四的「特殊」妖
魔──牛魔王，是有其特殊用意的；而這種宗教內容，是精心貫穿於
作品並著力點明的。

楊本中的牛魔王也是唯一牽三掛四的「特殊」妖魔，遠在「唐三
藏收妖黑河」一節，就特地交待「洞中有一魔王，是牛魔王的兒子，
叫做紅孩兒」，兩節之後又加上一筆，寫如意真人自稱「我乃牛魔王
哥子」。但是，令人不解的是，這樣一個經過特殊安排，伏線於數節
之前的形象，本身的故事只有一小段文字，字數僅170個，幾乎是所
有魔怪中最簡略的，自然也就不可能有什麼象徵、寓意了。這不能不

---

13 《西遊記》，第20回，251頁。

令我們奇怪：既然是一個最不受重視的形象，又何必伏線於前，做那樣一番特殊安排呢？

何況，世本的這方面文字多有榫卯相接，如寫紅孩兒為牛魔王之子，下文便有孫悟空變牛魔王進火雲洞，以及羅剎女記恨不肯借扇的生動情節。楊本則一概皆無。而這樣一來，寫紅孩兒為牛魔王之子便成了毫無意義、沒頭沒腦的一筆。對此，怕也只能以「刪之過糙」，才解釋得過去吧。

五

綜上所述，《西遊記》中關涉到宗教意義的文字，如「心猿」、「白牛」、《心經》等，楊、世二本皆有。世本中，這些文字含有特殊的作意，並互相照應，構成了一個有機的寓意系統。楊本則不然，這類文字大多孤單而突兀。我們知道，某個具有特殊意味的詞語，只有當它反覆呈現或進入相應的符號系統時，才會產生出象徵、隱義一類深層含義。因此，楊本這類文字顯得毫無必要，並因其無意義而特別顯得與整個文本不協調。如果認定楊本在先，那便很難解釋其中這些贅附、扞格的文字因何而來。

此外，還有一些可資旁證的內容，因篇幅所限，這裏略示一二：

楊本節末詩贊文野不一，凡與世本同者則文，異者俚俗至甚。如前引「意馬心猿都失散，金公木母盡凋零。黃婆傷損通分別，道義消疏怎得成！」分別見於楊本卷三與世本第三十回，世本其他詩贊風格全與此同，而楊本卻除與世本相同、相近之不足十首外，其他則大抵為「豬妖強佔人家女，行者持棒趕上他」、「太子聞言心懷慮，急回后宮問母娘」之類，顯然與「意馬心猿」非出一人之手。

楊本卷二寫觀音向太宗獻袈裟後：「唐王見他苦辭，隨命光祿寺

大排素宴，菩薩堅辭不受，飄然而去，依舊望東海而來隱避不題。詞曰：『日落煙迷草樹，帝都鐘鼓初陽（鳴）……禪僧入定理殘經，正好煉丹養性。』」這段文字有三個疑點。一是「東海」，因前文已交待觀音落腳長安城隍廟中，故此為明顯的草率致誤。二是「禪僧」而「煉丹」，大悖常識。儘管《西遊記》諸本皆有寫佛教不確處，然絕不至這等地步。世本此處作「煉魔」，便可說通（朱本作「煉心」，亦可通）。三是這段詞描寫佛寺夜景，在世本置於玄奘歸寺，文曰：「玄奘直至寺裏，僧人……各歸禪座，又不覺紅輪西墜。正是那：『日落煙迷草樹……禪僧入定理殘經，正好煉魔養性。』」文暢意順。而楊本描寫觀音歸東海景象，卻是風馬牛不相及。只能看作是草率刪掉玄奘歸寺的情節後，詞贊盲目上移，造成了明顯的文字脫榫。

當然，如本文開始所言，這個問題糾葛甚多，不是一篇文章所能全部理清的。但是，就大端而言，似以「刪繁為簡」說較勝。「擴簡為繁」且不論其不合於寫作常理，就是本文所提出的宗教文字問題，怕也很難有圓通的解釋。

論元雜劇與佛教之因緣

　　有元一代，歷史僅僅百年左右（以有「元」之國號計算為98年，自滅金算起亦不過130餘年），而見於著錄的劇作就有七百餘種（準確數字則見仁見智[1]），明人更有千種之說。元代文人的創造力很大程度凝聚於此，元代社會文化的真實情況也在此有多方面的反映、折射。元代曲論家胡祗遹對此曾發表過頗有見地的評述，他講：

> （雜劇中）上則朝廷君臣政治之得失，下則閭里市井父子兄弟夫婦朋友之厚薄，以致醫藥卜筮釋道商賈之人情物理，殊方異域風俗語言之不同，無一物不得其情，不窮其態。[2]

　　因此，研究當時一般民眾的佛教觀念，瞭解佛教演變的訊息，元雜劇都可以為我們提供不少有價值的材料。可是，長時間以來研究者對此普遍注意不夠。檢索中國近十年關於元雜劇的論文計有556篇，而和這個方面稍有關聯的也僅有5篇[3]。之所以如此，是因為很多研究者的印象裏元雜劇中涉及佛教內容的數量既少，蘊涵又淺。故本文即由這兩方面切入來談。

1　主要問題在於元明易代之際的作品歸屬，這是一個無法給出確切答案的問題，但對我們的研究並無大礙。
2　〔元〕胡祗遹：《贈宋氏序》，《紫山大全集》第8卷，四庫全書本。
3　據《中文期刊全文資料庫》。

一　元雜劇中的神仙道化題材與涉佛劇碼

　　中國戲曲自來就有表現神鬼及宗教內容的傳統。這是因為戲曲
（包括雛形戲曲）的表演，往往與祭神祀祖一類的慶典相關聯。王國
維講：「古代之巫，實以歌舞為職，以樂神人者也。」[4]也就是說，古
代的歌舞（前戲曲）多是巫的表演，多與祭神有關。而到了宋代戲曲
的形成期，佛教就已經是演出的一項重要內容了。據孟元老《東京夢
華錄》卷八：

> 七月十五日中元節，先數日……及印賣《尊聖目連經》……自
> 過七夕，便般《目連救母》雜劇，直至十五日止，觀者增倍。[5]

至於金、元兩代，佛教在社會上、在整個文化領域都佔有特殊地位。
一則統治者尊崇佛教，二則民眾苦難深重，也需要到宗教中尋求心靈
的救濟。漢族文人很多淪落到社會底層，他們把聰明才智投入到雜劇
這樣的大眾文藝形式時，「但摹寫其胸中之感想，與時代之情狀，而
真摯之理……流露於其間。」[6]民眾的宗教信仰（包括佛教的內容）
就自然流注筆端並搬演於舞臺了。

　　一般說來，與佛教有關的劇作，其創作觀念是與神仙道化劇（廣
義的）並無二致的。所以，在討論與佛教有關的劇碼之前，有必要瞭
解一下元雜劇中神仙道化劇的整體概貌。

　　神仙道化題材在元雜劇中占有相當大的比重。明初朱權的《太和

4　王國維：《宋元戲曲考・上古至五代之戲劇》，見《王國維戲曲論文集》，4頁，北京，
　　中國戲劇出版社，1957。

5　〔宋〕孟元老撰，鄧之誠注：《東京夢華錄注》，211-212頁，北京，中華書局，1982。

6　王國維：《宋元戲曲考・元劇之文章》，見《王國維戲曲論文集》，105頁。

正音譜》把元雜劇分為十二類：

> 一曰神仙道化；二曰隱居樂道（又曰林泉丘壑）；三曰披袍秉
> 笏（即君臣雜劇）；四曰忠臣烈士；五曰孝義廉節；六曰叱奸
> 罵讒；七曰逐臣孤子；八曰朴刀杆棒（即脫膊雜劇）；九曰風
> 花雪月；十曰悲歡離合；十一曰煙花粉黛（即花旦雜劇）；十
> 二曰神頭鬼面（即神佛雜劇）。[7]

神仙道化排在第一，可見對它的重視。而如果廣義地看，第二與十二
兩類也與神仙道化有一定的關聯。就現有的著錄和尚存的作品綜合來
看，元雜劇中的神仙道化劇的數量在60到70種之間，大約佔總量的十
分之一。

　　在現存的元雜劇作品中，神仙道化劇有34種[8]。其中明顯和道教
有關甚至明顯和某一教派有關的約佔五分之二，如顯揚全真道五祖七
真事蹟的就有《劉行首》、《城南柳》、《升仙夢》、《鐵拐李》、《任風
子》、《岳陽樓》、《黃粱夢》等，顯揚天師道龍虎宗的有《張天師》
等。一般性寫遇仙得道和神魔故事的各有七八種，前者如《陳摶高
臥》、《莊周夢》，後者如《鎖魔鏡》、《斬健蛟》等。而與佛教有關聯
的則可分為直接與間接兩類（與上述各類略有交叉）。間接的指題材
來源與佛教有或遠或近的關係，計有：《張生煮海》、《柳毅傳書》、
《西天取經》、《齊天大聖》、《鎖魔鏡》等；直接的則是正面表演與佛

7　〔明〕朱權：《太和正音譜·雜劇十二科》，見《中國古典戲曲論著集成》，第3冊，
　　24頁，北京，中國戲劇出版社，1980。

8　據田桂民的統計為33種，似有遺漏；或標準有別。另外，如果只是觀念上有聯繫
　　的，如《小張屠》的一般善惡有報之類，未統計在內。

教有關的故事，如《度黃龍》[9]、《猿聽經》、《度柳翠》、《忍字記》、《來生債》、《東坡夢》等。依此看來，元雜劇中涉佛的劇碼數量雖不如涉道的多，但也不容忽視。不過，這主要是從題材角度做的統計，如果更進一步講宗教觀念的話，則在所有門類裏，可以說都有相當充分的體現。就純宗教題材說，屬於道教的比佛教的多，這是因為道教的神仙幻化之類故事更容易構造戲劇情節；而如果就所表現的思想觀念說，佛教的六道輪迴、因果報應、他力救濟的靈驗等等則更為普遍和深入。所以當年青木正兒斷言：「元曲中取材於佛教的作品很少，和取材於道教的作品相比，實在是寥寥無幾。」[10]雖有一定的道理，但顯然是不夠準確全面的。

二　元雜劇的涉佛題材分析

元雜劇的涉佛題材，大致可分三種情況：一種是借助佛教有關的素材生發故事，無意於闡揚佛理；一種是借助於歷史或傳說中的人物，編織出和佛教有關的故事情節，從而闡揚佛教的義理、宗旨；一種是從佛教的觀念或傳說出發，衍生出人物與故事，來達到說法的目的。

第一類中最典型的是李好古的《沙門島張生煮海》。這個故事的創意與《生經》有明顯的血緣關係。《生經》的《佛說墮珠著海中經》寫佛持器竭海，逼迫龍王獻出寶珠。《張生煮海》的基本故事骨架乃由此襲取。可是，劇中既設置了一位石佛長老，又寫東華仙、金童、玉女來增添道教氛圍，這間接反映了當時三教合一的思想趨

9　《度黃龍》或以為明初作品，然以劇中表現的全真教觀念和生活用語來看，元代作品的可能更大一些。

10　〔日〕青木正兒：《元人雜劇概說》，95頁，北京，中國戲劇出版社，1957。

勢——不過全劇並無明顯的輔教闡道的意圖，也看不出對於佛教血緣關係的著意表現。

《柳毅傳書》也屬於這種情況。其創意與《摩訶僧祇律》的佛教因緣故事有關，《柳》劇的很多情節元素都可從《律》中找到，如龍女落難、仗義相救、龍性暴嗔、有龍被繫、重金相酬等。若以襲取的情節元素之豐富論，《柳》劇比《張生煮海》尤有過之。當然，雜劇的這個故事是從傳奇中來，與佛經只是間接關聯，所以劇本中也基本看不到表現佛緣的地方。

第二種情況以《來生債》和《東坡夢》最為典型。

《來生債》全名《龐居士誤放來生債》，劉君錫作[11]。講居士龐蘊虔心禮佛，廣行善舉，其妻女亦共同修持，與禪門大德馬祖道一、石頭希遷、百丈懷海屢有印證。他感念窮人還債艱難，於是悉數焚燒債契；為免牽纏，還把家財全部沉入東洋大海，一家人賣笊籬過活。其女靈照借賣笊籬之機，點化度脫了禪師丹霞天然。後得仙人引導，舉家白日升天，共成正果。劇本將因果報應思想摻到龐居士事蹟中，更加強了佛教的宣傳氣息。

現存有關龐蘊的資料最早的是五代時期的《祖堂集》（卷十五），後來則有燈錄《景德傳燈錄》和《五燈會元》等，另有傳為于頔所編的《龐居士語錄》[12]。

據《五燈會元》載：

> 襄州居士龐蘊者，衡州衡陽縣人也。字道玄……元和中北遊襄漢，隨處而居。有女名靈照，常鬻竹漉籬以供朝夕……緇白傷悼，謂禪門龐居士即毗耶淨名矣。

---

11 此劇見於《元曲選》。或曰劉為元末明初人。
12 詳見譚偉《龐居士研究》，四川民族出版社，2002。

可見龐蘊其人確是生活在中晚唐的一位虔誠的居士，與刺史于頔等都有往來。《五燈會元》所記除掉間雜的神異內容，龐蘊的事蹟基本是實錄。對《五燈會元》所記的龐蘊事蹟，劇作者取其大端，甚至把龐蘊的偈語也抄作臺詞：

> 斷絕貪嗔癡妄想，堅持戒定慧圓明。自從滅了無明火，煉得身輕似鶴形。（第一折）

所不同的就是編織出一些因果報應和神仙靈異的情節，使得舞臺上更加熱鬧一些。另外，把龐蘊的前世身份由維摩詰改成了賓陀羅，其中的意味也值得關注。至於把丹霞天然編派為靈照的弟子，顯然是因為天然在燈錄中的事蹟富有戲劇性，民間知名度高一些的緣故。

《東坡夢》全稱是《雲門一派老婆禪　花間四友東坡夢》，作者吳昌齡。《東坡夢》寫蘇軾與佛印相調笑事，東坡指使妓女白牡丹引誘佛印破戒，結果白牡丹反被佛印度化做了尼姑，東坡也在機鋒往來中為佛印所屈，終皈依於佛門。

蘇軾與佛印都是真實的歷史人物，但故事顯然是杜撰的。由於蘇軾生性幽默，且與友人參寥僧確有過嘲謔玩笑之事，所以早在南宋就有了多種關於他與佛印互鬥禪門機鋒的話本（包括語錄體）。又由於迎合市民的口味，所以往往要扯上妓女。這部雜劇當是在話本《蘇長公章臺柳傳》和《五戒禪師私紅蓮記》的基礎上編撰的。但是和二者有明顯的不同。其一：《傳》主要寫東坡、佛印和妓女章臺柳詩歌唱和的故事，以調笑為風流而已。《記》則把興奮點放在僧人因妓女而破戒上。而比較起來，《東坡夢》卻是輔教闡道的意味十分明顯。《傳》中的佛印寫詩詠妓：「帶煙和雨幾多標，惹恨牽愁萬種嬌。欲識章臺楊柳態，請君先看柳眉腰。」一副色迷迷的神氣。《東坡夢》

中的佛印則是地地道道的有道高僧，面對百般誘惑毫不動心，而最後
反而把妓女和東坡都度脫了。劇名標為「雲門禪」，也是意在強調禪
門修行的功效。

這一類中有一部作品的情況很特別，它依託歷史人物演述和佛教
相關的故事，表達與佛教有關的道理，只是這個道理不是闡揚佛理，
而是貶抑佛教。這部作品就是《呂純陽點化度黃龍》。自五代至宋
元，呂洞賓既是道教徒十分重視的仙真，又是大眾文藝熱衷表現的角
色。在雜劇中，寫呂洞賓的劇碼很多，但這一部有其獨特的意味。劇
寫呂洞賓勸黃龍禪師棄佛皈道，禪師不從，呂洞賓顯示神通法力，終
使禪師折服，並隨呂洞賓修行得道。這個故事後來有多種改寫本，對
照來看，可以透露宗教史上的很有趣的一些訊息[13]。

第三類則以《忍字記》與《度柳翠》為代表。

《忍字記》全稱《布袋和尚忍字記》，作者鄭廷玉。鄭是元代前
期的重要劇作家。作品存目二十三種，今存六種，包括《忍字記》、
《冤家債主》、《看錢奴》等。這三部作品內容十分相近，都是宣揚佛
理，意在教化，而譏諷的對象都是吝嗇鬼。不同的是，《忍字記》佛
教的內涵更多一些。《忍》劇寫如來座下第十三尊羅漢賓頭盧尊者謫
下凡塵，投胎為劉均佐，其人慳吝不堪，於是有彌勒、伏虎禪師、定
慧長老分別入世點化。彌勒在他手上寫一「忍」字，助成其修行，中
間歷經多次魔障，皆由「忍」字化解。使其終於認清本來面目，回歸
天界。

這部劇最大的特點就是全部劇情圍繞一個與佛教有關的觀念──
「忍」來展開。實際上，如果純從劇本寫作看，開始的戲劇矛盾乃種

---

13 小說戲曲中表現黃龍與呂岩恩怨的有多種，揚道抑佛的如此劇，揚佛抑道的則把故
事變為黃龍折服呂洞賓。後來道教中人作《封神演義》，便把黃龍真人描寫成一個
屢遭羞辱的可憐蟲，可見二教爭勝心理之強烈。

因於劉的吝嗇與收留外人，按照一般寫作規律後面應由此展開，但鄭廷玉全不顧這些鋪墊，筆鋒一轉，便把後面的幾次戲劇衝突都落到了「忍」與「不忍」之間。作為劇本，這當然是不足為法的；但如果當作佛教文化的材料，其中的訊息卻是相當豐富的。

《度柳翠》全稱為《月明和尚度柳翠》，作者很可能是李壽卿[14]。李與鄭廷玉約略同時。元雜劇中，以僧人為主角，以宣揚佛理為宗旨的劇碼首推這一部。故事大意為：觀音淨瓶中楊柳枝偶然污染，被罰入塵世，投胎作了妓女，名喚柳翠。柳翠宿債償滿後，月明尊者下界點化度脫她。經過幾次反覆，終於使柳翠了悟本來面目，斬斷塵緣，坐化歸西。

劇本中的月明和尚是一個典型的狂禪形象，飲酒吃肉，瘋瘋癲顛，但徹悟佛法，神通廣大。劇中多處刻意描寫他的這一特點，還專門安排了一個「行者」來和他演「對手戲」，藉此人之口反覆渲染他：

> 正是個瘋魔和尚。
>
> 你這個和尚，則要吃酒吃肉，真是濫僧！
>
> 好是奇怪。難道這香積廚下瘋魔和尚，倒是個活佛不成？我如今不吃齋了，也學他吃酒吃肉，尋個柳翠來度她去。[15]

同時，劇中還安排了兩次機鋒問答，更突出了月明的禪門身份。可以說，這部劇的創作，在很大程度上是作者把自己的禪學思想以及「狂禪」觀念故事化。

---

14 李壽卿名下有《臨歧柳》，或曰即《度柳翠》之別名。王國維有考證。

15 〔元〕李壽卿：《月明和尚度柳翠》，見《元曲選》，1336-1352頁，中華書局，1979。

三　關於元雜劇的佛教觀念

我們還可以換一個角度，從上述作品所表現的佛教觀念以及佛學義理的深淺，作一下層次的分析。

最淺的一層是只涉及了佛教中的故事素材或佛門人物，幾乎沒有佛教的觀念，更說不上對義理的闡發。稍深一層的是作品有意識地表現一些佛教的觀念，但基本停留於大眾對佛教的理解層面，如因果報應、禁欲等。較深的一層則是有意識地「劇以載佛」，運用較多的佛教思想材料，來表達自己對佛教的某種認識。更深的一層就是比較地道的運用了佛教的思想材料，或包含了較多的佛教發展流變的訊息，作者自己對佛教也有相當明確的認識。

屬於第一種情況的是那些只是題材有某些關聯的作品。如《張生煮海》，雖然故事題材出自佛經，而且故事發生在佛寺，劇中石佛寺的長老甚至是一折的主角，但是全劇卻無一語涉及佛理。長老座前的小和尚有一段很長的獨白，也只是插科打諢而已。《柳毅傳書》更不消說，雖然故事的人物、場景、基本情節全與佛教有關，但幾經轉折[16]，文字中的臍帶已經完全剪斷了。至於《鎖魔鏡》，只是從佛教中借用了哪吒等人名，其他則全無關涉了。

屬於第二種情況的作品是《冤家債主》、《看錢奴》等。即以《看錢奴》為例。劇本寫周榮祖與賈仁兩個家庭的盛衰故事及恩怨糾葛。周家先衰後興，原因全在於對佛教的態度：

> 先世廣有家財。因祖父周奉記敬重釋門，起蓋一所佛院，每日看經念佛，祈保平安。至我父親……將那所佛院盡毀廢了……

16　宋官本雜劇、金諸宮調、宋元南戲都搬演過這個故事。

> 得了一病，百般的醫藥無效。人皆以為不信佛教之過……想俺
> 祖上信佛，俺父親偏不信佛，到今日都有報應也呵。
>
> 周家莊上，他家福力所積，陰功三輩。為他一念差池，合受折
> 罰。[17]

因此，不僅家業消乏，而且到了把兒子賣給賈仁的地步。至於賈仁，
「不敬天地，不孝父母，毀僧謗佛，殺生害命，當受凍餓而死」。可
是由於周家的「福力」暫時沒有著落，就借給他二十年，不過限定其
空享其名，並無任何實惠。到了二十年後，一一報應不爽。

　　值得注意的是，劇中除了一般的報應觀念，以及為了強化報應的
威懾力而特別提出「速報司」之外，還反覆強調了「福力」的觀念。
「福力」本為業力之一種，如《華嚴經》卷六十八：

> 今此寶藏。隨逐於汝。是汝往昔善根果報。是汝福力之所攝
> 受。汝應隨意自在受用。[18]

有趣的是，劇作者創造了「福力」可以「借用」的觀念，從而把兩個
本不相關的家庭連到一起，從而產生了戲劇衝突。

　　《冤家債主》則是寫一家人的關係都是前世果報的因緣，「今生
今世賴了我，那生那世填還我」。而最後的主題則突出「作業自
殃」──這樣一種佛教倫理的「普及化」觀點。

　　第三種情況是劇中引用了較多的佛教材料，也有輔教勸化之意，
但材料與劇情尚未融合，作者自己對材料也缺少理解後的處理。《猿

17　見《元曲選》，1584-1588頁，中華書局，1979。
18　《大方廣佛華嚴經》，見電子佛典《大正藏‧華嚴部》T10，No.279。

聽經》、《來生債》、《東坡夢》都屬於這一層次。《度黃龍》除卻動機
有別之外，也是在這一層次。

例如《猿聽經》[19]，寫龍濟山中一頭老猿，嚮慕佛法，聽了修公
禪師一番說法問答後，當場徹悟坐化。其中最重要的關目是說法一
折，作者不厭其煩，先後安排了小僧、眾僧、守坐（原文如此，似當
為首座）與老猿向禪師發問。問題大體是由淺入深：第一輪四個問題
是禪門一般話頭；第二輪就是經典公案，「如何是西來意」之類；第
三輪就是禪宗史的根本性問題，「如何是曹洞宗」、「如何是臨濟宗」
等等；最後的問題帶有機鋒的色彩，而禪師的回答也像模像樣：

> 「如何是妙法？」「合著口。」「如何是如來法？」「四十九年
> 三百餘會。」「如何是祖師法？」「九年不語，聲震五天。」

如果這些問答摻進禪門的語錄、公案裏，不仔細看也是很難區分出來
的。還有作者模仿船子和尚《撥棹歌》寫的兩首偈詩，和歷代高僧的
和詩相比也是不遑多讓的。但是，這些材料都是抄撮進來的，和劇情
的發展沒有密切的關聯，換幾段公案絲毫不影響上下劇情。

《來生債》寫龐居士事蹟，可是劇本把《五燈會元》所載素材捨
棄了十之七八，而代之以四個方面的新內容：一是劇本的核心內容
「誤放來生債」，即龐居士把家財散給窮人，結果造成窮人來生變牛
變馬還其債務的局面，無奈之下只好把萬貫家財沉入東洋大海。第二
個是她的女兒賣笊籬點化了丹霞天然。第三個是增加了兩個受龐居士
恩惠的腳色，讓他們二十年後來報恩。第四個是給龐居士一家都安上

---

19 此劇見於脈望館《古名家雜劇》，收於《元曲選外編》。《剪燈餘話》有《聽經猿
記》，二者頗有雷同，然彼此先後難以遽斷。

前世的仙佛身份，特別是龐居士女兒，竟然是觀音轉世。這四方面內
容都與佛教相關，但與佛典中有關材料相比，其層次的淺俗是非常明
顯的。第一、二兩個方面都有所本，但作者踵事增華的痕跡還是很清
楚的，如家財沉海在北宋中葉就有類似的傳說，不過「來生債」卻是
作者的增益。從這種「來生債」的觀點看，作者對佛理和禪義的理解
還不及《猿聽經》。

《東坡夢》也是一個表現佛禪的好題材，本事中的生動素材也相
當多。可是，同樣由於作者的佛學水準所限，沒有把東坡與佛印之間
機智幽默的機鋒往還使用到劇本中。作者的主旨是宣揚佛法，他把東
坡與佛印作對比，佛印在牡丹的調情面前莊嚴自持，最終還度化了牡
丹，而東坡則被桃柳竹梅迷住無力自拔，從而頌揚佛法無邊。這在市
井文藝普遍以僧尼破戒為賣點的情況下，明顯帶有為佛教辯護的色
彩。劇中正面所寫禪機只有兩段，而且都是毫無機趣可言。

能夠達到第四個層次的只有《度柳翠》和《忍字記》兩種。

《度柳翠》的故事框架是「大眾化」的轉世因果，但作者對佛
理、禪學有相當深入的瞭解和興趣，因而對度化過程的描寫比較細
緻，言及的佛理也較為融通。例如第三折：

> 〔正末云〕柳翠，上船，上船。〔旦兒云〕師父，怎生有船無
> 艄公？〔正末云〕柳翠也，要那艄公怎麼，我一意在這裏渡人
> 來……（唱）柳翠也，我怎肯滿船空載月明歸，一波才動萬波
> 隨。半載河東半載河西，誰也麼知，三番家度柳翠，去來波，
> 我與你同赴龍華會。（云）柳翠，到岸了也，可下船來。[20]

---

20 見《元曲選》，1348頁。

以渡船喻度人，這是禪門大德船子和尚的故事，用在這裏是比較貼題
的。難得的是作者化用船子和尚的《撥棹歌》，十分靈活得體。船子
的原作是：

> 千尺絲綸直下垂，一波才動萬波隨。夜靜水寒魚不食，滿船空
> 載月明歸。[21]

船子和尚以題寫船夫漁父式的組偈著稱，這和宋代文字禪的潮流相一
致，所以宋元直至明清他都是禪門「顯要」，特別是追求灑落的文人禪
客頗多追隨模仿者。李壽卿另有一部雜劇《船子和尚秋蓮夢》，可見
他對船子和尚以及文字禪的偏好。劇中化用前人詩句作偈語的還有：

> 曾向章臺舞細腰，行人幾度折柔條。自從落在禪僧手，一任東
> 風再不搖。

此乃從《蘇長公章臺柳傳》章臺柳的詩作脫化出來，改動數字，便把
月明和尚的身份自然顯示出來（釋參寥有詩句「禪心已作沾泥絮，肯
逐春風上下狂」），也算高明。

　　劇作裏面談禪的幾段也可看出作者的佛學修養與文字水準，有的
還可作理趣詩讀。不過，全劇最能體現作者對佛禪理解水準的還是月
明與柳翠的象喻內涵。月明與柳翠的對舉，實際上隱含了「空」與
「色」的對立統一，雖然作者不曾明說，但在當時的語境中，人們是
應該能有所感覺的。何況劇本最後還有點題之論：

21　《船子和尚撥棹歌》，21頁，上海，華東師範大學出版社，1987。

〔觀音云〕柳翠，因為你枝葉觸污微塵，罰往人世，填還宿
債。今日月明尊者引度你歸空了麼？……〔正末云〕柳也，聽
我佛的偈。〔偈云〕一切有為法，如夢幻泡影。如露亦如電，
應作如是觀。

《金剛經》的這段「六如」偈，向來被看作是色空觀的典型表述。作
者用在這裏，初看有些突兀，而內在原因就是他要點破全劇的題旨。
　　至於《忍字記》，正如前面提到的，作為劇本來說戲劇衝突的安
排並不高明，但是就其表達的佛教內容看，作者還是頗具內學根底
的。如劇中的偈語：

行也布袋，坐也布袋，放下布袋，到大自在。
學道如擔擔上山，不思路遠往難還。忽朝擔子兩頭脫，一個閑
人天地間。（第一折）

不僅語融義深，而且和劇情、人物相當貼合。雖然未見得是作者自
創，但即使抄錄或改寫，也是需要獨居隻眼的。
　　劇中涉及佛理處頗為不少，也不是擭扯名詞之流寫得出來的：

（參禪）需要綿綿密密打成一片，只如害大病一般。吃飯不知
飯味，吃茶不知茶味，如癡似醉，東西不辨，南北不分。若做
到這些功夫，管取你心華發現，徹悟本來。
定慧為本，不可迷著。定是慧體，慧是定用。即慧之時定在慧，
即定之時慧在定。若識此言，即是慧定。學道者莫言先慧而發
定。定慧有如燈光，有燈即光，無燈即暗。燈是光之體，光是
燈之用。名雖有二，體用本同。此乃是定慧了也。（第三折）

這些都是當時佛教界關心的核心理論問題。鄭廷玉並不是自家悟出這些道理，而是抄撮到劇本中。不過他的理解準確，所抄具屬「第一義」，這在大眾文藝裏是不多見的。

《忍字記》的核心是宣揚佛教的「忍辱」觀念。過去有的研究者把此劇的佛教思想歸結為「無生法忍」，其實是簡單的望文生義。《大智度論》講得很清楚，佛教所講的「忍」是分為兩種的：

> 復次有二種忍：生忍、法忍。生忍，名眾生中忍。如恒河沙劫等眾生，種種加惡，心不瞋恚；種種恭敬，供養心不歡喜⋯⋯是名生忍。甚深法，中心無罣礙，是名法忍⋯⋯則得涅槃常樂故，是名甚深法。[22]

也就是說，一種「忍」是「生忍」，也稱「眾生忍」，義近忍耐。眾生以種種惡害加之，我能忍耐不起瞋恚；眾眾供養，我也能忍住不妄生歡喜，此謂之眾生忍。另一種忍是「法忍」、也稱「無生法忍」，義近安忍。菩薩於無生之法，安忍而不動心，此謂之無生法忍。顯然，劇中的「忍」為忍辱、忍耐，也就是上述的第一種「眾生忍」，即「六度」之一的「忍辱」。

如果站在以劇輔教的立場上，那我們不能不承認《忍》劇的成功之處：劇本對「忍」的理解與表現都是相當準確的，而且處理劉均佐由「忍」入道的過程十分細緻，經過多次反覆，最終無路可走方下定決心，充分表現出作為「六度」之一的「忍辱」之艱難。

---

22 《大智度論》，第6卷，42頁，上海古籍出版社，1991。

四 元雜劇涉佛劇碼反映出的佛教演化信息

1. 關於大肚彌勒的形象定型。

彌勒在中土佛教中是很特異的一尊菩薩,不僅形象特異,而且又有專屬的特性:「大肚能容,容天下難容之事;笑口長開,笑世上可笑之人。」可是,若按印度佛經的說法,彌勒的形象卻甚是莊嚴:

> 名曰彌勒。有三十二相,八十種好。莊嚴其身。身黃金色……彌勒成無上道時,三千大千刹土六變震動。地神各個相告曰:「今彌勒已成佛。」……轉轉聞徹三十三天……爾時,座上八萬四千人諸塵垢盡,得法眼淨。[23]

就是中土廣泛流傳的《維摩經》,雖然沒有類似的正面形象描寫,但其中他和維摩居士辯難對壘的情狀,也分明是妙相莊嚴的菩薩,毫無滑稽玩世的意味。彌勒形象在中土的變化起於五代。據《景德傳燈錄》、《釋氏稽古錄》等佛教典籍,五代時僧人契此,居明州奉化(今屬浙江),常以杖挑一布袋入市,一切隨身之物都放入袋內,見物即乞,出語無定,隨處寢臥,形如瘋癲。後樑貞明三年(917)圓寂於岳林寺,有《辭世偈》曰:「彌勒真彌勒,分身千百億。時時示時人,時人不自識。」世人遂以他為彌勒佛化身[24]。翻閱宋人文集,東坡、子由、放翁詩中尚多次把彌勒與維摩並舉,顯見他們心目中的彌勒還是《維摩經》中的傳統形象。但黃魯直詩中已套用「彌勒真彌勒」之句,而《石門文字禪》中已有「只欠一個布袋,便是彌勒化

---

23 《佛說彌勒下生經》,見電子佛典《大正藏‧經集部》T14,No.453。

24 〔宋〕釋道原:《景德傳燈錄》,第27卷,《明燈布袋和尚》,《四部叢刊》三編第58冊,上海書店,1985。

身」的偈語，說明當時布袋和尚即彌勒化身的說法已被一部分緇白人眾信從。但這個形象和「大肚能容」的品性之間何時產生關聯，尚缺少很直接的材料。在這種情況下，《忍字記》就有兩個方面值得注意了：

一是把布袋和尚的形象進一步誇張，特別是其「大肚」：

> 兄弟，笑殺我也。這和尚吃什麼來，這般胖那。（唱）……他腰圍有簍來粗，肚皮有三尺高，便有那駱駝、白象、青獅、豹，敢可也被你壓折腰……這和尚肉重千斤，不算臕……

而在寫「大肚」的時候，作者反反覆覆寫到「笑」，如「布袋笑科」、「見正末笑」、「笑殺我也」等等，布袋和尚出場的短短一段戲中，「笑」字就出現了15次。雖然不是「布袋和尚」一人在笑，但笑聲都是圍繞著他。「布袋和尚」上場第一個動作就是「作笑科」，後面還有一段關於「笑」的「總結」：

> 你笑我無，我笑你有。無常到來，大家空手。

這至少說明當今流行的「大肚笑彌勒」形象在元初就基本定型了。雖然我們尚不能斷定《忍字記》在這個定型的過程中，究竟起到了哪些作用，但至少可以肯定它在這個過程中的作用是值得重視的。

二是賦予大肚彌勒以「能容」的品性。此前的文獻，似乎尚沒有把布袋和尚或是彌勒菩薩同「忍辱」專門聯繫到一起的材料。把「忍」的觀念同彌勒緊密聯繫，應該說是鄭廷玉的一個創意。其創意的思路似乎是從「大肚」到「肚量大」，再到「能忍」這樣一個聯想的過程。

如果上述分析沒有材料上的疏漏的話，我們可以說《忍字記》在塑造一個最為中國化的佛教形象上，有著重要的貢獻。

2. 禪與狂禪問題

綜覽這十餘種涉佛的劇碼，有關佛教的內容主要集中在出世入世、因果報應與參禪悟道三個方面。這裏首先遇到的一個問題是劇中的描寫，除了涉及一般意義的佛教外，就是禪宗一家。《東坡夢》、《度黃龍》、《猿聽經》、《來生債》、《忍字記》等寫的都是禪門人物，而《度柳翠》雖未明言禪僧身份，卻讓月明和尚自家口中道出：

> 想初祖達摩西至東土，不立文字，教外別傳，直指人心，見性成佛。此個道理，你世上人怎生知道也呵！

這是個很有趣的現象。因為有元一代，佛教與道教孰尊，佛教中禪與教孰尊，顯與密孰尊等爭執幾乎貫穿了始終。在多次的廷辯中，禪宗的處境並不是太好，與「國教」密宗比固然不行，就是在教禪之爭中，也是落得個「教冠於禪」的結果，以致出現了改換門庭的禪僧。可是就在這樣的背景下，雜劇裏的佛教描寫是清一色的禪，總不能說是完全的偶然吧。這種情形只能解釋作，雜劇的作者──下層的漢族文人，和雜劇的主要觀眾群──市井民眾，並沒有受到統治者宗教政策的太大影響，換言之，禪宗在漢族民眾中的影響仍然是當時佛教各宗派中最大的。

與此相關聯的，就是有關禪宗的描寫中，傳燈史、偈頌、機鋒等不論，禪僧形象有一個應予注意的現象，就是狂禪或準狂禪的多次出現。

月明和尚是一個典型的狂禪形象，飲酒吃肉，瘋瘋癲癲，但徹悟佛法，神通廣大。且看這樣一段對白：

〔行者云〕我叫你做好事（指為柳翠家做法事）。〔正末（即月明）云〕：你幾曾做那好事來。我問你，那裏有酒麼？〔行者云〕人家做好事，哪得有酒？〔正末云〕有酒我便去，無酒我不去。〔行者云〕有酒，有酒。〔正末云〕那裏有肉麼？〔行者云〕我說道做好事，哪得肉來？〔正末云〕有肉我便去，無肉我不去。〔行者云〕有肉有肉。〔正末云〕是誰家做好事？〔行者云〕是柳翠家。〔正末云〕哦，是那好女孩兒的柳翠麼？〔行者云〕你問她怎的？〔正末云〕是別人家我不去，是柳翠家我便去。〔行者云〕偏怎生他家你便去？〔正末云〕我若不去呵，怎生成就俺那姻緣大事？〔行者云〕正是瘋魔和尚！〔正末〕（背云）他哪裏知道，貧僧乃是西天第十六尊羅漢月明尊者。

這裏月明的插科打諢之處，絕類《濟顛語錄》中的道濟，而且二者同為羅漢下界，似乎是同源異流的兩個形象。劇本中雖用了不少篇幅渲染月明和尚的瘋癲，但最終卻把他塑造成一個有道高僧。為此，不僅設計了月明和尚指揮閻王的情節，還安排了他多次說法談禪的場面，讓他在舞臺上大講「般若波羅蜜」、「人相我相眾生相」。這在其他劇作中是很難見到的。

布袋和尚也有類似的表現：

〔布袋云〕劉均佐，你齋貧僧一齋。〔劉均佑云〕我這裏無有素齋。〔布袋云〕貧僧不問葷素，便酒肉貧僧也吃。〔劉均佑云〕有酒肉拿來與他吃。〔布袋云〕將來我吃。〔奠酒科〕南無阿彌陀佛。〔布袋云〕劉均佐，再化一鍾兒吃……

他在點化劉均佐時的行為，也頗多遊戲神通的意味，如裝奸夫躲進銷

金帳，幻化出兩房夫人來激怒劉均佐等。

還有一個「準狂禪」的形象，就是《西廂記》裏「不念《法華經》，不禮《梁皇懺》，經怕談，禪懶參」的惠明和尚，完全是佛門異類的形象，血脈裏顯然是有狂禪基因的。

劇中出現此類形象，既是禪林中現實的反映，也說明了民眾對此類形象富有興趣。這後一點也是狂禪之風綿延不絕的一個原因。

3. 佛教的通俗化，市井化趨勢。

雜劇中出現這樣數量不算太少的涉佛劇碼，本是就是佛教走向市井的表現。而劇本對佛教素材的處理，也很自然地迎合演出所需要的通俗甚至俚俗。例如寫佛教總是要糾纏到「財」與「色」兩個話題。《來生債》、《忍字記》、《冤家債主》、《看錢奴》都是圍繞家產問題展開故事，而《度柳翠》、《東坡夢》、《忍字記》則都把僧人放到色欲前來考驗一番。這當然只是舞臺上的佛教，不過舞臺影響民眾，而民眾的趣味最終是要影響到社會觀念的。

另外，劇作中寫佛，不能不考慮到觀眾的接受水準，於是就有降低思想文化層面的趨勢，如龐居士原來的身份是「淨名」（維摩），到劇本裏改成一個民眾更容易理解的尊者（羅漢）；講果報就強調「福力」，並發明出「借用」的觀念；表現禪就多用通俗的偈頌，實際上是文字禪的末流，甚至還有彼此間抄來抄去的[25]，等等。

還有對三教合一的表現，也完全是通俗化的，如彌勒下界帶著嬰兒姹女，老猿到西方極樂世界也是「金童引接，玉女相隨」。而劉均佐一家人更是「合一」的典範：他是羅漢賓頭盧尊者，渾家是驪山老母，兒女是金童玉女。這些混雜的觀念雖然看來很好笑，可是在佛教

---

25 如以「楊柳岸」詞句作為佛門人物間的「聯絡暗號」，《東坡夢》、《度柳翠》相同，且與《五燈會元》法明事蹟相類。又如《度黃龍》黃龍上場詩偈與《來生債》丹霞上場詩偈相同，且與《猿聽經》相近，等等。

的演化過程中，都起著一定的互動作用，未可完全漠視。

　　元雜劇的涉佛劇碼不僅在研究元代佛教狀況時可以提供角度獨特的材料，而且可以通過比較，在更廣闊的視野中給我們更多的啟示。如把《度柳翠》同徐渭的《玉禪師翠鄉一夢》、《古今小說》中《月明和尚度柳翠》比較，把《度黃龍》同《指月錄》、《醒世恒言》的《呂洞賓飛劍斬黃龍》比較，都可以得到一些有趣的認識。

　　如果我們進一步拓寬視野，把元雜劇與佛教的關係放到佛教及佛教文化在中國發展流變的整個歷史過程中來考察認識，放到宗教與文學藝術的關聯互動的大題目下分析，那麼其進一步的意義就會呈露出來。由於元雜劇本是「市井」藝術、「市井」文化的典型形式，因此本文的內容就關係到一些更為深入的話題，如：宋元以後的所謂「近世」歷史時期，宗教是怎樣一步一步走向世俗的？在這個「近世」歷史時期，市民社會與佛教演化（居士思想、世俗化、三教合一等）的關係怎樣？大眾化的佛教對於元明清民眾文化、民眾精神產生了哪些影響？所以，本文在一定意義上只是一種基礎性的工作，而由此進一步的學術研究，俟之他日，尚待賢者。

「煙雲」之「道」散論

　　林語堂的《京華煙雲》有一個非常突出的特點，就是對「道」的推崇。這不僅表現在全書的「精神標杆」姚先生口不離莊子上，還表現於用「道」（當然是作者自己所理解的「道」）來解釋社會、政治、歷史，以至科學領域的相對論、進化論等等，甚至還在每一部分的首頁迻錄一段《莊子》，試圖來加強文本的哲理色彩。所以，無論是討論《京華煙雲》這部作品，還是研究林語堂的思想，「煙雲」中的「道」，都是一個不能輕易放過的話題。

一　莊子之「道」抑或林氏之「道」

　　林語堂的女兒林如斯為《京華煙雲》的中譯本作序（弁於卷首之「書評」），最可注意的是這樣一段評價之詞：

> 此書的最大的優點不在性格描寫的生動，不在風景形容的宛然如在目前，不在心理描繪的巧妙，而是在其哲學意義。[1]

至於哲學意義的具體體現，她認為首先是成功地表達出了全書「浮生如夢」的主旨。而這一主旨是來源於《莊子》：

1　林如斯：《關於京華煙雲》，見《京華煙雲》，4頁，北京，作家出版社，1995。

> 全書受莊子的影響。或可說莊子猶如上帝，出三句題目教林語
> 堂去做，今見林語堂這樣發揮盡致，莊子不好意思不賞他一枚
> 仙桃囉。[2]

　　這雖然不能百分之百代表作者的思想，但也相去不遠。從這兩段話
中，我們可以看到這樣兩層意思：一層意思是，《京華煙雲》不滿足
於文學層面的寫作，而是要超越文學進入哲理的層面；另一層意思
是，作者是有意識地借助虛構的人物與故事，來表達《莊子》的「三
個題目」。

　　這三個「題目」是什麼呢？就是作者分別題於上、中、下卷卷首
的三段《莊子》文摘。上卷為「大道，在太極之上而不為高，在六極
之下而不為深，先天地而不為久，長於上古而不為老」，出自《大宗
師》；中卷為「夢飲酒者，旦而哭泣；夢哭泣者，旦而田獵。……是
其言也，其名為弔詭；萬世之後，而一遇大聖知其解者，是旦暮遇之
也」，出自《齊物論》；下卷為「故萬物一也，是其所美者為神奇，其
所惡者為臭腐，臭腐化為神奇，神奇復化為臭腐」，出自《知北遊》。
這樣一種以哲理經典揭櫫題旨、統領寫作的方式，不但在中國現代文
學寫作中不多見，就是在古代長篇小說中，似乎也只有《續金瓶梅》
一種。僅此一端，就可以說明林如斯「莊子命題作文」所言不虛。

　　那麼，接下來的問題就是，林語堂在作品中究竟表達了莊子的哪
些「道」？表達得如何？對於小說的寫作來說，這種特別的努力應該
如何評價？

　　小說中，《莊子》之道的直接表達，大多是通過姚思安之口，或
是通過對他行為的講述。大致說來，所表達的有三個方面的內容：一

2　同上。

個是關於個人的修養，一個是對社會、人生的看法，一個是《莊子》的現代意義。

關於姚思安個人的修養，作者一開篇就介紹道：「（他）一變而成了一個真正道家的聖賢」，「他內心精神的發展變化，真是深秘不可臆測」，「冷靜異常，從容準備，處變不驚，方寸泰然」，「沉潛於黃老之修養有年，可謂真正的道家高士，從不心浮氣躁。」「木蘭曾聽見父親說：『心浮氣躁對心神有害。』他的另一項理由是：『正直自持，則外邪不能侵。』」[3]對於姚思安的修煉，林語堂有一段非常細緻的行為描寫：

> 每逢他開始一段養生修煉之時，他總是住在書房裏。子夜起來，盤膝打坐。在前額上，兩鬢上，腮頰上，下巴上，然後手心腳心，要磨擦固定的次數，然後控制呼吸，氣沉丹田再運氣，調理并吞咽唾液。這樣，在刺激循環與控制呼吸之下，在深夜的寂靜裏，他能聽到腸子裏氣血，怎樣循環，怎樣匯集到丹田。這種工夫要做十分鐘，有時十五分鐘，有時到二十分鐘，這就是養氣的功夫。在固定的時間，他磨擦手心腳心。但是從來以不過勞為度，一到感覺極妙之時，覺得氣血周流，直貫兩腿，渾身紅潤，有極為舒適奇妙的感覺之時，他立即停止。然後整身放鬆，躺下睡甜甜的一覺。[4]

這其實就是日後所謂的「氣功」[5]。《莊子》中雖沒有如此具體的描寫，但力倡養生，把調節呼吸作為養生的重要手段，卻是內、外篇都

3　林語堂：《京華煙雲》，第1章，北京，作家出版社，1995。

4　林語堂：《京華煙雲》，第1章，13-14頁。

5　「氣功」之修習，由來已久，但「氣功」之詞則出於晚近。

有的主張。如《大宗師》：「古之真人其寢不夢，其覺無憂，其食不甘，其息深深。真人之息以踵，眾人之息以喉。」[6]《刻意》：「吹呴呼吸，吐故納新，熊經鳥申，為壽而已矣。此道引之士，養形之人，彭祖壽考者之所好也。」[7]所以，小說中這方面的內容與道家思想，與《莊子》所言之「道」大體相合。只是如此細緻介紹「氣功」的練法，已非文學敘事的必要，而是出於向外邦進行文化推介的目的了。

　　在對於人生、社會的看法方面，姚思安也有一些出於莊子的議論，如：

> 我在你母親去世時為什麼一滴眼淚也沒流，你們大概會納悶兒。一讀《莊子》，你們就會明白。生死，盛衰，是自然之理。順逆也是個人性格的自然結果，是無可避免的。雖然依照一般人情，生離死別是難過的事，我願你們要能承受，並且當做自然之道來接受。
>
> 我要出外，是要尋求我真正的自己。尋求到自己就是得道，得道也就是尋求到自己。你們要知道「尋求到自己」就是「快樂」。我至今還沒有得道，不過我已經洞悟造物者之道，我還要進一步求取更深的了悟。[8]
>
> （通俗的道教）根本不懂莊子。生死是自然的真理。真正的道家會戰勝死亡。他死的時候兒快樂。他不怕死，因為死就是「返諸於道」。你記得莊子臨死的時候兒告訴弟子不要葬埋他嗎？弟子們怕他的屍體會被老鷹吃掉。莊子說：「在上

6　《莊子通釋》，82頁，北京，中國社會科學出版社，2006。

7　《莊子通釋》，230頁。

8　林語堂：《京華煙雲》，第34章，563頁。

為烏鳶食，在下為螻蟻食。奪彼與此，何其偏也？」[9]

前者所謂「一讀《莊子》，就會明白」，顯然是指《至樂》篇中「莊子妻死，鼓盆而歌」一節[10]；後者所謂「尋求到自己就是得道」，則是由《齊物論》的「吾喪我」之說演繹而來[11]。而討論生死，談到的「烏鳶食」一段話，出自於《列禦寇》[12]。這些地方，作者對莊子思想的把握與表達基本是準確的。

　　在分析社會現象時，林語堂則讓姚思安借助於《齊物論》的「此亦一是非，彼亦一是非」，把問題講得玄妙非常：

> 讓他們去做。他們主張的若是對，自然會有好處；若是錯，對正道也沒有什麼害處。實際上，他們錯的偏多，就猶如在個人主義上一樣。不用焦慮，讓他們幹到底吧。事情若是錯，他們過一陣子也就膩了。你忘記《莊子》了嗎？沒有誰對，也沒有誰錯。只有一件事是對的，那就是真理，那就是至道，但是卻沒有人瞭解至道為何物。至道之為物也，無時不變，但又終歸於原物而未曾有所改變。[13]

這一段是寫對新文化運動評價，主要是對文化傳統的態度問題。姚思安的高論雖有些讓人摸不到頭腦（特別是關於「至道」一段），但也基本合乎《莊子》的本意。

9　林語堂：《京華煙雲》，第41章，723頁。

10　《莊子通釋》，268頁。

11　《莊子通釋》，16頁。

12　《莊子通釋》，537頁。

13　林語堂：《京華煙雲》，第34章，563頁。

　　另一段社會批判的文字是借助於《莊子‧胠篋》的那段名言：

> 說也奇怪，人類的心理對偷竊一個國家的領土，比偷竊一個
> 婦人的皮包，多少看做更為光榮，更為對得起良心，辯論起
> 來也更為振振有詞。古時莊子就寫過：竊鈎者誅，竊國者
> 侯。[14]

這是對日本帝國主義的侵略行徑所發的議論。顯然，這是針對歐美讀
者所寫，因為對於中國人來說，日本的侵略是根本談不到什麼「光
榮」「振振有詞」的。不過，把莊子這段話用到此處，也還算得切題。
　　第三種情況是作者對《莊子》思想的現代價值的論述。這方面，
他主要是通過把《莊子》同現代科學的命題相印證的方法，說明其見
解的超前性。這方面的內容，作者都安排在姚思安與孔立夫的對話
中，如：

> 姚老先生問立夫工作的情形之後，他說：「我記得你寫了一篇
> 文章，題目是《科學與道教》。你應當再拾起這個題目，寫成
> 一本書。這算是經你手寫成我對這個世界的遺贈紀念品。你應
> 當再寫一本《莊子科學評注》，來支持你那篇文章的理論。要
> 做注解，引用生物學，和一切現代的科學，使現代人徹底瞭解
> 莊子的道理……」
> 立夫深有所感，他回答說：「我一定會照您的吩咐做。莊子的
> 名文《齊物論》就是一篇相對論。莊子說：『……蛇憐風，風
> 憐目……』我所要做的就是加注解，注出每秒光速為多少，最

---

14 林語堂：《京華煙雲》，第43章，747頁。

大的風速為多少。[15]

又如孔立夫「發揮他岳父得意的哲學」後對莊子「道在螻蟻」的解釋：

> 蠶仍然吐出最好的絲，人只能把它賣了賺錢；蜘蛛還能吐出
> 防水，並且任何種天氣都適用的黏液膠體；螢火蟲仍然放出
> 最有效的光亮。莊子說『道在螻蟻』，就是這個意思。[16]

類似的表述還有以莊子思想印證量子力學的「測不准」、基本粒子、光速，以及作用力與反作用力等自然科學的知識。這些地方，林語堂對《莊子》的理解和對上述科學知識的理解，都未免有些囫圇吞棗。比起前面兩方面的內容，這種情況下，作者「炫學」與「文化推介」的衝動，顯然壓倒了文學書寫的心理需求。因為這些議論對於小說的情節幾乎毫無意義。

到了貫通古今，無所不包的程度，這種「道」其實已經不是「莊子之道」，也不是「道家之道」，而是意圖弘揚國學、溝通中西的「林氏之道」了。

二　姚思安為何「落髮」

《京華煙雲》有一個費解的情節，就是「道家」思想的化身、莊子的虔誠信徒姚思安，在他「出世」雲遊，去尋找「自我」，尋求「大道」的時候，不知何故竟落髮為僧。對於其中緣由，作者並無一

---

15 林語堂：《京華煙雲》，第41章，721-722頁。
16 林語堂：《京華煙雲》，第36章，600頁。

字說明，只是讓他在十年後歸家時，以僧人的面目出現：

> 大家正聚集在大廳的蠟燭光中行禮祭祀，那個老和尚走進來，
> 靜靜的站著。和尚們忙著念經，也沒人注意他進來。念完經，
> 為首的和尚走向前來，準備到院裏去燒紙，有幾個人跟隨著他
> 到院裏去。在屋裏的人這才發現這位老和尚。他走到供桌前，
> 背向他們，合掌為禮，口中念念有詞。家人都畢恭畢敬站著，
> 等著他做法事，但是不知道他要如何。老和尚慢慢轉過身來，
> 面對大家，藹然微笑說：「我回來了。」
> ……木蘭再三追問時，他說：「我在妙峰山住了一年。我怕你
> 們找到我，我到山西五臺山又住了一年。然後又去游到陝西華
> 山，在山上住了三年。然後到四川峨眉山……我往南到天台，
> 到普陀。」
> 老爺回來的消息全家都知道了。僕人們，舊的，新的，都來看
> 這位長者。寶芬的父母也來看他，恭維他是「高僧轉世」。[17]

這不是隨意的一筆。作者從三個方面坐實了姚思安的僧人身份──一
是他的形象。作者這裏用了類似於電影中製造懸念的手法，先讓眾人
看到他的背影，是個「合掌為禮，口中念念有詞」的「老和尚」，然
後再讓他「慢慢轉過身來，面對大家」，讓大家驚喜發現，「老和尚」
卻是姚思安。無疑，這樣一個小小敘事技巧，加深了讀者對於姚思安
僧人形象的印象。二是他的經歷。十年之中，他所到之處都是佛門聖
地，四大菩薩道場到了三處。三是眾人的印象。不僅眾人眼中見到的
是個「老和尚」，還讓親友講出「高僧轉世」的恭維話。簡而言之，

---

17 林語堂：《京華煙雲》，第39章，677-679頁。

林語堂是很認真對待姚思安的僧人身份，為此還特地加上一筆：「我身上帶有五臺山正式蓋有印章的法牒。」這樣，落髮為僧就成為姚思安追求精神理想的一條自覺的道路。

可是，這樣的安排與前面的情節卻不十分合榫。在前面的描寫中，作者是把姚思安作為一個脫略行跡、深得道家壺奧的「高士」來塑造的。另外，前文對於佛教並無一語讚詞，甚至還有些隱隱的微詞，如：

> 牛家兄弟，懷瑜和東瑜，都有一種勢力病，她母親也是有此種毛病，而且也鼓勵兒子仗勢欺人，為非做歹。……她是最虔誠的佛教徒，她對寺院既然有捐獻，因此她有安全感，有自信心。她相信，倘若有什麼不測發生，如來佛的目不可見的手，總會隨時搭救她，隨時保護她，不但她，還有她丈夫，她的兒女。[18]

這雖說是從牛太太的癡心妄想角度來寫的，但是像「她是最虔誠的佛教徒」、「如來佛的目不可見的手」這樣的文字，還是容易使讀者產生調侃佛教的印象。

那麼，林語堂為什麼要這樣安排呢？

作品裏，他並沒有作出解釋，似乎這一切是完全順理成章的，是自然而然的。可是，對於中國的讀者來說[19]，在這裏產生疑問似乎也是十分自然的。

對此的解釋，既然作者沒有提供任何正面的依據，我們不妨逆向

---

18 林語堂：《京華煙雲》，第22章，349頁。

19 此書最初是以英文在境外出版的，讀者群主要並非國人，僧道之間，以及與俗人之間的差別，當不如本國人那麼清楚。

來思考一下。假如這個地方姚思安不是作為高僧的形象出現，而是一個衣衫襤褸的流浪老人，那樣的敘事效果將有何不同？

顯然，那樣寫從情理上更真實──姚思安自述自己是靠乞討為生的，可是閱讀效果卻會平淡很多。一個儀表堂堂的老和尚，回到闊別已久的子孫中間，那種鶴立雞群的視覺效果，無疑是比一個流浪老人的出現更具衝擊力。而這種效果又是與全書的思想架構密切相關的。

前面一節我們已經談到，作者是把姚思安當作智慧人生──中華傳統文化與現代觀念相結合的代表來塑造的：他是「一個真正道家的聖賢」，「胸襟就是這樣豁達大度」，屬於「最先吸收新思想的那批人」。而他的這種智慧的最高表現，就是離開家庭，雲遊訪道。在上卷的末尾，作者就讓他鄭重宣布了一次：

> 只把俞曲園在快樂的晚年作的一首詩，念了一遍。那首詩的題目是《別家》：「家者一詞語，征夫路中憩，傀儡戲終了，拆臺收拾去。」[20]

到了中卷的末尾，作者再次讓他就此發布長篇大論，其中以哲理性的話語高調宣布：

> 我要出外，是要尋求我真正的自己。尋求到自己就是得道，得道也就是尋求到自己。你們要知道「尋求到自己」就是「快樂」。我至今還沒有得道，不過我已經洞悟造物者之道，我還要進一步求取更深的了悟。[21]

---

20 林語堂：《京華煙雲》，第20章，315頁。
21 林語堂：《京華煙雲》，第34章，563頁。

然後兩次預言，將在十年後回來與家人見面。

因此，姚思安的出走，特別是他十年後的回歸，對於故事情節的發展，意義並不是很大，但對於作者宣揚道家思想——特別是對歐美讀者宣揚，卻是非同一般的重頭戲。只有讓歸來的姚思安充分與在家的子孫們拉開距離，才能凸顯出他的得道高人的身份，才能凸顯道家思想的高深不凡。

為此，作者還故意為姚思安的雲遊塗上幾分神奇色彩：

> 寶芬的二女兒問：「爺爺，您到普陀島，是不是在水上走過去的？」
> 姚老先生說：「也許是在水上走過去的，也許不是。」他話說得那麼嚴肅，臉上那麼脫俗，小女孩兒真覺得祖父是個神仙聖徒。
> 姚老先生從容微笑說：「在華山我從一隻老虎前面經過，我望瞭望它，它望瞭望我，它偷偷溜走了。我告訴你們，孩子，我這旅行，一半是遊山玩水觀賞風景，一半是自我求解脫。
> ……
> 寶芬的五歲小女孩兒，又聰明又淘氣，指著屋裏姚老先生的相片兒說：「你不是我爺爺，那個人才是我爺爺。你是個神仙。」[22]

作者這裏的筆觸很狡猾。一葦渡江、與虎為伴，這都是佛門宣揚神跡的常談。他讓這些事從姚思安口中道出，可是口氣卻又用了「也許」之類的淡化語，顯得頗有幾分曖昧。既避免了「怪力亂神」的指責，

---

22 林語堂：《京華煙雲》，第39章，678-680頁。

又保持了超凡入聖的想像空間。所以，落髮、高僧的安排，增強了姚思安「出家」所產生的思想張力，與全書宣揚道家的整體構想更加融洽。

另外，作者這樣安排，一定程度上可以產生傳奇的色彩。以寫實為基調，穿插傳奇性情節，是林語堂寫作《京華煙雲》的最基本思路。通觀全書，不時可以感覺到作者追求傳奇性的衝動：如開篇介紹姚思安時，穿插進來對他的武功的評介：「步伐堅定，身子筆直，顯然是武功精深的樣子。若出其不意，前後左右有人突襲，他必然會應付裕如。一腳在前，堅立如釘，後腿向前，微曲而外敞，完全是個自衛的架式，站立得四平八穩，萬無一失。」其實這對於情節發展、人物形象都沒有什麼必要。又如寫姚木蘭的夜闖司令部，雖是刻畫木蘭性格、情感的重要一筆，但其傳奇意味在全書中也頗顯另類。其他如寶芬的潛伏探寶、牛素雲的殉國、牛黛雲的刺奸等，也都如同是散布在寫實草坪上凸起的石塊。姚思安高僧「榮歸」，從審美效果的角度看，同樣是具有傳奇意味的。

林語堂安排莊子的衣鉢傳人落髮為僧，絕非宗教知識的欠缺。如果他是在國內使用中文寫作，設定的讀者是本國國民，也許會是另一種安排。而他出於上述文學表現的考慮，作出這樣安排之後，可能也有所顧慮，所以在這一段高調描寫得道高僧之後，緊接著寫他去世時，便有了這樣一段文字：

> 姚老先生生前吩咐過不要和尚念經。不過西山一個廟裏的和尚堅持來致敬。這實在不好拒絕，阿非只好接受，但是只請他們送殯。結果是新舊混合，有點兒古怪，因為和尚的臉和袈裟是黑黝黝的，職業樂隊的肩章和制服非常鮮明，吹奏著柴科夫斯

基的喪葬進行曲，兩者對照，很不協調。[23]

這同樣是有些曖昧的文字。看來，姚思安對於自己的佛門身份是根本不當一回事兒的。而作者通過自己敘事的語調，含蓄地表現出對於俗世中和尚們的輕蔑，從而又與民眾的宗教信仰、宗教活動拉開了距離。

三　「道」在第二代身上的表現

《京華煙雲》寫「道」有兩個重點：一個是姚思安的生活方式及其人生歸宿，另一個便是在他的影響下，「道」在後代中的傳承。而後代之傳承又集中在孔立夫與姚木蘭二人身上。

二人都是姚思安的崇拜者，也都虔心接受了「道」的薰陶，但接受的方式及接受後的表現卻大有不同。這是一個很值得關注、研究的現象。

孔立夫本是一介寒士，因其才華而被姚思安、姚木蘭賞識。姚家打破世俗觀念，將二小姐莫愁嫁給了他。這為他日後的發展提供了很好的條件，但也造成了姚木蘭終生的遺憾。可以說，全書的情感糾葛之核心即在於此。孔立夫與姚思安之間，互相欣賞的翁婿關係之外，還有思想上的共鳴。作者在寫到這一層的時候，總是有一種炫學的衝動，把《莊子》、《老子》的論述和他本人的發揮滔滔不絕地作一番演講。在這個意義上，翁婿二人在作品中都有一種特殊的功能，就是充當作者的思想傳聲筒。有時，是通過姚思安的說教與孔立夫的受教來達到這一目的的，如：

---

23 林語堂：《京華煙雲》，第42章，743頁。

實際上，立夫頗受他岳丈影響，對於孔教，他是蔑棄那些繁文
縟節的。姚先生叫他讀《老子》《莊子》，《老子》書中最使他
心折的是下一段：故失道而後德，失德而後仁，失仁而後義，
失義而後禮。夫禮者，忠信之薄，而亂之首。前識者，道之
華，而愚之始。是以大丈夫處其厚，不居其薄，處其實，不居
其華，故去彼取此。[24]

姚先生說：「讓他們去做。他們主張的若是對，自然會有好
處；若是錯，對正道也沒有什麼害處。實際上，他們錯的偏
多，就猶如在個人主義上一樣。不用焦慮，讓他們幹到底吧。
事情若是錯，他們過一陣子也就膩了。你忘記《莊子》了嗎？
沒有誰對，也沒有誰錯。只有一件事是對的，那就是真理，那
就是至道，但是卻沒有人瞭解至道為何物。至道之為物也，無
時不變，但又終歸於原物而未曾有所改變。」這位老人的眼睛
在眉毛下閃亮，他猶如一個精靈，深知長生不朽之秘一樣。甚
至在大學的課堂上，立夫也未曾聽到這套理論。他覺得其中大
有真理。[25]

一般來說，在社會、人生的題目上，姚思安說教這種方式是主要的，
而孔立夫總是扮演一個虔誠的好學生，「頗受影響」，「覺得其中大有
真理」。如果討論的題目涉及到自然科學，並因此更具有思辨性的時
候，翁婿之間則是增加了一些討論、互動的關係。如：

姚老先生問立夫工作的情形之後，他說：「我記得你寫了一篇

---

24 林語堂：《京華煙雲》，第29章，460頁。
25 林語堂：《京華煙雲》，第32章，511頁。

文章，題目是《科學與道教》。你應當再拾起這個題目，寫成一本書。這算是經你手寫成我對這個世界的遺贈紀念品。你應當再寫一本《莊子科學評注》，來支持你那篇文章的理論。要做注解，引用生物學，和一切現代的科學，使現代人徹底瞭解莊子的道理。莊子不用望遠鏡，不用顯微鏡，他就預測到無限大和無限小。你想想他說過水之不可毀滅，光的行進，自然的聲音，物之可測量和不可測量，和主觀的知識。你想想他那『以太』和『無限』之間的對話，『光』和『無』之間的對話，『雲』和『星霧』之間的對話，『河伯』和『海若』之間的對話。生命是永久的流動，宇宙是陰和陽，強和弱，積極和消極交互作用的結果。莊子的看法真使人驚異。只是他沒用科學的語言表現他的思想，但是他的觀點是科學的，是現代的。」

雖然姚老先生的皮骨幾乎乾枯，他說話時顯出的思維力還很強。立夫深有所感，他回答說：「我一定會照您的吩咐做。莊子的名文《齊物論》就是一篇相對論。莊子說：『……蛇憐風，風憐目……』我所要做的就是加注解，注出每秒光速為多少，最大的風速為多少。[26]

當代政論文章，立夫越寫越多，除去寫了一篇思想豐富的很長的文章，題目是《科學與道家思想》，這當然是發揮他岳父得意的哲學，其餘都是時事論評。董娜秀答應把那篇《科學與道家思想》譯成英文，但是迄未脫稿。那是一種科學的神秘主義，以他從生物學深刻的觀察研究而獲致的對生命的神秘感為根據。他又寫了一個短篇雜感文字，題目是《草木的感覺》。這篇文字糾正了傳統的對「感覺」與「意識」的觀念，並引伸

---

26 林語堂：《京華煙雲》，第41章，721-722頁。

到動植物對環境的知覺，比如螞蟻知道狂風暴雨之將至，是個不可置疑的例子。在文章內，他指出，感覺能力絕不限於人類。他又把表達情感的語言含義擴大，所以他堅信花兒含「笑」，秋林的「悲吟」。他說人折樹枝時，或是揭下樹皮時，樹也會痛苦。樹會覺得折枝是「傷害」，揭皮是「污辱」，是「羞辱」，等於「被人打了臉」。樹之看、聽、觸、嗅、吃、消化、排泄，和人類不一樣，但對其生物的作用，並無基本不同。樹能覺得光、聲、熱、空氣的移動，樹之快樂或不快樂就在於能否得到雨和陽光。這些和《莊子》上的道家神秘主義完全相符合。於是他轉回來貶損人類的傲慢狂妄，說人類認為「情緒」、「意識」、「語言」是人類獨有的，這更是無知。這是一篇隨筆，自然可以發展成一篇哲學的論文，但是他沒有寫。這是科學上的泛神論。莊子曾經寫：「道在螻蟻……在梯稗……在瓦甓……在屎溺……」立夫告訴他太太說，孩子生下來那一天，母親乳房分泌出一種消毒的黃色液體，用以保護嬰兒。他說：「那種東西可以稱之為上帝，稱之為道。那種東西就在母親的乳房裏。不要以為那種奧秘只在人身上。最低級的生物的身體內也具有那種天性，用以發揮完美的調整作用。微生物利用的化學知識，最進步的化學家還苦於無知，而微生物卻運用得簡單、完美，而毫無錯誤。蠶仍然吐出最好的絲，人只能把它賣了賺錢；蜘蛛還能吐出防水，並且任何種天氣都適用的黏液膠體；螢火蟲仍然放出最有效的光亮。莊子說『道在螻蟻』，就是這個意思。」[27]

---

27 林語堂：《京華煙雲》，第36章，600頁。

之所以不吝詞費地迻錄如此大段枯燥的文字，是因為不如此就不能體會到林語堂炫學的衝動，以及把道家思想推介到歐美的意願是多麼強烈。但是，姑且不論這樣大段的議論性文字對於文學書寫的功過，只是就觀點的準確性來講，其中也是頗有可議之處，包括對相對論的理解、生物學的有關知識，甚至對莊子學說的解釋。

當然，作者可以辯稱，那些議論都是出自書中人物之口，不夠準確正是為這個人物設定的水準。不過，從文本的敘事態度看，分明不是這樣。姚思安、孔立夫作為作者「代言人」的意圖實在是太明顯了。

作為道家思想的另一個傳人——姚木蘭，作者的塑造方式大為不同。作為全書的第一主人公，姚木蘭在作品中的地位較之孔立夫自然更為重要一些。同樣，在傳承道家思想方面，作者也是更看重姚木蘭一些。上卷的題目為「道家女兒」，就再明白不過地表現出作者這一意圖。

可是，明白標示為「道家女兒」的姚木蘭，幾乎從未與姚思安就道家的理論話題作過討論。姚思安的影響是通過另外的方式來實現的：

> 木蘭很敬仰她父親⋯⋯因為她父親沉潛於黃老之修養有年，可謂真正的道家高士，從不心浮氣躁。木蘭曾聽見父親說：「心浮氣躁對心神有害。」他的另一項理由是：「正直自持，則外邪不能侵。」在木蘭以後的生活裏，有好多時候兒她想起父親這句話來，這個道理竟成了她人生的指南，她從中獲得了人生的樂觀與勇氣。[28]
> 木蘭的母親總是把她父親看做一個腐敗或是破壞的力量。比如木蘭的母親發現女兒由山東回來後，開始吹口哨兒，她大為吃

---

28 林語堂：《京華煙雲》，第1章，8頁，。

驚，因為她想那太不像女人了。可是父親說：「那有什麼妨礙？吹口哨兒算不了什麼大毛病。」……父親的腐敗勁兒在教女兒唱京戲上，真是表現得最明顯。想一想父親怎麼教女兒唱呢！音樂、跳舞、演戲完全是妓女，男女伶人的事，在儒家眼裏看來即使不算越禮背德，也是下等人的事。可怪的是那些儒家夫子卻自己喜愛京戲。但是姚思安不喜歡儒家那一套。他是天馬行空思想自由的道家，他對正派的老傳統是不在乎的……姚思安偏偏教女兒唱戲，好像故意跟太太作對，跟社會習俗對抗一樣。木蘭的父親的胸襟就是這樣豁達大度，他就是最先吸收新思想的那批人，那種新思想就漸漸改變了中國的舊社會。[29]

如果說，姚思安對孔立夫的影響是通過理念傳播的話，那麼對姚木蘭的影響便更多的是通過行為的示範，和在人生態度上的無聲薰陶。

與此相應，姚木蘭對道家思想的接受，也不是通過理論的誇誇其談，而是通過極富個性的特立獨行，表現出她「自然天性」的人生態度，通過她應對人生困境時的選擇，表現出她「反璞歸真」的價值取向。作品描寫姚木蘭個性及情感的隱微世界時，有這樣一段生動的文字：

木蘭坐在大圓石頭上，大笑一聲，脫下了鞋襪，露出了雪白的腳，那兩隻腳一向很少露在外面，現在輕輕泡入水中。

桂姐微笑說：「木蘭，你瘋了。」

木蘭說：「好舒服，好痛快。你若不是裹腳，我也就把你拉下來。」

---

29 林語堂：《京華煙雲》，第5章，82-83頁。

麗蓮也脫了鞋襪，把腳泡進水去。蓀亞過來，拉著木蘭，進入了小溪中的淺水之處，木蘭搖搖擺擺的走，幾乎要摔倒，幸虧由蓀亞拉住。轎夫覺得很有趣，笑了又笑。立夫坐在中流的石頭上，褲腿兒向上卷起來，作壁上觀。他覺得那確是非常之舉，因為那時離現在少女在海灘上洗浴，還早好多年。一個轎夫喊說：「洗個澡吧，洗個澡吧，小姐！只有你們城裏的小姐才怕水呀。」

木蘭向立夫說：「你應當打電報給莫愁，叫她也來，大家可以在這兒過一個禮拜。」立夫只是微笑。

現在轎夫告訴他們說，若打算日落之前到山頂，可應該出發了。蓀亞覺得木蘭上來擦乾腳，費時太久。立夫上了岸，看見了木蘭雪白的腳腕子，又光潤，又細小，木蘭根本就沒想掩藏。反而抬頭看了看，向立夫低聲說：「拉我起來！」不勝大姨子的撒嬌與美麗的魔力，立夫就把她拉起來。木蘭的真純自然，竟使尷尬的場面，一變而為天真美麗。立夫覺得木蘭真是異於凡俗，也與自己的信念不謀而合。……五分鐘以前，木蘭的心還激動不已，現在她心情平靜下來，不勝淒涼，為前未曾有，外在的激動不安，已降至肝腸深處，縱然轆轆而鳴，她的心智，幾乎已不能察覺。她一邊兒拖著疲乏的腿，邁上石頭臺階，心裏卻在想生，想死，想人的熱情的生命，想毫無熱情的岩石的生命。她知道這只是無窮的時間中的一剎那，縱然如此，對她來說，卻是值得記憶的一剎那——十全十美的至理，過去，現在，將來，融匯而為一體的完整的幻象，既有我，又無我。[30]

---

30 林語堂：《京華煙雲》，第31章，496-499頁。

從故事情節的角度來看，這只是一段小小的插曲，有它無它都不影響
故事的發展。從思想觀念的角度看，這裏也沒有什麼深刻的表述，似
乎「道家」此刻也沒有在場。但是，若從人物形象的塑造來看，這幾
乎可稱作全書最為生動的一筆。姚木蘭的開朗大方的個性、美麗動人
的儀表，以及內心微妙的情感世界，都在這一小小的場景描寫中給讀
者留下深刻的印象。而更重要的是，雖然沒有「道家」的理論在場，
但一個活生生「真純自然」的「道家女兒」躍然而出了。

　　通過具體的生活方式來表現「道家女兒」的精神世界，這是作者
塑造姚木蘭形象時的一種自覺選擇。不過，他在這方面也有內在的矛
盾。在姚木蘭遭受喪女之痛後，舉家遷到杭州，「為的是實現田園生
活的夢想」。她荊釵布裙，「躬親縫緛，深居簡出」，「得償夙願」。但
是，這卻是一段失敗的生活。由於她的選擇不能得到丈夫的理解，直
接導致其另覓新歡。後來她雖然靠著智慧把丈夫從曹麗華手中奪回，
但也因此而放棄了理想的「道家」生活：

> 她是自幻想中覺醒，也是遷就現實迫不得已。所以自從曹麗華
> 那件事之後，她不再去做好多家事，她又對衣裳的式樣多予留
> 意。她的髮型也常加改變，就和剛結婚那幾年一樣，有時穿長
> 褲，有時穿裙子，有時穿旗袍兒，要看心情和季節而定。在夏
> 天，比如說，她就不穿旗袍兒，改穿類似睡衣的寬大衣裳。春
> 夏秋冬之不一樣，對她而言，並不只是溫度的改變。她的盆花
> 兒也隨著季節改變，她的心情，她閱讀的書，每天做的事，生
> 活的樂趣，無不隨著季節而改變，栽植盆花，近來蓀亞也和她
> 有了共同的癖好。[31]

---

31 林語堂：《京華煙雲》，第41章，715頁。

應該講，這樣的情節發展是比較合乎情理的。從性格的角度看，木蘭此時人到中年，和光同塵的選擇也是自然的。其實，道家思想中本就包含著兩種不同的行為準則：一種是以「逍遙遊」為準的，追求絕對自由的理想生存；一種是以「齊物論」為準的，著眼於是非的相對性，追求和光同塵的現實生存。王弼解莊偏於前者，郭象解莊偏於後者。所以姚木蘭人生態度的這一調整，仍然是在道家觀念內的調整。

同為「道家」的傳承者，比較作品中對於孔立夫和姚木蘭描寫手法的異同，明顯看到裸露的理念不僅對於情節的生動、人物的形象都有腐蝕的作用，而且對於理念本身也是一種消極的存在方式。

四　《莊子》與《京華煙雲》的寫作

林語堂《京華煙雲》的寫作所受《莊子》的影響是多方面的，放言論「道」只是一方面而已。實際上，《莊子》很多觀念深入林氏內心，影響到他的創作，在小說的人物形象、情節設計、細節描寫上都時有流露。不過，他本人也未必完全意識到了。如作品對北京城生活環境、文化氛圍的描寫：

> 木蘭是在北京長大的，陶醉在北京城內豐富的生活裏。那種豐富的生活，對當地的居民就猶如偉大的慈母，對兒女的請求，溫和而仁厚，對兒女的願望，無不有求必應，對兒女的任性，無不寬容包涵。又像一棵千年老樹，蟲子在各枝丫上做巢居住，各自安居，對於其他各枝丫上居民的生活情況，茫然無所知。從北京，木蘭學到了容忍寬大，學到了親切和藹，學到了溫文爾雅，就像我們童年時在故鄉生活裏學到的東西一樣。她是在黃琉璃瓦宮殿與紫綠琉璃瓦寺院的光彩氣氛中長大的。她

是在寬廣的林蔭路，長曲的胡同，繁華的街道，寧靜如田園的地方長大的。在那個地方兒，常人家裏也有石榴樹、金魚缸，也不次於富人的宅第庭園。在那個地方兒，夏天在露天茶座兒上，人舒舒服服的坐著松柏樹下的藤椅子品茶，花上兩毛錢就耗過一個漫長的下午。在那個地方兒，在茶館兒裏，吃熱騰騰的蔥爆羊肉，喝白乾兒酒，達官貴人，富商巨賈，與市井小民引車賣漿者，摩肩接踵，有令人驚歎不置的戲院，精美的飯館子、市場、燈籠街、古玩街；有每月按期的廟會，有窮人每月交會錢到年節取月餅蜜供的餑餑鋪，窮人有窮人的快樂，有露天的變戲法兒的，有什剎海的馬戲團，有天橋兒的戲棚子，有街巷小販各式各樣唱歌般動聽的叫賣聲，串街串巷的剃頭理髮匠的鋼叉震動悅耳的響聲，還有串街串到各家收買舊貨的清脆的打鼓聲，賣冰鎮酸梅湯的一雙小銅盤子的敲振聲，每一種聲音都節奏美妙。可以看見婚喪大典半里長的行列，以及官轎及官人跟班的隨從；可以看見旗裝的滿洲女人和來自塞外沙漠的駱駝隊，以及雍和宮的喇嘛，佛教的和尚；變戲法兒中的吞劍的，叫街的，與數來寶的唱蓮花落的乞丐，各安其業，各自遵守數百年不成文的傳統規矩。叫花子與花子頭兒的仁厚，竊賊與竊賊的保護者，清朝的官員，退隱的學者，修道之士與娼妓，講義氣豪俠的青樓豔妓，放蕩的寡婦，和尚的外家，太監的兒子，玩兒票唱戲的和京戲迷，還有誠實懇切風趣的詼諧的老百姓。

木蘭的想像就深受幼年在北京生活的影響。她學會了北京的搖籃曲，搖籃曲中對人生聰敏微妙的看法也影響了她。她年幼時，身後拉著美麗的兔兒爺燈籠車，全神灌注的看放煙火，看走馬燈，看傀儡戲。她聽過瞎子唱曲子，說古代的英雄好漢，

古代的才子佳人的風流韻事，聽把北京話的聲韻節奏提高到美
妙極點的大鼓書。從那些說白的朗誦歌唱，她體會出語言之
美，從每天的說話，她不知不覺學會了北京話平靜自然舒服悅
耳的腔調兒。由一年的節日，她知道了春夏秋冬的特性，這一
年的節日就像日曆一樣由始至終調節人的生活一樣，並且使人
在生活上能貼近大自然的運行節奏。北京的紫禁城，古代的學
府、佛教、道教、西藏喇嘛、回教的寺院及其典禮，孔廟、天
壇；社會上及富有之家的宴會酬酢，禮品的饋贈；古代寶塔、
橋樑、樓閣、牌坊、皇后的陵寢，詩人的庭園，這些地方的每
塊磚，每片瓦，都充滿了傳聞、歷史、神秘。這些地方的光怪
陸離之氣，雄壯典麗之美，都已沁入她的心肺。[32]

這是一段十分生動的文字，把「老北京」的城市風格、城市魅力描繪
的活靈活現。雖然總體而論不無理想化、溢美之嫌，但細追究，所寫
的每一細部又都是那樣真切，並無虛美之詞。這種反差的產生，就在
於作者特別的敘事態度。作者以「寬容包涵」、「各自安居」來概括城
市文化的總體風格，然後在這樣的調子下，描寫各個部分的「各得其
所」與「自得其樂」。這種敘事態度、敘事風格正是來自《齊物論》
關於「天籟」的那段著名的文字：「似鼻，似口，似耳，似枅，似
圈，似臼，似窪者，似污者。激者、謞者、叱者、吸者、叫者、譹
者、宎者、咬者，前者唱於而隨者唱喁，泠風則小和，飄風則大和，
厲風濟則眾竅為虛。而獨不見之調調之刀刀乎？」[33]如果我們注意到
這段文字中關於聲音的排比性敘述時──「有街巷小販各式各樣唱歌

---

32 林語堂：《京華煙雲》，第12章，172-173頁。
33 《莊子通釋》，16-17頁。

般動聽的叫賣聲，串街串巷的剃頭理髮匠的鋼叉震動悅耳的響聲，還有串街串到各家收買舊貨的清脆的打鼓聲，賣冰鎮酸梅湯的一雙小銅盤子的敲振聲，每一種聲音都節奏美妙」，應該對其「天籟」的血緣更增加幾份興趣。

　　類似這種融入小說藝術中的《莊子》之道，我們還可以舉出一些很好的例子。如第七章寫曼娘來到曾府後，內心充滿矛盾，精神恍惚，於是作了一個怪夢。作者用了近兩千字來描述這個夢境，而且特意寫了一個詭異的「夢中夢」情節：

> 那個白衣女人現在走來把她領去，說她的朋友大概等著她呢。她們走到大門口兒，那位像觀音大士的女人用手指輕輕的一推她，她似乎自高處向低處落下來，忽聽見身畔有人呼喚：「曼娘，醒一醒！」她向四周一望，自己仍然置身於荒涼的古廟之中，黑衣女郎還在那兒照顧那堆火，她自己還躺在地上睡意未足呢。
>
> 曼娘問：「我現在身在何處？」
>
> 「你一直就在這兒。你一定做夢了。你已經睡了半點鐘。你看這火，都快滅了。」
>
> 曼娘一看那火，火是真正的火，她認為自己一定做夢了。「我夢見在一個極美的怪地方。我走過了旁邊停著棺材的狹長走廊，走了一塊棺材蓋做的獨木橋，你並沒跟我一齊去。」
>
> 黑衣女郎問：「什麼走廊？」
>
> 曼娘回答說：「在那兒呢！」起身就去找。
>
> 「你剛才做夢了。沒有什麼走廊──這兒就是這麼一個院子。」
>
> 「不會。是你剛才做夢吧。我要去找。」
>
> 黑衣女郎把她拉回來，向她說：「簡直糊塗！做了一個傻夢，

還這麼大驚小怪的。我們在這兒，外面還下雪呢。」那個女郎更用力拉住她時，她又聽見：「曼娘！你做夢呢。」她一睜眼，看見桂姐站在她旁邊兒，在曾家的臥室之中，拉著她的袖子向她微笑。

桂姐說：「你一定太累了。」

曼娘坐起來，迷離恍惚。她問：「你什麼時候兒來的？是不是我讓你等了很久？」

桂姐微笑回答說：「不很久。」她坐在曼娘身旁，拉緊她的胳膊。

曼娘說：「不要拉得這麼用力，會叫我把夢忘光的。」

桂姐問：「你說什麼？你到底醒了沒醒？」

曼娘說：「你捏我。」桂姐依話捏她。曼娘覺得微微一疼，自言自語說：「這次大概真醒過來了。」

「你剛才夢見什麼了？你剛才跟人說話，跟人辯論，說你沒有做夢，說那個人是做夢。」

「我夢見我做了一個怪夢……後來由第二個夢中醒來，回到第一個夢裏，那時火還沒滅，地上還有雪……噢，我都糊塗了！」

這時，她的眼睛看到書房角兒上的觀音菩薩像，那就是在夢裏跟她說話的那個白衣女人的臉。她想起來剛才曾經過去仔細看過觀音像的臉，而現在自己住的這所大宅子正像夢裏的宮殿。[34]

從小說本身來看，寫「夢中夢」的必要性究竟有多大，這樣寫的效果究竟有何優長，都是可以探究討論的。我們在這裏指出的是，作者之

---

34 林語堂：《京華煙雲》，第7章，110-113頁。

所以有此構思，完全是受《莊子》影響，是對《莊子》「意出塵外，怪生筆端」風格的仿傚。他在中卷卷首迻錄了《齊物論》的論夢文字，其全文為：

> 夢飲酒者，旦而哭泣；夢哭泣者，旦而田獵。方其夢也，不知其夢也。夢之中，又占其夢焉。覺而後，知其夢也。且有大覺，而後知此其大夢也。而愚者自以為覺，竊竊然知之。君乎？牧乎？固哉！丘也與女，皆夢也。予謂女夢，亦夢也。

曼娘的夢境顯然是從「夢之中，又占其夢焉。覺而後，知其夢也」生發而來的。

又如前面提到的木蘭涉水的描寫，也是未曾言道而其實「得道」的妙文例證。

綜上所論，林語堂在《京華煙雲》中，從多種角度，使用不同方法，來著意表現《莊子》的「大道」。其中不乏生花妙筆，也頗有可議之處。大體說來，當作家把炫學、宣傳的目標摻雜到小說的構思中時，生硬、牽強就是不可避免的了。

論《文心雕龍》對《高僧傳》之影響

　　《高僧傳》乃我國最重要的佛教史籍之一，不僅為治漢魏六朝佛教史者所必讀，且對文史研究有多方面參考價值。此書與《出三藏記集》的關係一目了然[1]，而受《文心雕龍》的影響，似尚未揭櫫。

　　《高僧傳》的著者釋慧皎，生於齊明帝建武二年（495），卒於梁元帝承聖三年（554），均遲於劉勰三十年左右（劉勰生卒年從范文瀾說）。其生平主要見於《續高僧傳》，略云：「釋慧皎，未詳氏族，會稽上虞人。學通內外，博訓經律。住嘉祥寺，春夏弘法，秋冬著述，⋯⋯著《高僧傳》一十四卷。」[2]道宣的這段材料大半來自僧果的《高僧傳》跋語。僧果與慧皎同時，而且同避難於溢城，所記當可信。其他可資參證的材料還有兩條。一條為《金樓子・聚書篇》：

> 法書初得韋護軍睿餉數卷，⋯⋯又使潘菩提市得法書，並是二王書也。⋯⋯遂蓄諸跡，又就會稽宏普惠皎道人搜聚之⋯⋯

另一條見於慧皎本人的《高僧傳》序：

1　《出三藏記集》的《述列傳》三卷有譯經者32人之傳，被全部收入《高僧傳》，據興膳研究，《出三藏記集》的相當一部分文字出於劉勰之手。

2　〔唐〕道宣：《續高僧傳》，第6卷，見電子佛典《大藏經・史傳部》T50，No. 2060。

嘗以暇日，遍覽群作，輒搜撿雜錄數十餘家，及晉、宋、齊、梁春秋書史，秦、趙、燕、涼荒朝偽歷，地理雜篇、孤文片記。並博諮古老，廣訪先達，校其有無，取其同異。

合而觀之，可知慧皎果然「學通內外」。他不僅大量搜集並研討佛史、僧錄，而且廣泛收羅各類書籍，包括法書碑帖與地理雜篇之類。在他搜集並編入《高僧傳》的僧人傳記中，有三篇是劉勰的手筆，即僧柔、僧祐、超辯的碑文。而從《高僧傳》中可以看出，他對與劉勰密切相關的《出三藏記集》、《弘明集》，亦相當諳熟。如果我們再考慮到劉勰與佛門的密切關係，考慮到在天監年中，《文心雕龍》已被沈約「大重之」，「常陳諸几案」，劉勰本人也因此而被昭明太子「深愛接之」[3]，那麼，認為慧皎曾見到並讀過《文心雕龍》，當在情理之中。

但是，這仍屬於推想，更確鑿的證據應到作品內部去找。

關於《高僧傳》，前人褒貶不一，如隋代《眾經目錄序》：「(《高僧傳》)辭參文史，體非淳正，事雖可尋，義無在錄。」而唐《開元釋教錄》：「謹詳覽此傳(《高僧傳》)，義例甄著，文詞婉約，實可以傳之不朽，永為龜鏡矣。」雖抑揚不同，但指出的作品特色卻是一致：「辭參文史，體非淳正」與「義例甄著，文詞婉約」同指該書在體例、文辭方面較多美文成份，而與當時一般僧傳的寫法有所不同[4]。

就體例而言，《高僧傳》分為兩大部分，一為傳文，二為贊論。傳文分為十科，每科後列一篇贊論。慧皎認為，贊論部分尤能體現此

3　均見《梁書‧劉勰傳》

4　《高僧傳》以外，當時的僧傳，今日可知其名目者十餘種，唯寶唱《名僧傳》存日人節鈔本，餘均佚。然《續高僧傳》評裴子野《眾僧傳》為「文極省約，未極通鑒」，慧皎評他人所作為「嫌以繁廣，刪減其事，而抗跡之奇，多所遺削」，可想見其質木少文之狀，亦可知慧皎本人的寫作宗旨是自覺豐贍其文的。

書有所創新的特色。他在序言中特地指出：「及夫討核源流，商榷取捨，皆列諸贊論，備之後文。而論所著辭，微異恒體：始標大意，類猶前序；末（當為『末』）辯時人，事同後議。若間施前後，如謂煩雜，故總布一科之末，通稱為論。」誠如他所說，《高僧傳》的贊論頗異於常體，今節錄兩篇，以見其餘：

傳譯之功尚矣，固無得而稱焉。昔如來滅後，長老迦葉、阿難、末田地等，並具足住持八萬法藏，弘道濟人，功用彌博，聖慧日光，餘暉未隱。是後迦旃延子、達摩多羅、達摩尸利帝等，並博尋異論，各著言說，而皆祖述四《含》，宗軌三藏。至若龍樹、馬鳴、婆藪盤豆，則於《方等》、《深經》，領括樞要，源發般若，流貫雙林，雖曰化洽窪癃，而亦俱得其性。故令三寶載傳，法輪未絕。是以五百年中，猶稱正法在世。……然夷夏不同，音韻殊隔，自非精括詁訓，領會良難。……論云：「隨方俗語，能示正義，於正義中，置隨義語。」蓋斯謂也。其後鳩摩羅什，碩學鉤深、神鑑奧遠，歷遊中土，備悉方言。復恨支、竺所譯，文制古質，未盡善美，乃更臨梵本，重為宣譯，故致今古二經，言殊義一。時有生、融、影、睿、嚴、觀、恒、肇，皆領悟言前，詞潤珠玉，執筆承旨，任在伊人。故長安所譯，鬱為稱首。……間有竺法度者，自言專執小乘，而與三藏乖越。食用銅缽，本非律儀所許；伏地相向，又是懺法所無。……尼眾易從，初稟其化。夫女人理教難惬，事蹟易翻，聞因果則悠然扈背，見變術則奔波傾飲，隨墮之義，即斯謂也。竊惟正法淵廣，數盈八億，傳譯所得，卷止千餘。……而頃世學徒，唯慕鑽求一典，謂言廣讀多惑，斯蓋墮學之辭，匪曰通

方之訓。……若能貫採禪律，融治經論，雖復祇樹息蔭……寧
不勖歟！

贊曰：頻婆掩唱，迭教攸陳。五乘竟轉，八萬彌綸。周星曜
魄，漢夢通神。……俾夫季末，方樹洪因。（卷三《譯經》
下）[5]

夫至理無言，玄致幽寂。幽寂故心行處斷，無言故言語路絕。
言語路絕，則有言傷其旨；心行處斷，則作意失其真。所以淨
名杜口於方丈，釋迦緘默於雙樹。……是以聖人資靈妙以應
物，體冥寂以通神，借微言以津道，托形象以傳真。……經
云：「依義莫依語。」此之謂也。

而滯教者，謂至道極於篇章；存形者，謂法身定於丈六。故須
窮達幽旨，妙得言外，……融、恒、影、肇，德重關中；生、
睿、暢、遠，領宗建業；曇度、僧淵，獨擅江西之寶；超進、
慧基，乃揚浙東之盛。雖復人世迭隆，而皆道術懸會。故使象
運餘興，歲將五百。功微之美，良足美焉。

贊曰：遺風眇漫，法浪邅迴。匪伊釋哲，孰振將頹？潛、安比
玉，遠、睿聯瑰。鏞斧曲戾，彈沐斜埃。素絲既染，承變方
來。（卷八《義解》五）[6]

兩篇比較，前者史述重於論說，後者論說重於史述，分別代表了《高
僧傳》贊論的兩種類型。但是，兩種類型側重雖有不同，其基本構成
卻無二致。分析起來，皆由四部分內容構成：一為「討核源流」的史
述部分，二為「標大意」的論說部分，三為「辯時人」、「商榷取捨」

5　〔南朝梁〕慧皎：《高僧傳》，第3卷，141-143頁，北京，中華書局，1992。

6　〔南朝梁〕慧皎：《高僧傳》，第8卷，342-344頁。

的批評部分，四為篇末的贊辭部分。合此四部為一體，分論各科，文體特色鮮明。所以他自稱「微異恒體」，而隋人「體非淳正」的批評也包括對此特色的認識與評價。

這樣的體裁確非「恒體」通例，但卻是《文心雕龍》的通體模式。今略節兩篇，以資比較。《詮賦》：

> 詩有六義，其二曰賦，賦者，鋪也；鋪采摛文，體物寫志也。昔邵公稱「公卿獻詩，詩箴瞽賦。」《傳云》：「登高能賦，可為大夫。」……至如鄭莊之賦大隧，士蒍之賦狐裘，結言短韻，詞自己作，雖合賦體，明而未融。及靈均唱騷，始廣聲貌。……於是荀況《禮》《智》，宋玉《風》《釣》，爰錫名號，與詩畫境……
>
> ……繁積於宣時，校閱於成世，進御之賦，千有餘首。討其源流，信興楚而盛漢矣。……原夫登高之旨，蓋睹物興情。情以物興，故義必明雅；物以情觀，故詞必巧麗。麗詞雅義，符采相勝。……然逐末之儔，蔑棄其本……
>
> 贊曰：賦自詩出，分歧異派……[7]

《神思》：

> 古人云：「形在江海之上，心存魏闕之下。」神思之謂也。……故思理為妙，神與物遊。神居胸臆，而志氣統其關鍵；物沿耳目，而辭令管其樞機。樞機方通，則物無隱貌；關鍵將塞，則神有遁心。是以陶鈞文思，貴在虛靜，疏瀹五藏

7　〔南朝梁〕劉勰：《文心雕龍》，第2卷，134-136頁，北京，人民文學出版社，1978。

（髒），澡雪精神；積學以儲寶，酌理以富才，研閱以窮照，
馴致以繹辭……

人之稟才，遲速異分；文之制體，大小殊功：相如含筆而腐
毫，揚雄……是以臨篇綴慮，必有二患：理鬱者苦貧，辭溺者
傷亂。然則博見為饋貧之糧，貫一為拯亂之藥，博而能一，亦
有助乎心力矣。

……至於思表纖旨，文外曲致，言所不追，筆固知止。至精而
後闡其妙，至變而後通其數，伊摯不能言鼎，輪扁不能語斤，
其微矣乎！

贊曰：神用象通……[8]

以《詮賦》比較《譯經》，以《神思》比較《義解》，不僅前述內容的
四部分的基本構成完全相同，而且行文的思路，甚至遣詞造句，都有
十分近似之處。當然，很難斷言慧皎有意模仿《文心雕龍》，但由此
認為他曾研讀過此書，並留下很深印象，當與事實不遠。

　　不過，這裏還有一個疑問：怎見得這種文體模式如何傳承影響？
難道不會是《文心》與《高僧》同祖於其他嗎？

　　劉勰對於《文心雕龍》的內容、結構、樣式，都是頗費苦心的。
他又感到前人論文「未能振葉以尋根，觀瀾而索源」的缺憾，為自己
設定了「原始以表末，釋名以章義，選文以定篇，敷理以舉統」、「割
情析采，籠圈條貫」的義例（《序志》）。統觀《文心》全書，可將其
文體特色歸為三點：1. 以駢體為主、間以散行的非辯難體論說文。2.
史述與議論的穿插、配合（「原始以表末」與「敷理以舉統」）。3. 論
與贊的結合。如此規整定型、特色顯著的論說文體，劉勰之前，似未
曾有。

────────────

8　〔南朝梁〕劉勰：《文心雕龍》，第2卷，493-495頁。

　　對於這種文體的成因，或歸之於佛教經、論的影響。雖非無據，卻未盡中肯綮。應該說，《文心雕龍》文體的形成，是劉勰廣覽博收，熔於一爐的結果。要而言之，有以下幾個方面。一是繼承了史論的傳統。他說《論說》中指出「詳觀論體，條流多品……辨史，則與贊評齊行」。而在下文標舉出的「敷述昭情，善入史體」的班彪《王命論》，便明顯帶有史述與議論結合的特點。這方面，更直接的影響當尋繹至沈約《宋書》諸傳論（《謝靈運傳論》可為代表）。其內容則兼有史論、議論，其體裁則駢偶為主，雜以散行。二是六朝時圍繞佛教問題的論辨文章。這方面，前人之說備矣，不贅。三是當時通行的碑傳文體。文尾碼「贊」，始自《漢書》。但《漢書》之「贊」雖有申發、補充前文之義，卻非四言頌體。前有駢散之文，尾碼四言韻贊，這是漢末以來碑銘通例。正如劉勰所總結：「夫屬碑之體，資乎史才。其序則傳，其文則銘。」顯然，劉勰的文體觀是比較圓通的。他既認為論體中不妨「善入史體」，又認為碑體中應該「資乎史才」；三種文體之間存在著融通滲透的可能。而他通過《文心雕龍》的寫作，實現了這種可能。可以說，《文心雕龍》的文章體式是取碑傳文的框架，運論辯文的思路，納史論文的內容。在這個意義上，稱其「自鑄偉辭」亦無不可。

　　明乎此，我們便可斷言，《高僧傳》的論贊直接受到《文心雕龍》的影響、啟發。

　　《高僧傳》的論贊共計十篇，體式基本統一。今再節錄數則，以資進一步印證上文。

　　　　唱導者，蓋以宣唱法理，開導眾心也。昔佛法初傳，……夫唱
　　　　導所貴，其事四焉：謂聲、辯、才、博。非聲則無以警眾，非
　　　　辯則無以適時，非才則言無可採，非博則語無依據。至若響韻

鐘鼓，則四眾驚心，聲之為用也；辭吐後發，適會無差，辯之
為用也；……然才非己出，制自他成。吐納宮商，動見紕
謬。……（卷十三《唱導》）[9]

夫篇章之作，蓋欲申暢懷抱，襃述情志；詠歌之作，欲使言味
流靡，辭韻相屬。故《詩序》云：「情動於中而形於言，言之
不足，故詠歌之也。」然東國之歌也，則結韻以成詠；西方之
贊也，則作偈以和聲。雖復歌贊為殊，而並以協諧鐘律，符靡
宮商，方乃奧妙。……但轉讀之為懿，貴在聲文兩得。若唯聲
而不文，則道心無以得生；若唯文而不聲，則俗情無以得入。
故經言「以微妙音歌歎佛德」，斯之謂也。……（卷十三《經
師》）[10]

……若乃心路蒼茫，則真儀隔化；情志悽切，則木石開心。故
劉殷至孝誠感，釜庾為之生銘；丁蘭溫清竭誠，木母以之變
色；魯陽回戈而日轉，杞婦下淚而城崩。斯皆隱惻入其性情，
故使徵祥照乎耳目。至如慧達招光於刹杪，……故知道藉人
弘，神由物感，豈曰虛哉。……（卷十三《興福》）[11]

熟於《文心》篇章者，覽此自當有會心之處。

彥和與佛門緣分殊深，而《文心雕龍》所受佛學影響[12]，近年來
亦頗多發明。但《文心雕龍》影響於佛學以及其他文化領域的情況，
向因材料短缺故不得而知。似乎當時除沈約、蕭統外，社會對這部

9　〔南朝梁〕慧皎：《高僧傳》，第13卷，521-522頁。

10　〔南朝梁〕慧皎：《高僧傳》，第13卷，507-508頁。

11　〔南朝梁〕慧皎：《高僧傳》，第13卷，496頁。

12　筆者在《佛教與中國古典文學》中將佛學對《文心》之影響歸納為三個方面，即篇
　　章結構方面、方法論方面、思想觀點方面，而以方法論方面最值得發掘。

「體大思精」的巨著毫無反應。今得窺見其影響《高僧傳》之痕跡，
庶可稍補此缺憾。

論清初文論中的佛學影響

　　說起佛學對中國古代文論的影響，自然首先想到皎然、嚴羽。不過，若論在一個時期中，若干大家、多個方面同時表現出這種影響，並形成某種特色，似以清初為最著。

　　清初二三十年間，文論相當繁榮。小說戲曲理論方面，金聖歎的《第六才子書》、李笠翁的《閒情偶寄》及毛氏父子的《三國志演義》評點等，皆為傳世名作。詩文論方面，錢謙益、王夫之、王漁洋、金聖歎、歸莊等，亦各有卓犖之創見。其中，金聖歎、錢謙益浸淫於佛學甚深，王夫之、黃宗羲等也頗有涉足。他們或移佛學命題與概念於文論，或運佛學思路於品評，使自己的理論觀點程度不同地蒙上佛光。梳理其各自的情況並加以對比分析，對於認識清初文論之特色無疑將有所裨益。

一

　　金聖歎與佛教的「因緣」，幾乎縈繫其終生。他自稱十一歲即讀《法華經》，成年後的佛學專著有《法華百問》、《法華三昧》、《涅槃講場私鈔》、《法華講場私鈔》、《寶鏡三昧私鈔》、《西城風俗記》等近十種。不僅如此，在他二十八歲時，還詭稱天台高僧之靈附體，並以此靈名義與錢謙益進行了佛學切磋[1]。中年以後，他一度熱衷於登壇

1　參見拙文《錢謙益與金聖歎「仙壇倡和」透視》，《南開學報》，1993（6）。

講經說法，雜糅佛、道、儒，並穿插小說野史，編成講稿，名《聖自覺三昧》。據廖燕記載，「每升座開講，聲音宏亮，顧盼偉然。……座下緇白四眾，頂禮膜拜，歎未曾有。先生則撫掌自豪，雖向時講學者聞之攢眉浩歎，不顧也。」[2]金聖歎自己描述登壇說法的盛況：「西城由來好風俗，清筵法眾無四鄰。聖歎端坐秉雙輪，風雷輥擲孰敢親？譬如強秦負函谷，六國欲戰猶逡巡。」[3]得意情狀，溢於筆端。直至臨刑前作絕命辭《與兒子雍》，他還自比為佛教人物無著、世親。[4]

在佛學各宗派中，金聖歎於法華一脈的經論用功最勤，其次為禪。對於其禪學造詣，《昭代叢書》的編纂者楊復吉評價道：「唱經堂主人以禪學入門，即以禪學為歸宿，故談禪諸文靡不三藏貫徹。即此一編（按：指《西城風俗記》），微言妙諦，觸手紛披，雅不同緇流語錄，為夢囈，為□諢，……宏暢宗風，端賴此種。」[5]但是，在金聖歎的同時代人中，卻很少有人對他的佛學成就作正面評價。究其原因，實與其獨特的學風有關。他的崇拜者廖燕形容其治學方式：「凡一切經史子集，箋疏訓詁，與夫釋道內外諸典，以及稗官野史，九彝八蠻之所記載，無不供其齒頰，縱橫顛倒，一以貫之，毫無剩義。」[6]這樣的學風，長處在於聯想力強，思路靈活，短處在於有失嚴謹，甚至不免於牽強附會。因而，再加上金聖歎玩世不恭的人生態度與低下的社會地位，自然被當作君子視作野狐禪了。

2 〔清〕廖燕：《金聖歎先生傳》，見《二十七松堂集》，第14卷，573頁，臺灣，中央研究院文哲研究所籌備處，1995。

3 〔清〕金聖歎：《贈顧君猷》，見《沉吟樓詩選》，153頁，上海古籍出版社，1979。

4 〔清〕金聖歎：《與兒子雍》有「如今疏到無疏地，無著、天親本宴如」詩句（《沉吟樓詩選》92頁），以印度佛教大師自比。

5 〔清〕楊復吉：《西城風俗記跋》，見《昭代叢書》，別集，3244頁，上海古籍出版社，1990。

6 〔清〕廖燕：《金聖歎先生傳》，見《二十七松堂集》，第14卷，572-573頁。

　　平心而論，金聖歎也確實算不得佛學「專家」。但其獨特的治學態度，卻使他得以在「學科邊緣」有所成就。早在明末，他就開始援佛學入文論，以「因緣生法」來解釋小說創作的虛構問題，並進而分析創作的心理機制與小說人物個性化的途徑。正是得力於佛學，才使金聖歎的小說人物理論在李卓吾的基礎上前進了一大步。入清後，他繼續循此思路游心於文苑，在《西廂記》與唐詩批評中陸續提出了一些類似的援佛論文的命題。理論性較強的有如下兩個。

　　1.「無」字說。在《讀第六才子書西廂記法》中，涉及此說的有二十二則，可說是全文的核心觀點。其說略謂：

> 僕思文字不在題前，必在題後。若題之正位，決定無有文字。
> 不信，但看《西廂記》之一十六章，每章只用一句兩句寫題正
> 位，其餘便都是前後搖之曳之，可見。
> 《西廂記》是何一字？《西廂記》是一「無」字。趙州和尚，
> 人問：「狗子還有佛性也無？」曰：「無！」是此一「無」字。
> 人問趙州和尚：「一切含靈，具有佛性，何得狗子卻無？」趙
> 州曰：「無！」《西廂記》是此一「無」字。
> 最苦是人家子弟，未取筆，胸中先已有了文字。若未取筆，胸
> 中先已有了文字，必是不會做文字人。《西廂記》無有此事。[7]

這些話較費解，原因在於其立論基礎為趙州和尚的「無」字公案，而此公案屬於只可意會、「說出即不是」的禪門奧秘。所以，要理解金說真諦，不得不勉為其難地說說「無」字公案。

7　〔清〕金聖歎：《讀第六才子書西廂記法》，見《金聖歎批本西廂記》，15-18頁，上
　　海古籍出版社，1986。

　　狗子有無佛性的話頭屢見於禪門，答案不一，目的只在於由此引發對禪境的啟迪。金聖歎在《讀法》中雖再三再四地稱引趙州從諗，其實大半並非從諗之言。金氏所說，半出己意，半受慧開無門和尚的影響。無門和尚闡發從諗的「無」道：

> 參禪須透祖師關，妙悟要窮心路絕。……如何是祖師關，只這一個「無」字，乃宗門一關也。……莫有要透關的麼？將三百六十骨節，八萬四千毫竅，通身起個疑團，參個「無」字。晝夜提撕，莫作「虛無」會，莫作「有無」會，如吞了個熱鐵丸相似，吐又吐不出，蕩盡從前惡知惡覺，久久純熟，自然內外打成一片，如啞子得夢，只許自知，驀然打發，驚天動地，如奪得關將軍大刀入手，逢佛殺佛，逢祖殺祖，於生死岸頭，得大自在……舉個「無」字，若不間斷，好似法燭一點便著。[8]

無門和尚撇開從諗原公案的枝葉[9]，對「無」的最本質內容進行淋漓盡致的發揮。佛學的「無」本是梵語「阿」的譯文，對惑智言為「斷見」，對聖智言為超越「斷、常」的「妙無」，與「空空」有相通處。趙州從諗與慧開無門之「無」，要旨都在於啟迪修持者體認一種超越「斷、常」兩種邊見，非有非非有的特殊心理狀態，亦即禪境。在這樣「無」的心境中，理念、邏輯都停止了作用，而性靈卻無比明徹，體驗著無生無滅、物我一體的大圓融的喜悅。

　　金聖歎借鑑慧開對「無」境的描述來形容創作心態：

> 此一書（指《西廂記》──今按）……皆是我一人心頭口頭吞

8　〔宋〕慧開無門：《無門關》，見《公案禪語》，138頁，臺灣，東大圖書公司，1979。
9　從諗公案原有「（狗子）有業識在」等話頭，《無門關》中皆撇開不論。

> 之不能，吐之不可，搔爬無極，醉夢恐漏，而至是終竟不得
> 已，而忽然巧借古之人之事以自傳，道其胸中若干日月以來七
> 曲八曲之委折乎？其中如徑斯曲，如夜斯黑，如緒斯多，如蘖
> 斯苦，如痛斯忍，如病斯諱……[10]

顯然，種種形容語不過是慧開「吞吐不得」、「只許自知」一類話頭的再鋪張，但一經借用，便使這個佛學命題轉而具有了「跨學科」的內涵。把金聖歎有關議論綜合起來，他的「無」字說具有深淺二層含義。

深層含義是對創作心理的體認，要旨在於強調文學創作的某種非理性、直覺狀態。他反覆讚歎「心之所不得至，筆已至焉」、「心之所不至，手亦至焉」的創作境界[11]。「心不至」云云，即含有理念駐足、思維路絕之意。由此，他反對以理念為創作先導，主張即景生情，觸目興感，也就是「未提筆並無文字，一提筆即有文字」的直覺態。但金氏這段文字的內涵不止於此，它還十分準確地揭示出審美創造心理的「有意義空白」之特徵[12]。在此類創造性思維過程中，總要經歷一種特殊的混沌狀態，看似不曾形成任何明晰的構思，看似「空白」，但卻有一股力量、一種情緒躁動於胸中，隱然指向正孕育著的創造物。越是天才的創造，越須經此階段。對此已有很多經驗談，也引起當代文藝心理學家的重視。而早在三百年前，金聖歎就有如此生動且準確的描述，這一定程度上歸功於佛學的啟迪。

淺層含義則是提倡在言外。他認為理性狀態下的作品是「心之所至，手亦至焉」，而筆墨之外毫無餘韻。只有在「無」的狀態下的作

---

10 〔清〕金聖歎：《第六才子書西廂記‧驚豔》總評，見《金聖歎批本西廂記》，34頁。
11 詳見拙文《從「三境」說看金聖歎美學思潮之淵源》，《天津社會科學》1988（3）。
12 此用王先霈的提法，參看《文學評論》1996年第3期王文。

品，才會「用筆而其筆之前、筆之後、不用筆處，無處不到」[13]。

2.「忍辱心地」說。此說先後見於金聖歎給許定貫、邵點、韓往的信中：

> 弟昨與升年書，有唐律詩出自一片心地之語。……只是尋常即景詠物之章，固莫不從至誠惻怛流出，是以為可貴可美也。[14]
>
> 弟固不肖無似，然自幼受得苦薩大戒，讀過《梵網心地》一品，因是比來細看唐人律詩，見其章章悉從心地流出。所謂心地者，只是忍辱、知足、樂善、改過四者盡之也。……弟亦只云唐律詩必從此四種人胸中始得流出耳。[15]
>
> 弟昨與蘭老論唐律詩，曾云必須忍辱、知足、樂善、改過。……不忍辱，不知足，不樂善，不改過，即斷斷未有能為律詩者也。律詩一起，一承，一轉，一合，只是四句，……然其中則有崎嶇曲折苦辣甜酸，其難萬狀，蓋曾不聽人提筆濡墨伸腕便書者也。……無有一時半刻不心心於忍辱、知足、樂善、改過也者，此所謂「心地」。[16]

此說把律詩創作置於「忍辱」等「心地」的基礎上，實在大出常人之意表。故而金氏人也明白「竊恐河漢者不少」，「弟今乍語，亦知難信」。他自稱，「忍辱」等四種心地出於《梵網經》，其實並不盡然。《梵網經》所列三十種「心向果」與十種「地向果」中，雖有忍

---

13 〔清〕金聖歎：《第六才子書西廂記‧借廂》總評，見《金聖歎批本西廂記》，46頁，上海古籍出版社，1986。

14 金聖歎：《與許人華定貫》，見《金聖歎選批唐詩》附《聖歎尺牘》，509頁，浙江古籍出版社，1985。

15 金聖歎：《與邵蘭雪點》，見《金聖歎選批唐詩》附《聖歎尺牘》，509頁。

16 金聖歎：《與韓貫華》，見《金聖歎選批唐詩》附《聖歎尺牘》，509-510頁。

心、喜心、進心、迴向心等名目，但並非「四者盡之矣」[17]。而「忍辱」一詞，更直接的來源當為習見的「六波羅蜜」。所以，可以說，「忍辱心地」說同「無」字說一樣，既有佛學淵源，又有金聖歎改造發揮的成分。

金聖歎從佛經中找到了律詩創作法則，乍看似很怪誕，而細推敲，卻自有其道理在。首先，他以「忍辱心地」說補充自己的「律詩分解」理論。金聖歎為了反對那種「只加意作中間四句」的淺陋詩風，提出律詩分前後二「解」的主張，強調詩的表情達意功能。強調：「詩非異物，只得一句真話」，「詩者，人之心頭忽然之一聲耳。」所以乃有「唐律詩出自一片心地」的觀點。此之所謂「心地」，等同於「性靈」、「真性情」，指欲表現之主體感受的內容。但是，律詩的格律要求與表情達意的創作衝動是相互制約的，作者只是在格律「鐐銬」的限制下，才享有表情達意的自由。因而，在律詩寫作的過程中，作者既有表現自我的衝動與愉悅，又有在掌握律詩形式——即駕馭其特定傳達手段中順逆因應的複雜體驗。金聖歎把後者也歸為「心地」的蘊涵，以「忍辱」等佛學用語來形容之。「忍辱心地」云云，含有順應格律限制，於必然中求自由的創作主張。正因為「律詩……視之甚似平平無異，然其中則有崎嶇曲折苦辣甜酸，其難萬狀」，所以，創作中有時須委曲主體情志以順從文體的客觀要求，斯為「忍辱」；有時卻征服文體的形式障礙使主體情志順暢抒發，斯為「知足」，等等。

要之，金聖歎的「忍辱心地」說含有相反相成的兩個層面。一是以「出自一片心地」來強調詩歌創作的主體性。二是以「忍辱」等形

---

17 參見《梵網經盧舍那佛說菩薩心地戒品》，第10卷，見電子佛典《大正藏·律部》T24, No.1484。

容創作心境，說明律詩在形式方面的嚴格要求迫使主體必須通過「順應──征服」的曲折過程方可成功把握。由於這種說法彎子繞得過大，用語又較為生僻，所以沒有產生太大的影響──甚至還不如他的「唐詩分解」說。不過，對於律詩寫作的內在規律、文體特徵，金聖歎的考慮是比較深刻的，其表述也是富有特色的。從這個意義上講，其價值還是遠勝於那些人云亦云的陳詞濫調的。

二

錢謙益受乃父影響，少年即對佛教產生興趣，中年更研讀《華嚴》、《維摩》等[18]，在為人與為文兩個方面都深受薰染。垂暮之年，備歷坎坷，越發寄情釋典，其《贈覺浪和尚序》云：「余老歸空門，粗涉教典，根器鈍劣，了不知向上一著。一時尊宿，開堂豎拂，都不參請。自笑如城東老姆，獨不見佛。有目余不喜宗門，作夜郎主倔強者，不復置辯，領之而已。」[19]語似謙退，實於佛學造詣頗自負。

瞿式耜與錢謙益誼兼師友，曾在《初學集》序中專論佛學對錢謙益文學思想的影響：

> 癸酉，居太夫人喪，讀《華嚴經》，益歎服子瞻之文，以為從華嚴法界中流出。戊寅春，逾冬頌繫，卒業三史，反覆《封禪》、《平準》諸篇，恍然悟華嚴樓閣於世諦文字中。子由之稱子瞻曰：「讀釋氏書，深悟實相，博辯無礙，浩然不見其涯

---

18 錢氏《有學集》中緣於《維摩經》的話頭甚多，可參看。
19 〔清〕錢謙益：《贈絕浪和尚序》，見《牧齋有學集》，第22卷，908頁，上海古籍出版社，1996。

也。」先生其幾矣乎！[20]

　　錢氏詩文格局闊大，圓通而富於變化，確受佛經啟發不小。而入清以後，更自覺於佛經與文心之間的溝通，其《列朝詩集小傳》評袁中郎的「性靈說」：

> 中郎以通明之資，學禪於李龍湖，讀書論詩，橫說豎說，心眼明而膽力放，於是乃昌言擊排，大放厥詞。……天下之文人才士始知疏瀹心靈，搜剔慧性，以蕩滌摹擬塗澤之病，其功偉矣。機鋒側出，矯枉過正，於是……風華掃地。[21]

他把中郎的詩歌思想溯源於禪學，進而把公安派之得失皆歸結於禪悟之得失，雖稍嫌片面，卻也持之有故。從李卓吾的「童心」到袁宏道的「性靈」，確實都深深打有佛學的印記。錢謙益與小修相莫逆，自然對此體認真切。就思想傳承而言，他本人也受李、袁影響甚深，持論往往近於「童心」、「性靈」之說，時而以佛理再相印證，於是提出一些佛學色彩更顯明的命題。主要有「薰習」說、「彈斥淘汰」說等。現分別略加闡釋。

　　1.「薰習」說。

　　其《高念祖懷寓堂詩序》云：

> 余竊謂詩文之道，勢變多端，不越乎釋典所謂「薰習」而已。……佛氏所謂「應以善法扶助自心，應以法水潤澤自心，

20 〔清〕瞿式耜：《牧齋先生初學集目錄後序》，見《牧齋初學集》，52頁，上海古籍出版社，1985。
21 〔清〕錢謙益：《列朝詩集小傳》，丁集中，567頁，上海古籍出版社，1983。

應以境界淨治自心，應以精進堅固自心，應以忍辱坦蕩自心，
應以智證潔白自心，應以智慧明利自心」者是也。……《易》
曰：「擬議以成其變化」。而至於變化，則謂之不思議熏，不思
議變，而疑於神矣。韓子之云「根茂實遂膏沃光曄」者，亦是
物也。世間與出世間，亦豈有二道乎！念祖之為詩，去煩除
濫，俗情既盡，妙氣來宅，其薰習於琮公者深矣。[22]

初看此論，似與韓愈《答李翊書》中陶冶性情、培植根本並無二致。
但細推敲起來，還是頗有差異的。錢氏此論的前提是「心性本體」
觀，思路是佛學的去染返淨，與韓愈的道德修養觀並不相同。依錢氏
看來，文學創作之源既非道德信條，亦非社會生活，而是心體性靈。
這一點與金聖歎的「心地」頗相通，同為袁中郎詩論的餘緒。正是基
於此，錢氏提出，詩文水準的提高是一個不斷「去煩除濫」的過程，
而此過程與明心見性的過程同步，且以後者為基礎。同時，這個過程
並不是理性的道德化過程，而是「不思議熏」的帶有神秘色彩的變化
過程。其結果就是「俗情既盡，妙氣來宅」。一旦「妙氣來宅」，自然
「橫說豎說」皆成文章了。從基本思路看，此說與李卓吾「童心」說
大端無二，但錢氏明用佛語，又捨棄了李說中反禮教的成份，因而顯
得較為玄奧，而不似卓吾那麼鋒銳。

對於「薰習」、「妙氣」之說，牧齋甚為得意，後又屢屢言及，如
《空一齋詩序》：「季華少習禪支，晚為清眾，……所謂客情既盡，妙
氣來宅者，與其為詩也，安得而不佳。」[23]《贈別胡靜夫序》：「往余
游金陵，胡子靜夫方奮筆為歌詩，……情若有餘於文，而言若不足於

---

22 〔清〕錢謙益：《高念祖懷寓堂詩序》，見《牧齋有學集》，第16卷，751頁。

23 〔清〕錢謙益：《空一齋詩序》，見《牧齋有學集》，第20卷，842頁。

志，……別七年，再晤靜夫，其詩卓然名家，為時賢眉目。……客情
既盡，妙氣來宅，靜夫其將進於道乎？」[24]兩個半世紀後，梁啟超論
文學功用，也大談「薰」之妙用。用意與錢氏完全不同，但用此僻語
卻屬無獨有偶。至於是否受到牧齋啟發，卻無從得知了。

2.「彈斥淘汰」說

其《陳古公詩集序》云：

> 佛言此世界初，風金水火四輪次第安立，故曰「四輪持世」。
> 四輪之上為空輪，而空輪則無所依。……人身為小情器界，地
> 水火風與風金四輪相應，含而為識，竅而為心，落卸影現而為
> 語言文字。倡頌歌詞，與此方之詩，則語言之精者也。今之為
> 詩者，矜聲律，較時代，知見封錮，學術柴塞，片言隻句，側
> 出於元和永明之間，以為失機落節，引繩而批之，是可與言詩
> 乎！此世界山河大地，皆唯識所變之相分；而吾人之為詩也，
> 山川草木、水陸空行、情器依止，塵沙法界，皆含攝流變於此
> 中：唯識所現之見分，蓋莫親切於此。今不知空有之妙而執其
> 知見學殖封錮柴塞者以為詩，則亦末之乎其為詩矣！……佛於
> 鹿苑轉四諦後，第三時用《維摩》彈斥，第四時用《般若》真
> 空淘汰清淨，然後以上乘圓頓甘露之味沃之。今不知彈斥，不
> 知淘汰，取成靡之水乳以當醍醐，此所謂下劣詩魔入其心腑者
> 也。嗚呼！將使誰正之哉？陳子古公自評其詩曰：「意窮諸所
> 無，句空諸所有。」……今之稱詩可與談「彈斥淘汰」之旨，
> 必古公也。古公之詩，梯空躡玄，霞思天想，無鹽梅芍藥之
> 味，而有空青金碧之氣，世之人莫能名也。[25]

---

24 〔清〕錢謙益：《贈別胡靜夫序》，見《牧齋有學集》，第22卷，897-898頁。

25 〔清〕錢謙益：《陳古公詩集序》，見《牧齋有學集》，第18卷，799-800頁。

這段話融匯了「萬法唯識」的理論與天台宗判教的思路，以之說明詩歌的特質，同時批判當代詩壇的捨本逐末傾向。

佛教的法相唯識理論認為，世界的本體為阿黎耶識，由此派生出眼耳鼻舌身等識。眼識等，以所感知對象為「相」，以自身之感覺為「見」。錢氏所云「相分」、「見分」，即由此來。按照這種看法，大千世界不是獨立實存的客體，文學也不以表現客體為目的；在紛繁的現象背後，是「識」在流轉，是「心」在作用，而心、識的符示化為語言文字，語言文字精粹即是詩。詩是「見分」巧妙而集中的表現，若超越其具體內容，就可達到真空妙有的「識」。所以，詩中寫到的物色、呈現的詞采聲律都不是詩之所以為詩；只有透過、超越這些，也就是經過「彈斥淘汰」的功夫，才可見出寫心達識的本質。

「彈斥淘汰」是天台宗判教的觀點。在其「五時八教」說中，第三時為方等時，佛於此時說《維摩經》，「彈小（乘）斥偏（見）」；第四時為般若時，佛於此時說《金剛經》等，「蕩相遣執」，淘汰各種執迷分別之想。錢氏引此論詩，意在批評當代詩壇，包括自矜盛唐格調者、質實少化者等皆為「小乘」、「偏見」之屬，非批判之不能知何謂真詩。同時，與上文相發明，強調詩對現實世界的超越，對外在形式的超越。即對「相」超越後，詩方可寫心達識。

和金聖歎援佛理入詩論的「忍辱」、「心地」諸說一樣，錢氏的這些觀點，也是由於其迂曲晦澀而未有影響。但是，他力圖從語言文字的本質來說明詩歌的根本屬性，這種思考探索的方向還是頗具啟迪意義的。

牧齋身後，王士禛倡「神韻」之說，朱彝尊賞「清空」之境。二人與牧齋之間，或直接或間接，皆有相當程度的聯繫。而「神韻」與「清空」相通於空靈、超越。因而，若溯二者之源於牧齋「彈斥淘汰」說，似不無可憑。

三

　　與金聖歎、錢謙益不同，王夫之是一位正統的道學家，極度推崇張載，以衛道自任。故在他的著作中，時有批判佛教的言論。但他不是簡單抨擊否定，而是在深入研究的基礎上，對佛學的觀點及方法作切實的分析。他著有《相宗絡索》，對法相唯識的邏輯方法進行梳理闡釋。所以，他一方面否定佛學的基本觀點，一方面又從其中學會細密的辨析名理的方法。同時，他與佛門人物也有一定的聯繫。與他同在永曆朝廷任職的學者方以智出家為僧後，幾次勸他也歸依佛門。他雖未聽從，但「不忍忘其繾綣」，寄詩婉辭，並稱讚方的行為是「逃禪潔己」。這種情況也表現在王夫之的文學批評之中。總的來說，他的詩論是以儒家「興觀群怨」說為核心的，並頗有貶斥詩僧之言（這與黃宗羲適成對照，黃對僧詩之「清」甚為推許），但同時又援佛學入詩論，提出了「現量」說。其論略云：

> 「僧敲月下門」，只是妄想揣摩，如說他人夢，縱令形容酷似，何嘗毫髮關心？知然者，以其沉吟「推」、「敲」二字，就他作想也。若即景會心，則或推或敲，必居其一；因景因情，自然靈妙，何勞擬議哉？「長河落日圓」，初無定景；「隔水問樵夫」，初非想得：則禪家所謂「現量」也。[26]
> 詠物詩，齊梁始多有之。其標格高下，猶畫之有匠作、有士氣。徵故實，寫色澤，廣比譬，雖極鏤繪之工，皆匠氣也。又其卑者，餖湊成篇，謎也，非詩也。李嶠稱大手筆，詠物尤其

26　〔清〕王夫之：《薑齋詩話》，第2卷，4頁，見《中國基本古籍庫》，文學類，文學評論目。

屬意之作，裁剪整齊而生意索然。亦匠筆耳。至盛唐以後，始有即物達情之作。……禪家有三量，唯現量發光，為依佛性；比量稍有不審，便入非量。況直從非量中施朱而赤，施粉而白，勺水洗之，無鹽之色敗露無餘，明眼人豈為所欺邪？[27]

現量、比量是佛家因明學中的兩個理論範疇。玄奘所譯《因明入正理論》云：「此中現量謂無分別，若有正智於色等義離名種等所有分別，現現別轉，故名現量。」[28]這裏重要的是「無分別」三字。印度因明學古已有之，至佛教瑜伽派大師陳那加以改造，遂成為法相唯識學的重要理論方法。現量的無分別性，正是陳那的理論貢獻。所謂「分別」，就是使用概念對事物進行分類、界定，接近於現代認識論的理性認識階段。現量既然「無分別」，也就停留在整體感知階段，是對事物聲色形態作直觀的瞭解。當然，因明學並無明確的理性、感性之分野，也無所謂認識階段的高低，而只是強調現量狀態下事物自相直接而真實的呈露。與現量相反，比量是在事物之間的比度中，經過推理、分析後獲得的認識。《因明入正理論》云：「比量者，謂藉眾相而觀於義。」並舉一例：已知著火時生煙，今見遠方煙起，故可推知遠方起火。至於非量，不是通行講法。《相宗絡索》的《三量》條解釋道：「若即著文句，起顛倒想，建立非法之法，即屬非量」。[29]這其實就是推理錯誤的比量，通常稱為「似比量」。

　　王夫之認為，好詩的創作接近於現量，次者近於比量，劣詩則為

27 〔清〕王夫之：《薑齋詩話》，第2卷，13-14頁。

28 〔唐〕玄奘：《因明入正理論》，第1卷，見電子佛典《大藏經・論集部》T32，No. 1630。

29 〔清〕王夫之：《相宗絡索》，見《船山全書》，第13冊，538頁，長沙，嶽麓書社，1996。

似比量。他稱合乎「現量」觀的作品是「即物達情之作」,「因景因性,自然靈妙,何勞擬議」,如「長河落日圓」、「隔水問樵夫」之類。他的觀點大致可歸納為:1.生活經驗是創作基礎。他還曾有過更明確的說法:「身之所歷,目之所見,是鐵門限。」[30] 2.詩的創作要靠直覺。王夫之解釋「現量」之「現」道:「一觸即覺,不假思量計較」。3.這種直覺狀態是心靈與客體的契合,而以真切的心靈體驗為主導。對此,他又講:「心靈人所自有。……總以曲寫心靈,動人興觀群怨,卻使陋人無以支借」。4.靠詩法、推理都寫不出好詩,雕章琢句更等而下之。他曾強調:「凡言法者,皆非法也。釋氏有言:『法尚應舍,何況非法?』文藝家如此,思過半矣。」[31]

王夫之的「現量」說,可溯源至鍾嶸的「自然英旨」、「皆由直尋」等觀點,而他的特點在於援入了佛學的「現量」說,從而更突出了對直覺性、非理性的強調。嚴格地講,他雖認真研究過佛學,但在以「現量」論詩時,卻並非嚴守因明學本義,如謂「唯現量發光」之說,已有明顯的禪宗思想的印記。不過,這幾乎是移所有佛學理論於文學批評者所不可避免的。

四

應該說明的是,上述理論觀點並不能代表金、錢、王的全部主張,甚至在各自的文學思想體系中,也並不佔有特別重要的位置。本文特地拈出並加以闡發,一則為了更為全面地認識這幾位清初文論重鎮,特別是他們的思想淵源;二則是把這些理論觀點集中在一起,便

---

30 〔清〕王夫之:《薑齋詩話》,第2卷,4頁。
31 〔清〕王夫之:《薑齋詩話》,第2卷,7頁。

可以看到，清初二三十年間的文論，確實受到佛學一定程度的影響，從而形成了某些特色。

清代前期，佛教比較興旺。順治、康熙、雍正三朝帝王皆熱心佛事，順治皇帝封玉林通琇禪師為「國師」，雍正皇帝親自編纂《御選語錄》。但這種熱鬧興旺主要是清廷統治手段的結果，若論僧侶的佛學水準，則遠不能與隋唐相比，甚至尚在中晚明以下。不過，這個時期的佛教有一特異之點，為歷代所無，即相當數量的中上層士人，包括明宗室成員，削髮為僧，如函可、八大山人、石濤、大錯、澹歸、藥地、戒顯、弘智等[32]。他們既有「避紂東海」之意，便把不滿清朝統治的感情態度帶入了佛教，因而密切了具有類似態度的士人與佛教的關係。另一方面，「天崩地解」的大事變以及匡復之想的屢次幻滅，也使得相當一部分士人消沉感傷，遁入佛學去建構自己的精神家園。這樣，能文之僧與談空之士的數量便遠邁前代，從而在佛學與文學之間增加了溝通管道、聯繫紐帶。黃宗羲稱：「詩為至清之物。僧中之詩，人境俱奪，能得其至清者。故可與言詩，多在僧也。」[33]正是這種情況的反映。金聖歎、錢謙益等援佛說文，固然有他們個人思想、學養的原因，也與這個特殊的時代背景有相當的關係。

這幾個人中，王夫之僻處一隅，思想自成體系。而金聖歎與錢謙益，錢謙益與黃宗羲，則有程度不同的聯繫。金聖歎與錢謙益的直接交往只有一次，便是崇禎八年的所謂「仙壇倡和」。金聖歎以降神的方式邀至錢謙益，詭稱錢為高僧慧遠轉世，自己是智者大師高足的後身。然後，二人彼此唱和，金氏做古風、七律各一，牧齋報以和詩一

---

32 《天童弘覺忞禪師北遊集》卷三引茚溪行森語：「近三十季來，則世家公子、舉監生員，亦多有出家者。」

33 〔清〕黃宗羲：《平陽鐵夫詩題辭》，見《南雷文定》，第3集，第1卷，12頁，上海，商務印書館，1937。

組，又作《靈異記》一篇。此雖為僅見之事，卻頗能反映二人思想、
性格的特色。而由於事涉佛、文兩面，對於本文討論的內容當不無關
聯。二人的間接聯繫則與詩人徐增有關。徐是金聖歎的詩文友，崇拜
金氏為人，服膺其詩歌「分解」理論，並在《而庵詩話》中大力鼓
吹。而他又出入牧齋門下，有文字交往。有趣的是，牧齋評徐增其人
其詩，也是從佛學立論取譬：「（徐）蕭然如道人禪老，……吾讀內
典，劫火初起，……（徐）身當劫後，緣情託物，……安知劫火起滅
不在文人筆端、一口吹唾耶？」[34]因此，若說金、錢在援佛論文方面
相互影響似乎不必，若說他們及周圍的一些作家同聲而相應，則與事
實不遠。

　　雖然在金、錢、王以佛理說詩論文時，並無聲氣相接相通，但思
路與觀點卻有相通之處。要而言之，有以下四個方面：

　　1. 從佛學的心、識理論出發，強調文學活動的主體性。金聖歎的
「心地」說、錢謙益的「彈斥淘汰」說，主旨皆在於此。而王夫之以
「現量」論詠物，也有這層含義。

　　2. 用宗教體驗類比於創作心理，說明文學創作的非理性特徵。金
聖歎的「無」字說、錢謙益的「薰習」說、王夫之的「現量」說，都
包含有這種觀點。

　　3. 以佛學修持的境界比喻文學創作的高妙境界，並批判當代文壇
的淺俗浮濫狀態。錢謙益的「彈斥淘汰」說，「客氣——妙氣」說，
金聖歎的「無」字說，在這方面彼此相通。

　　4. 某些提法不謀而合，曲折反映了共同的心態。如金聖歎以「忍
辱心地」描述律詩創作的心理要求，錢謙益則以「忍辱」說明「薰
習——妙詩」的心理內容。雖然是佛家常用之話頭，但引入詩論卻似

---

34 〔清〕錢謙益：《徐子能黃牡丹詩序》，見《牧齋有學集》，第20卷，853-854頁。

乎絕無僅有。這便不能不使我們聯想到那個特定的時代背景及特定的漢族士人的心態。

　　當然，清初濡染佛學的文論觀點並不止於上述，而上述各種理論也很有瑕疵，特別是佛理與文理的契合，並未圓融。但本文旨在拈出這個向被忽視的現象而已，詳盡剖析評判且俟之他日。

金聖歎「忠恕」說論析

一

在金聖歎的小說理論及批評實踐中,「忠恕」說都占有相當重要的地位。《第五才子書序三》把「忠恕」與「因緣生法」並列,作為《水滸》創作的綱領:

> 施耐庵以一心所運,而一百八人各自入妙者,無他,十年格物而一朝物格,斯以一筆而寫百千萬人,固不以為難也。格物亦有法,汝應知之。格物之法,以忠恕為門……忠恕,量萬物之斗斛也。因緣生法,裁世界之刀尺也。施耐庵左手握如是斗斛,右手持如是刀尺,而僅乃敘一百八人之性情、氣質、形狀、聲口者,是猶小試其端也。[1]

這是金氏從小說藝術角度論及《水滸》創作綱領的唯一一段話。他把《水滸》的文學成就首先歸之於人物的個性化描寫,而這取決於作者的「格物」功夫。至於如何「格物」,門徑便在於「忠恕」。他又不無誇張地說「忠恕」是衡量、評價天下萬物的工具、標準,指導小說創作不過「小試其端」。不管我們怎樣具體解釋這個略帶神秘的概念,

---

1 〔清〕金聖歎:《第五才子書序三》,見《第五才子書施耐庵水滸傳》,9-10頁,河南,中州古籍出版社,1985。

「忠恕」在金聖歎心目中的重要性，可以毋庸置疑了。

金批中關於「忠恕」的另一段正面論述見於第四十二回總批：

> 粵自仲尼歿而微言絕，而忠恕一貫之義，其不講於天下也，既
> 已久矣。夫「中心」之謂忠也，「如心」之謂恕也。見其父而
> 知愛之謂孝，見其君而知愛之謂敬。夫孝敬由於中心，油油然
> 不自知其達於外也，如惡惡臭，如好好色，不思而得，不勉而
> 中，此之謂自慊。聖人自慊，愚人亦自慊；君子為善自慊，小
> 人為不善亦自慊。……為善為不善，無不誠於中形於外，聖人
> 無所增，愚人無所減，是上智之德也。何必不喜？何必不怒？
> 何必不哀？何必不樂？喜怒哀樂，不必聖人能有之也；匹婦能
> 之，赤子能之，乃至禽蟲能之，是則所謂道也。道也者，不可
> 須臾離也。……惟天下至誠，為能贊天地之化育也。嗚呼！是
> 則孔子昔者之所謂「忠」之義也。蓋「忠」之為言，「中心」
> 之謂也。喜怒哀樂之未發，謂之「中」；發而為喜怒哀樂之中
> 節，謂之「心」；率我之喜怒哀樂自然誠於中形於外，謂之
> 「忠」；知家國天下之人率其喜怒哀樂無不自然誠於中形於
> 外，謂之「恕」。知喜怒哀樂無我無人無不自然誠於中形於
> 外，謂之「格物」；能無我無人無不任其自然喜怒哀樂，而天
> 地以位，萬物以育，謂之「天下平」。[2]

這段論及宋明理學的若干重要論題。由於金聖歎師心橫口，立論率由
己意，因而增添了闡釋的困難。擇要而論，有這樣幾層意思：

1. 「忠」與「恕」的基本精神是對萬物「任其喜怒哀樂」的包容精
   神。

---

2 〔清〕金聖歎評點：《第五才子書施耐庵水滸傳》，692-693頁。

2.「忠」就是真實性情的自然表露。

3. 承認、肯定他人的「忠」，就做到了「恕」；實踐恕道的過程就是「格物」。

4. 無論人、己，率情任性皆合乎大道，是天下大治的表現。

5.「忠恕」與佛理相通。施耐庵以二者結合，指導了《水滸》的創作。

這些看法，有的是金聖歎之創見，有的則師承有自。為了更準確地把握金氏「忠恕」說的真諦，我們且先來花費一番追源溯流的功夫。

二

儒學經典中，「忠恕」初見於《論語》，再見於《中庸》。《論語·里仁》篇：

> 子曰：「參乎，吾道一以貫之。」曾子曰：「唯。」子出。門人問曰：「何謂也？」曾子曰：「夫子之道，忠恕而已矣。」[3]

《中庸》：

> 忠恕違道不遠，施諸己而不願，亦勿施於人[4]。

前者邢疏云：「忠，謂盡中心也。恕，謂忖己度物也。」後者孔穎達疏云：「忠者，內盡於心；恕者，外不期物。恕，忖也，忖度其義於人。」這兩種解釋比較接近，與金說也有相通處。但是，這實乃後起

---

3 〔宋〕朱熹撰：《論語集注》，見《四書章句》，34頁，山東，齊魯書社，1992。

4 〔宋〕朱熹撰：《中庸章句》，見《四書章句》，8頁。

之說。先秦至兩漢的文獻中，「忠」主要有二義：其一指美德，如「忠，德之正也。」(《左傳‧文公元年》)「忠者，德之厚也。」(《賈子‧道德說》)「教人以善謂之忠。」(《孟子‧滕文公上》)「義明而物親，忠也。」(《莊子‧繕性》)「忠，敬也。」(《說文》)等等。其二專指臣下事君之道，如：「逆命而利君謂之忠。」(《荀子‧臣道》)「忠者，臣之高行也。」(《管子‧形勢解》)「臣以下非其君為忠。」(《後漢書‧范升傳》)等等。到南北朝時，皇侃的《論語》疏中才有「忠，謂盡中心也」的新解。「恕」的早期釋義也較泛，如「恕，仁也。」(《說文》《廣雅》)不過，以「忖己度人」解「恕」，大多數文獻是一致的。

從皇侃到孔、邢，他們的共同點是，變前人倫理評價式的解釋為狀態描述。「盡中心」、「內盡於心」都不是明顯的褒讚語。由於這種解釋較為抽象，可以涵括前人種種不同說法，且暗合於理學家喜談心性的傾向，故宋代以後，言及「忠恕」者，大多據此而生發。

一般來講，程朱及其後學雖很重視《論語》、《中庸》，但對「忠恕」殊少發揮。「忠恕」是在陽明門下逐漸增加、更新了內涵，並被置於更為重要地位的。《明儒學案》記鄒元標：「先生之學，以識心體為入手，以行恕於人倫事物之間、與愚夫愚婦同體為功夫……求見本體，即是佛事之本來面目也。其所謂恕，亦非孔門之恕，乃佛氏之事事無礙也。」[5] 鄒為王陽明的再傳弟子。據此，他援佛入儒，修正了孔門「恕」道，又以「恕」為日常行為之軌範，顯然與前代氣象迥異。應該說，《論語》只提出了「忠恕」而未詳加解釋，而《中庸》把「恕」解釋為己所不欲勿施於人，則意義偏於消極。相比之下，鄒元標以佛學中的哲理為新的思想資源融入儒家舊說，對「恕」做了重

5　〔清〕黃宗羲：《明儒學案》，第23卷，535頁，北京，中華書局，1985。

新闡釋，理解為與民眾平等、休戚相關的一種包容精神，並以此為道德修養的功夫，無疑是積極得多了。

實際上，這一趨向由來久矣，甚至可追溯到大程處。大程所云：「天地變化草木蕃，不其恕乎？」也是表現包容的宇宙觀，這實有「眾生平等」的味道，說他受到《華嚴經》「事事無礙」觀的影響，也是毫不牽強的。至明代陳白沙，更著力鼓吹這種包容、寬恕的態度，他主張「心地要寬平」，「賢愚善惡一切要包他，到得物我兩忘，渾然天地氣象。方始是成就處。」[6]「宇宙內更有何事？天自信天，地自信地，吾自信吾。自動自靜，自闔自闢，自舒自卷，甲不問乙供，乙不待甲賜，牛自為牛，馬自為馬。」[7]他雖然屢屢自辨異於釋老，其實卻明顯吸收、融匯了佛老的觀點。他在《與林緝熙書》中透露了這一消息：「夫以無所著之心行於天下，亦焉往而不得哉！」直承他的處世態度受《金剛經》及禪宗的影響。

在高揚主體作用、提倡灑落人生態度及主張包容精神方面，陳白沙與王陽明是並軌同趨的，也都對中晚明思想產生了大的影響。而王門人材濟濟，聲勢自然更大一些，王陽明的「無善無惡」論把包容精神闡述得十分精細，而佛學成份也相應增加。《傳習錄》有一段師弟對話：

> 侃去花間草，因曰：「天地間何善難培，惡難去？」……（先生）曰：「此等看善惡，皆從軀殼起念。……天地生意，花草一般，何曾有善惡之分？……無善無惡者理之靜，有善有惡者氣之動。不動於氣，即無善無惡，是謂至善。」[8]

6　〔明〕陳獻章：《與賀克恭》，見《明儒學案》，第5卷，84頁。

7　〔明〕陳獻章：《與何時矩》，見《明儒學案》，第5卷，85頁。

8　〔明〕王守仁：《傳習錄》，見《王陽明全集》第1卷，29頁，上海古籍出版社，1995。

這與佛性無所不在、眾生平等的大乘佛學思想，戒嗔、戒無明的佛教
修持手段皆有明顯相通之處。王門各派都程度不同地繼承了這種包容
精神，有的更直接名之為「忠恕」。如萬廷言所云：「忠恕盡乾坤之
理。……只本念上不動絲毫，當下人已渾然，分願各足，便是天地變
化草木蕃也。」何廷仁：「天下之事，原無善惡，學者不可揀擇去
取。」王畿：「常念天下無非，省多少忿戾。」「是非分別太過，純白
受傷，非所以蓄德也。」鄒善：「人情物理，不遠於吾身。苟能反身
求之，又何齟齬困衡之多？蓋己所不欲，勿施於人，則人我無間。」

　　還有一些論者把「忠」與「恕」聯繫、比較來談，論點已接近於
金聖歎。如聶豹的《困辨錄》：

> 欲惡不欺其本心者，忠也，非中也；然於中為近。……推欲惡
> 以公於人者，恕也，非和也；然於和為近。忠恕是學者求復其
> 本體一段切近功夫。[9]

以表裏如一釋「忠」，以己之「忠」推廣及人釋「恕」思想與金氏相
近。聶豹嘉靖年間在金聖歎家鄉蘇州做過太守，在當地士人中有過
較大影響——這是不應忽視的。他的另一段議論，可能更顯示出某種
聯繫：

> 夫使好好色，惡惡臭，亦須實用其力，而其中亦有欺之可
> 禁，……絕無一毫人力，動以天也。……一有所作，便是自
> 欺，其去自慊遠矣。[10]

9　〔明〕聶豹：《困辨錄》，見《明儒學案》，第17卷，384頁。
10　〔明〕聶豹：《答緒山》，見《明儒學案》，第17卷，378-379頁。

其看重本性天然的觀點，以及論述中「好好色，惡惡臭」、「自慊」的具體語詞，都與金聖歎在《水滸傳》第四十二回那一大段批語十分近似。他的後學何廷仁在《善山語錄》中講：

> 平其心，易其氣，良知精察，無有私意，便覺與天地相似矣。不唯父子兄弟童僕自無不好，而天下之人亦無不好，……故盡天下之性，只是自盡其性。[11]

把「自盡其性」與「盡天下之性」相聯繫，認為是一件事的兩方面，而最後歸結到「天下之人亦無不好」，這與金聖歎的觀點已相當接近，而「自盡其性」的講法尤與金氏一致，只不過沒有明確提出「忠恕」兩字罷了。

「忠恕」在王門傳承中逐漸具有了肯定自我性情（「內盡於心」、「自盡其性」）、主張眾生平等（「不可揀擇去取」、「盡天下之性」）等內涵，也和個人道德修養有了較大的關聯。這種趨向在泰州學派中最為明顯。顏山農的親傳弟子羅汝芳尤重「恕」道，他在《語錄》中講：

> 蓋天地之視物，猶父母之視子，物之或栽或傾，在人能分別之，而父母難分也，故曰：「父莫知其子之惡。」父母莫能知其子之惡，而天地顧肯覆物之傾也耶？此段精神古今獨我夫子一人得之，故其學只是求仁，其術只是個行恕，其志只是要個老便安，少便懷，朋友便信，其行藏，南子也去見，佛肸也應召，公孫弗擾也欲往……於人亦更不知一毫分別，故其自言曰：「有教無類。」推其在精神，將我天下萬世之人欲盡納之

11　〔明〕何廷仁：《善山語錄》，見《明儒學案》，第19卷，456頁。

懷抱之中，……真是渾成一團太和，一片天機也。

孔門宗旨，惟是一個仁字。孔門為仁，惟一個恕字。……己欲立，不須在己上去立，只立人即所以立己也。己欲達，不須在己上去達，只達人即所以達己也。[12]

泰州的另一員大將徐波石也在《語錄》中講：

聖學惟無欺天性。聰明學者，率其性而行之，是不自欺也。率性者，率此明德而已。父慈子孝，耳聰目明，天然良知，不等思慮以養之，是明其明德。一入思擬，一落意必，則即非本然矣。[13]

羅汝芳的弟子楊起元之《楊復所證學編》云：

恕者，如心之謂，人己之心一如也。若論善，我既有，則天下人皆有；若論不善，天下人既不無，我何得獨無？此謂人己之心一如。[14]

和金聖歎的「忠恕」說相比較，上述諸人的議論至少有五點值得注意：

1. 「恕」是孔門重要宗旨，合於天地之大道。
2. 學者應率性行事，純任天然。
3. 行「恕」道是同時利人利己的。

---

12 〔明〕羅汝芳：《語錄》，見《明儒學案》，第34卷，788-789頁。
13 〔明〕徐樾：《語錄》，見《明儒學案》，第32卷，728頁。
14 〔明〕楊起元：《楊復所證學編》，見《明儒學案》，第34卷，812頁。

4. 以父子親情及耳聰目明為喻闡發「忠恕」之道。

5. 明儒的「恕」道中滲透、融匯了佛學觀點。

當我們把金聖歎的「孝敬由於中心，油油然不自知其達於外也……不思而得，不勉而中」、「喜怒哀樂，不必聖人能有之也。匹婦能之……是則所謂道也」、「天下自然無法不忠。火亦忠，眼亦忠，故喜之見忠；鐘忠，耳忠，故聞無不忠」、「夫妻因緣，是生其子……天下之忠，無有過於其子之面者」等議論拿來對照時，甚至會發生某些思路、語氣上的近似點。雖不能斷定金氏讀過他們的著作，但金聖歎青年時代，泰州學派在蘇州一帶有很大影響卻是無疑的。何況，羅汝芳作過太湖令，致仕後往來於江浙講學，「所至弟子滿座」。而羅又雜學旁搜，「談燒煉、採取、飛升」、「談因果、單傳、直指」，雜糅三教的風格正是金氏的先導。因此說金聖歎的「忠恕」說受到王學，特別是泰州學派的影響，甚至說其中帶有羅汝芳等人觀點的印痕，當非牽強之詞。

三

金聖歎以率性任性釋「忠恕」，而他本人的學風也率情任性。廖燕形容其學問之道：「凡一切經史子集、箋疏訓詁，與夫釋道內外諸典，以及稗官野史、九彝八蠻之所記載……縱橫顛倒，一以貫之。」尤侗則稱其「以聰明穿鑿書史，狂放不羈。」可以說，他的任何一種觀點，都不是亦步亦趨的拾人牙慧。我們提出金聖歎「忠恕」說與泰州學派（以及整個王學）的某些聯繫，只是要說明思想觀點有所傳承，並有利於揭示其底蘊。這並不排除「忠恕」說的獨創內容。就金氏以「忠恕」解釋小說藝術規律而言，他的創見多於承襲。

金聖歎的創見首先表現在據「忠恕」而為梁山好漢辯護。

　　他的邏輯是這樣的：人類及萬物自然表露自己的性情，便體現出天地化育之道；每個人都應自然、真實地表露自己的性情，即為「忠」；每個人也應理解、相信他人自然、真實地表露自己的性情，即為「恕」；聽任自己和天下人自然表露真性情，就是理想的社會狀態——「天下平」。基於這一邏輯，梁山好漢的行為便都可用「忠」為解釋，同時也就被「恕」道所包容。如金聖歎盛讚李逵合乎「忠恕」之道，理由是：

　　　奈何輕以「忠恕」二字下許李逵？殊不知「忠恕」天性，八十翁翁道不得，周歲哇哇（當作「娃」）卻行得。以「忠恕」二字下許李逵，正深表「忠恕」之易能，非歎李逵之難能也。[15]

這其實與李卓吾讚美李逵為「佛」屬同一機杼，與羅汝芳所言「人情極平易處」正是「工夫極神聖處」，也是一個思路，都是著眼於人物的真性情，即天性自然流露上。更進一步，凡有違「恕」道，壓抑天性流露的都在反對之列。金聖歎以「亂自上作」來解釋《水滸》的思想蘊涵，正是據此而立論。他在《語錄纂》中的一段話可以參證：

　　　遂萬物之性為「成」，「成」裏邊有個秘訣曰「曲」。「曲成」之曲字，取正吹之橫笛，孔裏邊有個曲。逐孔逐孔吹去，以上翻到最下一孔，從下轉到最上一孔，天地之調已盡了。若使再開一孔，不與調相應，再跌不下，故曰人官物曲。「曲」非聖人之曲，乃萬物自然之曲也。今夜冬至了，明日桃樹便有紅色起來，故從「兆」。到得開桃花，結桃實，已是頂調了。核中之

15　〔清〕金聖歎評點：《第五才子書施耐庵水滸傳》，694頁。

仁，仍收到本來，卻是逞乾元底曲調，在這裏做物。調唱不
足，再收不轉；調唱足了，自然歇手。聖人於一切世間不起分
別，一片都成就去。盡世間人但憑他喜，但憑他怒，自有乾元
為之節。若唱了頂調，自然去不得了。末世之民，外迫於王
者，不敢自盡其調，內迫於乾元，不得不盡其調，所以瞞著王
者，成就下半個腔出來。朋比訐告，俱出其中。弒父弒君，始
於犯上，乃是別調。[16]

這是金氏的政治哲學，也可以看作其評點《水滸》的重要指導思想，
而基本點正是「一片都成就去」的恕道。

《易繫辭》有「範圍天地之化而不過，曲成萬物而不遺」的講
法，旨在說明《易》理的廣泛適用與普遍包容。其中的「曲成」有委
曲成全之意。金聖歎正是由此而生發。他認為，順從、聽任萬物依本
性自由發展才稱得上「成」，而「成」與否的關鍵在於能不能體現
「曲」的精神。本來，《易繫辭》所用的「曲」字為「委曲」之意。
金聖歎採取自由聯想，從樂曲的原理來解釋「曲」的含義。他根據旋
相為宮的音樂理論，指出了音階八度循環的道理，認為音階的八度循
環是由樂音自然屬性決定的，如果人為改變，結果必不成腔調。由
此，他又想到桃花之開、謝、結實，其中也體現出內在的規律。他的
結論是：聖人不把自己的意志強加於萬物，而是以一種寬容的胸懷，
「於一切世間不起分別，一片都成就去」，把調節控制的權力交回自
然──「乾元」。從這樣的哲理出發，他分析了晚期的政治弊端，認
為社會矛盾激化的根本原因是「王者」壓迫民眾。民眾的生存本能、

---

16 〔清〕金聖歎：《語錄纂》，見《金聖歎全集》，第3冊，767-768頁，江蘇古籍出版
社，1985。

性情好惡在壓迫之下不能正常實現,而內在規律——「乾元」又驅使其要求實現,於是就造成社會衝突,出現種種造反行徑。

以本性天然合理為民眾「不法」行為辯解,這正體現出「恕」的精神。楊起元論「恕」也曾涉及類似問題:「那百姓家,多因他所居之地既卑,賴藉之資又薄,內有仰事俯育之累,外又有一切引誘之徒,如何怪得他有是惡!……凡屬於人者,無善務須看到有,有惡務須看到無。看之久久,忽然自悟,便能全身藏在恕中,而能喻人矣。」可見,只要把「恕」理解為寬容,只要承認人的天性自然合理,就自然地得出諒解「不法」行為的結論。所以,楊起元與金聖歎殊途而可同歸。

類似由「恕」道出發,批判專制政治,同情下層民眾的言論,金聖歎在明末清初的一段時間裏反覆宣揚,如:

> 聖人不禁民之好惡。「在余一人」無好惡,盡民之所好所惡。[17]
> 大君不要自己出頭,要放普天下人出頭。好民好,惡民惡,所謂「讓善於天」。天者,民之謂也。故一個臣,亦不要自己出頭,要放有技彥聖出頭。若一毫身見未忘,則災必逮之。[18]

把《水滸》金批的一些段落拿出來比較,可謂息息相通矣。如「才調皆朝廷之才調也,氣力皆疆場之氣力也,必不得已而盡驅入於水泊,是誰之過也?」「夫江等終皆不免於竊聚水泊者,有迫之必入水泊者也。若江等生平一片之心,則固皎然如冰在玉壺,千世萬世,莫不共同。」「天下者,朝廷之天下也;百姓者,朝廷之赤子也。今也縱不

---

17 〔清〕金聖歎:《語錄纂》,見《金聖歎全集》,第3冊,795頁。
18 〔清〕金聖歎:《語錄纂》,見《金聖歎全集》,第3冊,795頁。

可限之虎狼，張不可限之饞吻，奪不可限之幾肉，填不可限之谿壑，
而欲民之不叛，國之不亡，胡可得也！」等等，正是上述「外迫於王
者，內迫於乾元」、「要放有技彥聖出頭」等政治見解的具體體現，而
其基本精神則是對梁山群雄的「恕」。

就大端而言，聖歎以前，諸人對「忠恕」的闡釋，不外論理學
（「德之正也」、「臣之高行也」、「仁也」等）與認識論（「內盡於
心」，「忖己度人」等）兩個領域──當然，二者並非截然劃分，而是
交叉重疊。金氏以「忠恕」為評論《水滸》的綱領，亦兼有這兩方面
的旨趣。而表現於思想內容的分析、評判，則主要為倫理方面的含
義，即寬容、體恤的精神。

金批中也有一些攻擊梁山義軍，特別是「深惡」宋江的言論。其
原因比較複雜。應該說，一定程度上確有「保護色」的考慮；同時，
還有階級立場、傳統觀念的局限，以及個人性格方面的原因。此外，
「忠恕」說固有的矛盾也有或多或少的關係。前面引述王陽明關於
「鋤花間草」的議論很典型的暴露出這種矛盾。王陽明先講「天地生
意，花草一般，何曾有善惡之分？子欲觀花，則以花為善，以草為
惡；如欲用草時，復以草為善矣。」強調「無善無惡」的包容精神。
而當弟子追問「草既非惡，即草不宜去矣」時，他卻又說：「草若有
礙，理亦宜去。」明顯出現矛盾。這是他人生實踐之矛盾的反映──
雖然王陽明大講「無善無惡」、「天地生意」，但剿殺造反者卻毫不手
軟。同時，也反映了「忠恕」之類包容理論所固有的矛盾。因為生存
本身就意味著鬥爭，甚至誓不相立，一切包容在很大程度上只是良好
願望而已。金聖歎既倡「忠恕為量萬物之斗斛」，有時又不能「恕」、
不肯「恕」，其自身牴牾處，也當作如是觀。

四

金聖歎對「忠恕」在認識論方面之含義所作的發揮，主要在小說人物的創作理論上。具體講，就是試圖為人物個性理論尋找哲理層面的依據。

有關人物塑造的觀點是《水滸》金批中享譽最盛的部分，如「獨有《水滸》，只是看不厭，無非為他把一百八個人性格都寫出來」等。但是，應該指出，小說人物個性化的主張並不始於金聖歎，李卓吾評《水滸》時已相當精闢地論述過這個問題。就主張人物塑造應具個性這一基本點而言，金聖歎的認識並沒有超過李卓吾。

在人物論的範疇內，金聖歎真正的貢獻在於以其「忠恕」說深化了對個性化問題的探討。在序三那段關於「忠恕」的議論中，金聖歎把「因緣生法」與「忠恕」結合到一起，分析人物塑造的方法：

> 施耐庵以一心所運，而一百八人各自入妙者，無他，十年格物而一朝物格。斯以一筆而寫百千萬人，固不以為難也。格物亦有法，汝應知之。格物之法，以忠恕為門。何謂忠？天下因緣生法，故忠不必學而至于忠，天下自然無法不忠。火亦忠，眼亦忠，故吾之見忠；鐘忠，耳忠，故聞無不忠。吾既忠，則人亦忠，盜賊亦忠，犬鼠亦忠。盜賊犬鼠無不忠者，所謂恕也。夫然後物格，夫然後能盡人之性，而可以贊化育，參天地。今世之人，吾知之，是先不知因緣生法。不知因緣生法，則不知忠。不知忠，烏知恕哉！是人生二子而不能自解也，謂其妻曰：眉猶眉也，目猶目也，鼻猶鼻，口猶口，而大兒非小兒，小兒非大兒者，何故？而不知實與其妻親造作之也。夫不知子，問之妻。夫妻因緣，是生其子。天下之忠，無有過於夫妻

之事者；天下之忠，無有過於其子之面者。審知其理，而睹天
下人之面，察天下夫妻之事，彼萬面不同，豈不甚宜哉！[19]

在這段議論中，「忠恕」首先被作為認識論的問題。「忠」作為自為的
個體存在，這裏強調的是其自然而然的獨特性；而「恕」則是對
「忠」之普遍性的瞭解和承認。這種瞭解和承認，是為了解決「一筆
而寫百千萬人」，為了達到「萬面不同」的創作目的。

金聖歎是借助「因緣生法」來具體闡發「忠恕」之理，解釋這一
創作原理的。他舉出「火亦忠，眼亦忠，故吾之見忠」和「鐘忠、耳
忠，故聞無不忠」作喻例，說明既然每個事物都是個性化的存在
（「忠」），那麼，個性化之「因」與個性化之「緣」相結合，所生之
「法」也必呈現獨特個性。正如父與母為個性存在，其子自然便為獨
特之存在，「萬面」皆由此而不同。因此，要寫出富於個性的性情、
氣質、形狀、聲口，便只消設計出獨特的「因」與「緣」，使之際會
即可。也就是說，性格塑造離不開情節的設計；情節設計體現出獨特
性，情節發展中顯露出的人物性格自然會富於個性。

要之，金聖歎的「忠恕──因緣生法」說同時具有認識世界（也
包括認識作品）與指導寫作（即創造藝術世界）兩重功能：就前者
言，是反省而知「忠」，推「忠」及人而得「恕」，在推「忠」得
「恕」的過程中，借助「因緣生法」說明之。就後者言，是構思從
「因緣生法」下手，以「忠」的原則締結因與緣，在二者和合生法的
過程中，體現「恕」的精神。

金聖歎的這一理論見解富有思辯色彩，在我國古代小說的人物創
作論領域，這樣深刻的議論是十分罕見的。他的觀點使我們很自然地

---

19 〔清〕金聖歎評點：《第五才子書施耐庵水滸傳》，9-10頁。

想到「情節是性格的歷史」、「豐富的性格中凝結著豐富的情節」等現代理論命題。彼此雖有椎輪大輅之別，但某些暗合之處還足使我們為之驚歎。

論「因緣生法」與金聖歎的小說創作觀

金聖歎在總結《水滸傳》創作經驗時，有一個提綱挈領的見解：

> 耐庵作《水滸》一傳，直以因緣生法為其文字總持。[1]
> 忠恕，量萬物之斗斛也；因緣生法，裁世界之刀尺也。施耐庵
> 左手握如是斗斛，右手握如是刀尺，而僅乃敘一百八人之性
> 情、氣質、形狀、聲口聲，是猶小試其端也。[2]

這段話可看作金聖歎的夫子自道。他在分析《水滸》創作方法時，實
以「因緣生法」為其理論之「總持」。研究金批，不能不首揭「因緣
生法」論之真諦。

一

「因緣生法」本是佛教解釋客觀世界之存在性質時提出的學說，
是佛學基本理論，故有「佛教以因緣為宗」之說。小乘講「業感緣
起」，空宗講「一切法空，但以因緣有」，有宗講「種子相續，隨其所

1　〔清〕金聖歎評點：《第五才子書施耐庵水滸傳》，898頁。
2　〔清〕金聖歎評點：《第五才子書施耐庵水滸傳》，10頁。

應，望所生法，是名因緣。」雖角度各異，而基本含義卻相近。所謂「法」，皆指大千世界的現象；「因緣」則指產生這些現象的內外原因。

各教派比較而言，「因緣生法」說在大乘空宗的理論體系中顯得更重要一些。其根本經典《般若》類諸經中大量篇幅論述「緣起」。檢索《大正藏》中「因緣」一詞，「般若」部中，共得3430條，遠多於其他各部。法華、三論二支派奉為圭臬的《中論》更是以「因緣生法」為中心論題。《中論》云：「因緣所生法，我說即是空。亦為是假名，亦名中道義。」[3]按照這種觀點，萬事萬物皆屬「假有」，亦即「有不定有，無不定無」的現象、感覺，而其本質則為不可確知的虛無。

金聖歎並非佛教的篤誠信徒，但對於佛理，特別是其中的哲學思想，卻興趣很濃。他的著述涉及佛教經典處頗多，而以《法華》、《金剛》為最。他自稱十一歲讀《法華經》愛不釋手。他著有專論經義的《法華百問》、《法華三昧》，可見，在佛學理論中，空宗的觀點對金聖歎影響要更大一些。

金聖歎的「因緣生法」說，主要建立於佛學各派所共有的基本含義之上，即視「因緣」為普遍的因果聯繫，稱大千世界的現象作「法」，然後加以廣泛的發揮，——小說理論中的發揮只是其一方面而已。但在一些具體論說中，大乘空宗的色彩稍濃一些，尤其是「中道」的「假有」觀更為突出。

二

金聖歎以「因緣生法」說指導文學批評，既著眼其佛理本義，又有發揮義。

3　〔印〕龍樹：《中論》，第4卷，見電子佛典《大正藏・中觀瑜伽部》T30，No.1564。

對《水滸傳》第五回，金聖歎有這樣兩段評語：

> 耐庵說一座瓦官寺，讀者亦便是一座瓦官寺；耐庵說燒了瓦官
> 寺，讀者亦便是無了瓦官寺。大雄先生之言曰：「心如工畫
> 師，造種種五陰，一切世間中，無法而不造。」聖歎為之續
> 曰：「心如大火聚，壞種種五陰。一切過去者，無法而不
> 壞。」今耐庵此篇之意，則又雙用其意，若曰：「文如工畫
> 師，亦如大火聚，隨手而成造，亦復隨手壞。如文心亦爾，觀
> 文當觀心。見文不見心，莫讀我此傳。」
> 吾讀瓦官一篇，不勝浩然而歎。嗚呼！世界之事，亦猶是
> 矣。……一部《水滸傳》悉依此批讀。[4]

這是一段典型的以佛理講文理的議論。金聖歎在評點《水滸》時，人
生無常的意識已相當強烈，因此他不滿意於「心造諸法」之說，而補
充以「心滅諸法」，認為現實生活中一切事物的生滅都是主觀的精神
活動。而這種情況與小說創作過程很相似，因為文學構思也同樣可以
產生幻象，並主宰其變化、生滅。所以他說：「如文心亦爾。」他提
出「一部《水滸傳》悉依此批讀」。正是強調認清小說的虛構性，以
之作為欣賞、分析的出發點。一部金批中，類似提法反覆出現，如
「一部書從才子文心捏造而出，並非真有其事。」（第三十五回批）
「凡若此者，豈謂當時真有是事？蓋是耐庵墨兵筆陣，縱橫入變
耳。」（第十八回評）可見，金聖歎援佛理入小說批評，一個重要原
因是要借「法」的假有性揭示小說的虛構特徵。

4　〔清〕金聖歎評點：《第五才子書施耐庵水滸傳》，120頁。

三

當金聖歎把小說創作的一些具體情況與「因緣生法」說相聯繫、相印證，以期求得規律性認識的時候，便賦予這個命題以新的含義，一定程度上超出了佛學理論的問題。這一新的探索主要是在藝術想像方面。

自明初小說理論萌芽以來，大多數論者囿於傳統的文學觀念，對小說的虛構性缺乏認識，真到李卓吾才明確肯定了小說的這一特徵。隨後，馮夢龍、袁于令等也有所論述，但尚未成一時之通論。至於在虛構的過程中，作者心理活動的情況，批評家們更未曾涉足。長期以來，由於在一些範圍內文史不分，人們往往以信實為標準，批評文學的虛構筆法，對想像的奧秘缺乏充分的認識。金聖歎對這種理論的困惑情況有所瞭解，他舉出人們在《水滸》鑑賞中的類似疑問：

> 人亦有言：「非聖人不知聖人。」然則非豪傑不知豪傑，非奸
> 雄不知奸雄也。……以奸雄兼豪傑，以擬耐庵，容當有之。若
> 夫耐庵之非淫婦、偷兒，斷斷然也。今觀其寫淫婦居然淫婦，
> 寫偷兒居然偷兒，則又何也？[5]

這一類疑問雖針對作品真實性及作者生活經驗而提出，卻已間接觸及了文藝心理學的一些問題，如創造性想像的心理特徵，又如形象思維與抽象思維的關係，等等。金聖歎用「因緣生法」說來解釋這一奧秘：

> 謂耐庵非淫婦、非偷兒者，此自是未臨文之耐庵耳。……惟耐

5　〔清〕金聖歎評點：《第五才子書施耐庵水滸傳》，898頁。

庵於三寸之筆，一幅之紙之間，實親動心而為淫婦，親動心而
為偷兒。既已動心則均矣。又安辨沘筆點墨之非入馬通姦，沘
筆點墨之非飛簷走壁耶？經曰：「因緣和合，無法不有。」……
而耐庵作《水滸》一傳，直以因緣生法為其文字總持，是深達
因緣也。夫深達因緣之人則豈惟非淫婦也，非偷兒也，亦復非
奸雄也，非豪傑也。何也？寫豪傑、奸雄之時，其文亦隨因緣
而起，則是耐庵固無與也。或問曰：然則耐庵何如人也？曰：
「……真能格物致知者也。」⁶

在這裏，「因緣生法」是被作為文學創作中想像的特徵提出來的。金
聖歎把小說創作看成一種特殊的心理過程。他用「動心」、「隨因緣而
起」與「格物」來解釋這一過程。

我們先來討論「動心」。佛學中關於「動心」的論述很多，有名
的如六祖慧能解釋風吹幡動的那樁公案：「不是風動，不是幡動，是
仁者心動。」釋家認為「心者本清淨」，「動」是沾染紅塵的表現，有
所謂「想因緣，是故心因緣從是起」之說。但也有個別經典認為想
像、幻覺有積極的意義，如《般舟三昧經》把幻覺、想像作為修行的
重要手段，只要「一心念之」，通過幻覺可以幻化出「端正姝好」的
人。這種幻化的人與現實存在的人沒有本質區別，「幻如人，人如
幻」，「幻與色無異也」，於是泯滅了精神現象與物質現象、現實世界
與夢幻世界的界限。可以看出，佛學的這一類觀點雖然談的是修行，
與文學毫不相干，但作為思想方法，對金聖歎是有所啟發的。

就創作心理而言，文學形象的產生是作家頭腦中表象運動的結
果。然而，作品中的文學形象既不同於生活現象，亦不同於作為現象

---

6 〔清〕金聖歎評點：《第五才子書施耐庵水滸傳》，898頁。

記憶的表象，而是經過作家頭腦的一番分析、綜合的功夫。金釋弓曾就聖歎之詩：「何處誰人玉笛聲？黃昏吹起徹三更。」提出疑問：為什麼用「玉」字？有何經驗根據？金聖歎回答，我用了玉字便是我詩中的笛了，詩中的玉笛是我心靈的創造物，作為原型的笛或竹或鐵與我無關[7]。所謂「動心」即指這一番分析、綜合的創造功夫。而從前面引文可以看出，金聖歎論「動心」，出發點仍是「心生萬法」，然而落腳點卻是「既已動心則均矣」。

「既已動心則均矣」，就是作家與所創造對象的認同。這是金聖歎對創作心理的一個規律性認識。換言之，就是說在創造人物形象時，作者要有一個忘我的幻化過程。當施耐庵描寫潘金蓮、時遷等人時，他沉浸到這些形象之中，體會其心理，揣度其行動時便具有了對象的性格、品質。故曰：「耐庵於三寸之筆，一幅之紙之間，實親動心而為淫婦，親動心而為偷兒。」金聖歎著意指出此時此地已與對象「均矣」，義近於「人如幻，幻如人」。對於審美觀照或藝術創作中這一類心理特徵，金聖歎頗感興趣，他處亦時有論述。其《語錄纂》云：「人看花，人銷隕在花裏邊去；花看人，花銷隕到人裏邊來。」[8]與劉勰的「目既往還，心亦吐納」、「情往似贈，興來如答」相比，談的都是審美過程的精神狀態，而金氏更強調主客觀的契合無跡。這亦可看出釋家對他的影響。

值得注意的是，金聖歎認為作者這種「動心——認同」的心理狀態具有很大隨意性。施耐庵可以暫時動心作了豪傑、奸雄，也可以作與自己本性相去甚遠的小偷、淫婦。幻境中的形象雖然與主體心理、行為暫時「均矣」，終究是「幻」，不具有確定的質。這與佛學亦有淵

7　〔清〕金聖歎：《聖人千案》，見《金聖歎全集》，第3冊，751頁，江蘇古籍出版社，1985。

8　〔清〕金聖歎：《語錄纂》，見《金聖歎全集》，第3冊，790頁。

源。《維摩詰經》：「一切諸法從意生形」，事物的規定性，即「定相」，實為想像所生，如散花的天女是男身還是女身沒有實際意義，這種色相的區別只是「仁者自生分別想耳」。故此，金聖歎認為在想像中，作者雖時為豪傑，時為淫婦，與之「均矣」，卻究屬意中之形，想中之別，並無掛礙。

與「動心」之說相關聯的，金聖歎有「處處設身處地而後成文」的主張。他在林沖火拼王倫一節批道：

> 此處若便立起，卻起得沒聲勢；若便踢倒桌子立起，又踢得沒節次，故特地寫個坐在交椅上罵，直拜罵到分際性發，然後一腳踢開桌子，搶起身來，刀亦就勢掣出，有節次，有聲勢。作者實有設身處地之勞也。[9]

他指出此節所以寫得虎虎有生氣，主要是作者馳騁想像、「設身處地」的結果。金聖歎還把這種主張貫徹到了戲劇的批評中，如《西廂記》評中，稱讚紅娘入雙文閨房一節的描寫細緻入微，「作者提筆臨紙之時，真遂現身雙文閨中也。」（《賴簡》評）

在古代中國小說批評史上，指出創作過程中心理的暫時幻覺狀態，金聖歎是第一人。而他的長處還在於立論持中。他以「隨因緣而起」作為小說創作中想像特徵的另一側面，來作為「動心」說的補充。在論及創作的全過程時，他指出作者「若干年布想，若干年儲材」，運用了「無數方法，無數筋節」「有全書在胸，而後下筆著書，此其以一部七十回一百有八人，輪迴稠疊於眉間心上，夫豈一朝一夕而已哉。」這說明是在理念的指導下，完全自覺的創作活動。而在個別人

9　〔清〕金聖歎評點：《第五才子書施耐庵水滸傳》，313頁。

物構思時，又有前述之暫時的幻覺狀態。這樣談，是比較全面的。

金聖歎認為，就幻覺之時論，作者等同於對象；而從整個創作過程論，「其文亦隨因緣而起，則是耐庵固無與也」。「無與」者，心理、行為不必相通也。由於作者「深達因緣」而「因緣和合，無法不有」，那麼情節的發展，人物的言行都在「因緣」相互作用中自然完成。這裏所謂「因緣」，指人物自身的素質條件和外部的環境條件。作者熟知各種人情物理，依據明晰的創作意圖，設置下一系列「因緣」，如人物的出身、嗜好、經歷、性情，以及歷史背景、社會關係，等等，於是人物就在這些因緣的制約、推動下，合乎邏輯地行動、言語，作者與每個對象皆「無與也」。他君臨於所有對象之上，靠諳熟的人情物理來設計、安排、驅遣他們。《水滸傳》第三回寫魯達雁門遇趙員外，金聖歎批道：「所以有個趙員外者，全是作魯達入五臺山之線索，非為代州雁門縣有此一個好員外，故必向魯達文中出現也。」這正是上述理論觀點在批評中的具體體現。作者要寫魯達之粗豪疏狂，便設計了五臺山一段，而要魯達上五臺山，還需要一個契機，於是寫一個趙員外。趙與魯有關聯，與五臺山亦有關聯，於魯達走投無路之時，寫一趙員外，諸「因緣」湊合，便實現了魯達上山的情節。趙員外者，魯達之一「因緣」耳。

可以看出，金聖歎以「因緣」為作者「動心」的一重制約。「動心」雖有很大的主觀隨意性，但又是在作者設置的一系列「因緣」中進行。當然，設置「因緣」與「幻化」不是涇渭判然的兩件事。設置「因緣」不免要「設身處地」，「動心」也自然產生新的「因緣」。不過，金聖歎在談「隨因緣而起」、「深達因緣」時，側重於構思過程中理念的作用，旨在說明邏輯思維在這一過程中某種提綱挈領的意義。

對於文「隨因緣而起」，在分析具體文例時，他解釋得更清楚些。第二十回宋江怒殺閻婆惜，金聖歎批道：

> 宋江之殺，從婆惜叫中來；婆惜之叫，從鸞刀中來。作者真已
> 深達十二因緣法也。[10]

所謂「十二因緣法」，是佛教常談。《大正藏》共計出現2818條。《大
涅槃經》《放光般若經》都出現相當多的次數。《法華經》也是反覆出
現。其義基本相同。大意是用因果關係來說明人生之苦的產生、形成
過程。金聖歎將其引入小說批評，主要著眼於其思維方式：每一事物
都由相應的原因產生，同時又成為下一步發展變化的原因，於是就形
成了具有內在邏輯性的因果鏈條。如上例，宋江之所以殺了閻婆惜，
是因為閻婆惜喊叫「黑三郎殺人也」，引起了殺心；閻婆惜之所以喊
叫，是因為宋江無意中拽出了壓衣刀子。這樣，殺惜的情節便一環扣
一環，在因果關係的發展中完成了。

金聖歎認為，按照因果關係設計情節，是作者自覺的創作活動。
他舉殺惜的情節為例，說明作者的目標。

> 為欲宋江有事，則不得不生出宋江殺人；為欲宋江殺人，則不
> 得不生出置買婆惜；為欲宋江置買婆惜，則不得不生出王婆化
> 棺，故凡自王婆求施棺木以後遙遙數紙，而直至於王公許施棺
> 木之日，不過皆為下文宋江失事出逃之楔子。[11]

殺人、買惜、化棺，這因果相關的一連串事件，指向作者心中一
個既定目標——使宋江亡命江湖以際會風雲。而作者通過設置這一系
列具有因果關係的事件，就使宋江的出走為自然而然、合情合理的事
情了。可見，依「因緣生法」的方式設置情節，是作者自覺創作、追

---

10 〔清〕金聖歎評點：《第五才子書施耐庵水滸傳》，346頁。
11 〔清〕金聖歎評點：《第五才子書施耐庵水滸傳》，316頁。

求情事的一種有效手段。

明季的小說論壇上，批評家們開始注意到構思須注意情理。李卓吾講「妙處都在人情物理上」，袁無涯講「本情以造事」，馮夢龍講「事膺理亦真」，袁于令則強調小說中「極真之理」。立論角度各異，但都是強調故事情節要合乎情理。但是，他們都不曾把情理問題與想像、構思的具體思路聯繫在一起，更沒有從創作心理的角度來研究。即此一端，已可見金聖歎高於流輩的理論造詣了。

綜上所述，金聖歎以「動心」與「隨因緣而起」的矛盾統一來解釋作家的創作心理，是比較全面的。隨之而來的一個問題是：「動心」乃馳騁想像，心源為爐；「因緣」由何而來？金氏的回答是「格物」。這實際是對創作心理作更深一層的探討。

金聖歎指出，創作要「深達因緣」，而所謂「深達因緣」，就是格物致知。如前所引，他多次談到這一點。又如《第五才子書序三》：

> 《水滸》所敘，敘一百八人，人有其性情，人有其氣質，人有其形狀，人有其聲口。……施耐庵以一心所運，而一百八人各自入妙者，無他，十年格物而一朝物格，斯以一筆而寫百千萬人，固不以為難也。……格物之法，以忠恕為門。……不知因緣生法，則不知忠。不知忠，烏知恕哉！[12]

金聖歎文論中所稱許的「格物」，主要指從生活中汲取、積累創造素材、體認人情物理。這個功夫做到了家，「十年格物一朝物格」，便可謂「深達因緣」了。

由「動心」觀出發，金聖歎重視作家的天才，重視「錦心繡口」

---

12 〔清〕金聖歎評點：《第五才子書施耐庵水滸傳》，9-10頁。

的作用；而由「隨因緣而起」出發，他便強調「格物」的功夫。以「格物」、「深達因緣」作文學創作的前提條件，這就正確指出了想像力的限度：想像必須以實踐認識為基礎，必須受現實世界人情物事的制約。說到底，包括暫時自由的幻覺狀態，仍然是現實生活曲折的反映。

四

　　從嚴格的意義講，中國的小說理論始於明代。而自明初迄萬曆的近二百年間，論題只限於功用性與真實性兩個方面。直到李卓吾打破這了局面，開始了對小說藝術規律的探索。卓吾之長在於目光犀利，立論大膽，故頗有卓見，其短則失於簡略、零散、故缺乏深入的論證與研究。金聖歎繼承卓吾，而又發揚光大，把小說創作推上了一個嶄新的階段。他的理論成就不唯前人不及，而且終封建之世亦少有超越者。金批之後，小說評點汗牛充棟，幾乎無不帶有其影響的痕跡。這亦足見其小說理論的價值。

　　金批之所以卓爾不群，一是由於它的廣度：人物、情節、文法，等等，無所不賅；二是由於其深度：不是停留在一枝一節地分析上，而是努力探究根本性的規律，從哲理的高度加以總結，然後貫通枝節，形成系統。在金聖歎提出的小說創造諸規律中。「因緣生法」為最基本規律，而金氏的「因緣生法」說中，最有價值的部分是有關創作心理的分析。他對文藝心理現象的探索雖只是粗線條的勾勒，但畢竟是中國小說批評史上的第一人。因此，對於他的「因緣生法」說，不應該因為它受了佛學的影響便置之不論，甚至簡單否定。實際上，如上所論，佛學修養對於金聖歎的小說批評有相當大的助益，佛學對於中國小說理論的發展也是起到過積極的作用的。

後記

　　宗教與文學的關聯，是一個非常大的題目。二十世紀的五十年代到七十年代，這個領域幾乎屬于禁區。八十年代中期，研究者的目光才逐漸透射過來。二十年過來，無論是古代文學，還是現代文學；無論是中國文學，還是外國文學，從這個特定角度的研究，都有相當豐富的發現。這本小書只是這個廣闊領域中的一片小小的叢林。

　　上編原是九十年代初為研究生開課的講稿，下編是二十年間陸續寫成的幾篇小文。前者可視為通論，後者則是一些專論。總體說來，視野既不夠寬廣，所論也欠深刻，唯一自信的地方，是皆為「自家鑿開的一片田地」（滄浪語意）而已。另外，與前輩、時賢宏論相比，這幾篇東西從具體文本出發，聯繫作品較多，或可為一特色。敝帚自珍之說，大方之家幸勿笑我。

　　之所以靦顏把這些文字整理到一起，一則可能有些觀點仍有繼續發掘的價值，二則得到北師大出版社趙月華女士的鼓勵。如果不是她和周圍幾位摯友的推動、說明，陷身行政事務的我，是既沒有勇氣又沒有力量來完成這項工作的。在這非同一般的08年即將過去，09年的第一響鐘聲將要迴蕩夜空的時候，我謹向他們（她們）致以深深的感謝。

　　引導我走上文學研究道路的第一位老師是我的母親。當這本小書問世的時候，她老人家已屆九十二歲高齡。我願藉此獻上一瓣心香，謹祈老人家福體安康！

　　　　　　　　　公元二零零八年十二月三十一日二十三時

　　　　　　　　　　　　　　　於　南開園

中華文化思想叢書 A0100046

結緣：文學與宗教——以中國古代文學為中心　下冊

作　　　者	陳　洪	
責任編輯	楊家瑜	
發 行 人	陳滿銘	
總 經 理	梁錦興	
總 編 輯	陳滿銘	
副總編輯	張晏瑞	
編 輯 所	萬卷樓圖書股份有限公司	
排　　版	林曉敏	
印　　刷	維中科技有限公司	
封面設計	菩薩蠻數位文化有限公司	

出　　版　昌明文化有限公司
桃園市龜山區中原街 32 號
電話 (02)23216565
發　　行　萬卷樓圖書股份有限公司
臺北市羅斯福路二段 41 號 6 樓之 3
電話 (02)23216565
傳真 (02)23218698
電郵 SERVICE@WANJUAN.COM.TW
大陸經銷
廈門外圖臺灣書店有限公司
　　電郵 JKB188@188.COM

ISBN 978-986-496-100-9
2019 年 1 月初版二刷
2018 年 1 月初版
定價：新臺幣 420 元

如何購買本書：
1. 劃撥購書，請透過以下郵政劃撥帳號：
　　帳號：15624015
　　戶名：萬卷樓圖書股份有限公司
2. 轉帳購書，請透過以下帳戶
　　合作金庫銀行 古亭分行
　　戶名：萬卷樓圖書股份有限公司
　　帳號：0877717092596
3. 網路購書，請透過萬卷樓網站
　　網址 WWW.WANJUAN.COM.TW
大量購書，請直接聯繫我們，將有專人為您
服務。客服：(02)23216565 分機 610

如有缺頁、破損或裝訂錯誤，請寄回更換
版權所有·翻印必究
Copyright©2016 by WanJuanLou Books CO.,
Ltd.All Right Reserved　**Printed in Taiwan**

國家圖書館出版品預行編目資料

結緣:文學與宗教 ：以中國古代文學為中心 /
陳洪著. -- 初版. -- 桃園市 ： 昌明文化出版 ；
臺北市 ： 萬卷樓發行, 2018.01
　冊 ；　公分. -- (中華文化思想叢書)
ISBN 978-986-496-100-9(下冊 ： 平裝)
1.中國古典文學 2.宗教文學 3.文學評論
820.7　　　　　　　　　　　　107001269

本著作物經廈門墨客知識產權代理有限公司代理，由北京師範大學出版社（集團）有
限公司授權萬卷樓圖書股份有限公司出版、發行中文繁體字版版權。